太陽の石

乾石智子

JN168951

かつて繁栄を誇ったコンスル帝国の最北西に位置する霧岬。そんな霧岬の村に住むデイスは十六歳，村の外に捨てられていたところを姉に拾われ，両親と姉に慈しまれて育った。ある日父と衝突し，怒りにまかせてゴルツ山に登った彼は，土の中に半分埋まった肩留め《フイブラ》を拾う。金の透かし彫りに，〈太陽の石《オルヴアン》〉と呼ばれる鮮緑の宝石。これは自分に属するものだ，一目《ひとめ》でデイスは悟った。だが，それがゴルツ山に眠る魔道師を目覚めさせることになるとは……。デビュー作『夜の写本師』で読書界に旋風を起こした，〈オーリエラントの魔道師〉シリーズ第三弾。

登場人物

デイス……………十六歳の少年
ネアリイ…………デイスの姉
ビュリアン………デイスの幼なじみ
ザナザ……………イスリルの魔道師

イザーカト兄弟
ゲイル……………長男。大地と火の魔道師
テシア……………長女。大地と火の魔道師
ナハティ…………次女。大地と火の魔道師
カサンドラ………三女。水の魔道師
リンター…………次男。大地と火の魔道師
ミルディ…………四女。水と土と風の魔道師
ヤエリ……………五女。雷と稲妻の魔道師
イリア……………三男。風と水と嵐の魔道師
デイサンダー……末っ子。植物と生命の魔道師

太 陽 の 石

乾 石 智 子

創元推理文庫

LEGACY OF SORCERERS

by

Tomoko Inuishi

2012

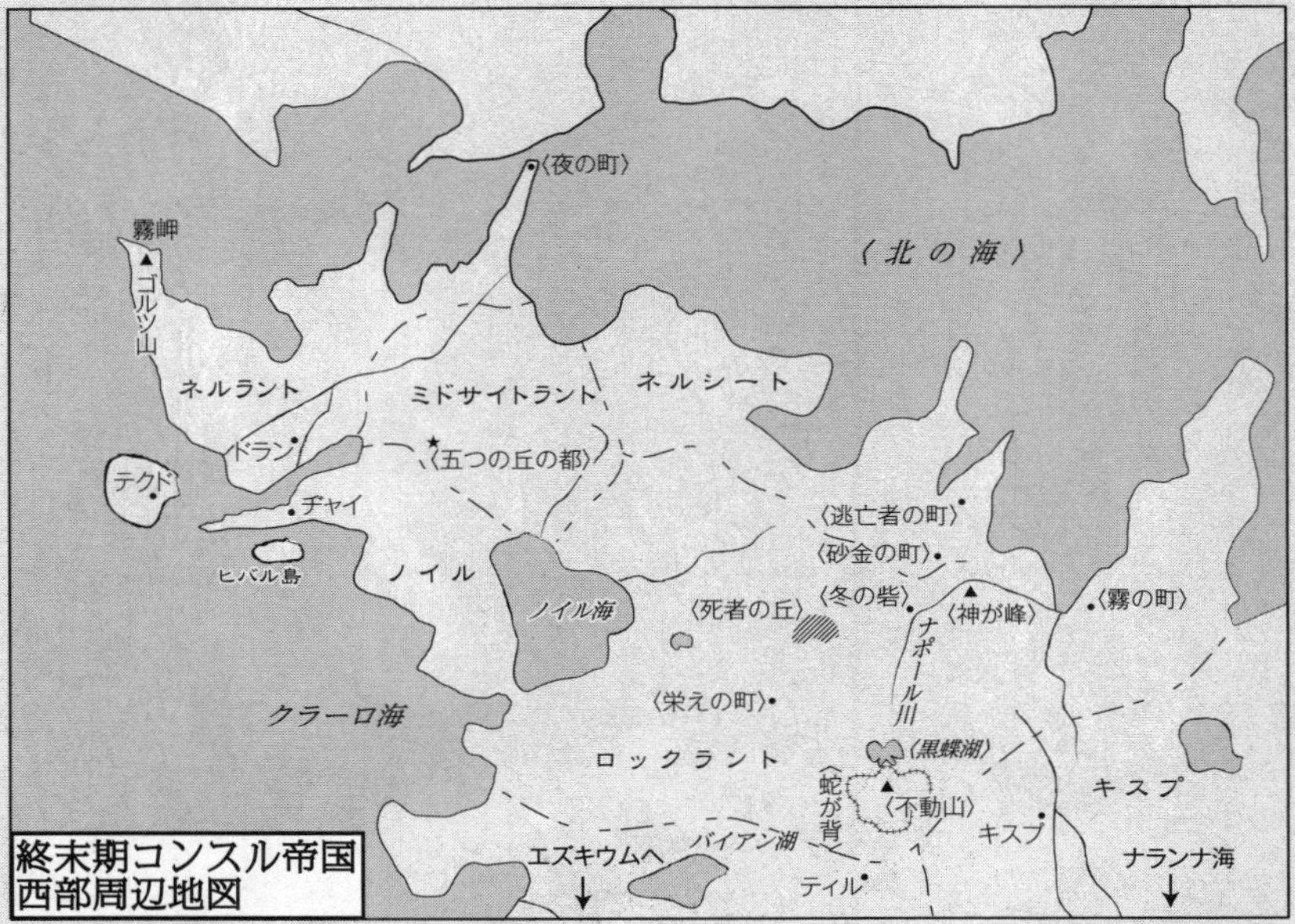
終末期コンスル帝国
西部周辺地図
〈北の海〉
〈夜の町〉
霧岬
ゴルツ山
ネルラント
ミドサイトラント
ネルシート
ドラン
〈五つの丘の都〉
テクド
チャイ
ヒバル島
ノイル
ノイル海
〈逃亡者の町〉
〈砂金の町〉
〈冬の砦〉
〈神が峰〉
〈霧の町〉
〈死者の丘〉
ナポール川
〈栄えの町〉
クラーロ海
ロックラント
〈黒蝶湖〉
〈蛇が背〉
〈不動山〉
キスプ
キスプ
バイアン湖
エズキウムへ
ティル
ナランナ海

太陽の石

1

冬の終わりを告げる、冷たい針のような雨がふっていた。気の滅入るような薄暗さにもかかわらず、デイスはひねこびて膝の高さまでしか育たない銀松《チャーキー》のあいだに、鮮緑の輝きを見た。岬の中心をなすゴルツ山の噴煙は、いつもより大きい地鳴りをともなって天に噴きあがっていた。つづらおりの獣道《けものみち》の途中で足を止め、煙を仰ぐ。この煙とこの毒気を含んだ大気のせいで、霧岬の村の畑にはひねこびた作物しかできない。そのうえ岬の海側にへばりつくようにして暮らしている村人の多くが、喘息《ぜんそく》もちで肺病で脚気《かっけ》だった。

コンスル大帝国の最北西のこの地は、西の諸島や北の大陸や、アザラシ海峡を経てやってくる東の交易船団をつなぐ中継地点であり、帝国内陸部への窓口でもあったという。大昔のことだ。三百年ほど前に、空からふってきた魔道師リンターが、岬のど真ん中に地の底まで通じそうな穴をうがち、大地を揺るがし、呪いの言葉を叫び、繁栄を土くれや岩の欠片《かけら》や石ころともども吹きとばし、ゴルツ山を隆起させるまでは。以来、岬は海霧か火山煙におおわれ、陽の目を見ることのまれな寒冷の地となった。それでも、風が煙と雲を南方におし流せば、金の陽光や青い空をのぞくこともできるし、爪の先ほどの三日月の影や星々の連なりを仰ぐこともできるのだった。

デイスはかがみこんで、輝くものを調べた。チャーキーの根にからんで土から半分顔を出したそれは、鳳《おおとり》座の〈瞳星〉のようにきらめいている。土が雨で洗い流されて、彼の目を引いたのか。からまった根をはずして拾いあげると、山が一回大きく身震いした。平衡をとりつつ、いつものことだと動じもせずに、ためつすがめつしてわかったのは、どうやら高価な宝石らしいということ。葉の形の台座のついた肩留め《フイブラ》だった。分厚い長外套《セオル》の襟を留めるための、中指ほどの長さのあるピンは、年月を経ていても鋭さを保っている。泥をこすりおとしてあらわれたのは葉脈の透かし彫りの、これは金だろうか、そしてその根元にはめこまれている鮮緑の宝石が、さっきからきらきらと輝いて自己主張しているやつらしい。

石の中にはいくつもの太陽がひしめきあっている。青に、銀に、真紅に、金に、輝くあまたの星々が、青ブナの新緑のような光につつまれている。

手のひらに載せたとたん、思わず取り落としそうになった。あわててにぎりしめたそれは、〈太陽の石《オルヴァン》〉と呼ばれる橄欖石《かんらん》で、自分に属するものだとわかった。ちょうど、ネアリイが幼い彼を一目《ひとめ》見て自分の弟だと直感したように。

デイスは拾われ子である。十六年前に、村の門の外に捨てられていたのを、姉に拾われた。そのときネアリイだって幼かったはずなのだが、身体中傷だらけで焼け焦げのあるぼろに包まれ、耳をつんざくような泣き声をあげている赤ん坊を抱きしめて、二度と離さないというふうに両親をにらみあげたそうだ。おとなを困らせることのなかった幼女が、このときばかりは彼を離そうとせず、梃子《てこ》でも動かない様子を見せたので、両親も、もう一人子どもがいてもいいかと思ったのだそうだ。

姉にも両親にも感謝している。だが、最近はなんだかよくわからない焦燥が胸の内を吹き荒れていて、つい、つっかかっては憎まれ口をたたき、思っていることと反対の態度をとってばかりだ。さっきも父と大喧嘩して家を飛びだし、憤怒の勢いにまかせてゴルツ山に駆け登った次第。

父は天文学者だ。こんな帝国の西のはずれで、しかも山の噴煙に悩まされるような場所で、なかなか見えない星を夜ごと求め、作付や収穫の時季を見てとったり、農事暦をつくったりするのだ。それで食っていけるわけがないから、母と二人で猫の額ほどの畑を耕しもしている。デイスは星の動き一つ知らないが、父の横顔を日夜目にして憧れと尊敬の念を抱き、自分もいつかあのように眉間に皺《しわ》をよせつつ真理を探究する男になりたいと以前から思い定めていた。それで今朝はそのことで父と口論になったのだ。

昨今の帝国は傾いた船、小さなきっかけがあればたちまち転覆する過積載の大型船だ。いや、もうすでに浸水しているか。その船内にあって国民の目下の課題は、いかにして今日明日を生きのびるか、につきる。霧岬の村を見るがいい、わずかな野菜と芋類でかつかつの暮らし、魚だけは豊富にとれるので、〈火使い村〉やその先の村々との物々交換がなんとかなりたっている。それなのに、おまえは、天文学者になろうというのか、と父はこけた頬をさらにへこませて首をふったのだ。賛成できないな、デイス。まったく賛成できん。わたしらはもう年だ、あと何年残っているかわからん。わたしらはこれで満足だが、おまえは違う。今どきどこへ行っても、天文学者など必要とされないし、廃屋《はいおく》に住む物乞い同然の扱いを受けるとわかっている。だめだ、デイス、おまえにそんな人生を送らせるわけにはいかん。

それに対してデイスは反論した。父さんだって、ここでなんとかやってるじゃないか。よそへ行ってやっていけないのなら、おれがここで父さんのあとを継ぐ。畑も少しは覚えたし、漁はこれからモノノボ爺に習う。その気があれば、教えてくれるってモノノボ爺は言っている。馬鹿を言え、と父は手をふった。おまえみたいなやんちゃ坊主が、どうしてこんな辺境の小さな村でくすぶっていられるか。特にこのごろは年中いらいらしてネアリイにもあたり散らして泣かせている。すぐ反省するのは感心だが、すぐにまた同じことをくりかえす。外へ出ろ、デイス、モノノボ爺の魚とりや天の星との語り合いなんぞ、おまえの性分ではさらさらないのだ。おまえは広い世界に出て、おまえにあった暮らしを見つけねばならん。だめだ、デイス、おまえの考えは却下だ。

それでもデイスはくいさがったが、どう言葉をつくしても聞く耳をもたない父の頑なな態度に、とうとう罵声《ばせい》を浴びせて家を飛びだしたのだった。

だから、すぐには帰れない。拾ったフィブラをセオルの胸元にとめて——華奢《きやしや》なつくりであるのに、ピンも蝶番《ちようつがい》も壊れてはいなかった——ゆっくりとゴルツ山の斜面を登っていく。

やがてたどりついたのは、雨やどり程度には役にたつ、岩棚が少し張り出したくぼみだった。そこはちょうど少年二人ほどが並んですわれる大きさで、背を預けると大地の底の熱が伝わってきて心地よい。村の年寄りたちがここまで登ってこられるなら、この熱で関節炎やら肺病やらも少しはよくなろうというのに、といつも思う。後頭部をつけて山の根のかすかに震えるのを感じながら、モノノボ爺をつれてこられないだろうか、もしそれができたら爺の腰痛もやわらぐかもしれないのに、などと考えているうちに、うとうとしたらしい。夢を見た。

ひどく明瞭な夢だった。彼はすぐ上の兄イリアと二人で、頁岩《けつがん》でできた部屋の中にいた。城か、砦《とりで》の一角のようだった。そこに閉じこめられたわけはわかっている。二人でちょっとはしゃぎすぎた。はじめての遠出がうれしくてうれしくて、この町へ来る途中の船上で騒ぎすぎた。イルカを呼んで船のまわりを行進させた。トビウオを誘って銀の羽を見せびらかした。そこまではほかのきょうだいたちもたいそう喜んで、相乗りしたほかの客や船乗りも手をたたき、歓声をあげていたのだ。だがそこから先が、やはり幼い末っ子二人の羽目をはずしたはしゃぎぶり、サメを跳躍させて甲板にどすんと着地を命じ、ご婦人方の悲鳴を引き出すと図に乗って、あの二重になった牙をむき出しにして姉たちの踵《かかと》を追いかけさせ、イリアはイリアで東風と西風を同時に吹かせて帆と一緒に船までくるくるまわして進ませる荒技を試し、船乗りたちを狂乱させた。当の二人が腹をかかえて笑いころげ、一向にやんちゃぶりをおさめぬものだから、とうとうリンターが文字どおりの雷を足元に落としたのだ。二人は頭から爪先まで焦げて煙につつまれ、互いの煤《すす》けた顔を見合わせているところで襟首をつかまれ、ようやく到着した町の、海に面した砦の三階に放りこまれたという顚末《てんまつ》。

弧を描く廊下は、一周するとまたふりだしに戻ってくる。窓は見張り用のものが小さくところどころにあいているだけで、それさえ幼い二人には届きようがない。それではじめのうちはしゅんとしていたが、長くはつづかない。やがてまた、実験と称してあれこれ試した。きょうだいたちの魔法の施錠《せじよう》をどうやっても破れないと納得したあとは、ただ単に嫌がらせのために、そのへんの空間にいろいろと手を加えた。最後に造った一室が、自分たちの牢獄にふさわしい殺風景な部屋になってしまったのは、さすがに朝からのいたずらでくたびれてきたからだった。大の字の昼寝からさめると、二人で顔を見合わせ、おやつは、と異口同音につぶやいたあと、ようやく意気消沈した。お腹すいた、喉渇いた、ミルディかカサンドラが来てくれないかな、と溜息をつく。こうなったらナハティでもいいや。おおい、ナハティ、助けてよ。

小窓から射しこんでくる西陽はわずかに傾斜して、反対側の壁に炎のような橙《だいだい》色の四角をつくっていた。さわったら火傷《やけど》しそう、あれで肉、焼けないかな、などとイリアが愚にもつかぬことを言ったとき、ようやく扉が音をたててあき、きょうだいたちが踏みこんできた。

肩を上下させ、髪をふり乱したヤエリが、あんたたち、と嚙みついてくる。一体何をしたの、あんたたちには反省ってものがないの、どこまで人を馬鹿にするの、と地団駄を踏む。その後ろからミルディが来て、ヤエリの腕を引く。こちらも息はあがっているが、ヤエリのように激昂《げつこう》してはいない。ただ、静かに怒っているのはわかる。つづいてゲイルがのっそりと長身をあらわして、やれやれまったく、と両手を広げる。

「おまえたちの体力は無尽蔵だな。あんなに目くらましかけて。ここまで来るのがやたらに大変だったぞ」

ミルディが顔を近づけてきて、二人の額を軽く小突く。

「何刻歩かされたんだか。ヤエリがもう一つ雷落としたいって。あたしも賛成よ」

腹が減って戦意喪失の二人は、おとなしく頭をたれる。ごめんなさいは、とヤエリが腰に手を当てて聞くのに、素直にごめんなさいと謝る。戸口にもう一人の兄の影を認めた二人は、曇っていた顔を瞬時に輝かせ、同時に叫ぶ。

「リンター、おやつ！　何かない？」


ぎょっとして飛びおきると、ゴルツ山の岩棚の下だった。雨はあがり、雲は吹きはらわれ、傾いた陽光が目に刺さった。なんて変な夢を見たんだ、とひとりごちて、ゆっくりと立ちあがる。岩棚から出て、大きく伸びをした。

足元では露に濡れたチャーキーの赤い葉が、西陽に輝いていた。頭を北にむけると、ひねこびたチャーキーと灰色杉の木立が谷に沿っておちこんでいる。谷がわずかに広がった平地に霧岬の村がある。藁葺《わらぶ》き屋根は〈火使い村〉から来る行商人との取引所。銅板を打ちつけた屋根は海賊対策の武器庫、それから瓦を重ねた家々、そして村の端、小高い場所に精一杯背伸びをしている櫓《やぐら》つきの木造の家がデイスの家だった。岬の波止場には小舟と丸木舟が数艘ずつもやってある。朝ならば、潮の流れに応じて翡翠《ひすい》色から緑柱石の澄んだ緑に変化する海は、西に傾いた陽に染まって、むしろ漆黒《しっこく》の影を宿すほどの黄金色に輝いている。

大きく息を吸うと、潮の香りが鼻腔に満ちる。冷たく、荒々しい冬の名残《なごり》。まあいいや。よくわからないものはとりあえず横っちょに転がしておこう。そのうちどうでもよくなるさ。

山腹を楽々と下って村に帰った。朝早くに飛びだしたきりだったので、案の定、取引所の前の広場で姉のネアリイが行ったり来たりしていた。彼の姿を見るなり、スカートをからげて走ってきて何か言おうとするが、いつものことながら、感情がたかぶって言葉につまり、たちまち目に涙を浮かべる。デイスは両手のひらをあげて降参する。

「わかった、わかったから。心配かけたよ。ごめんよ」

「もう、けんか、しないで……」

「悪かったよ、姉さん、悪かった」

「お父さんに謝って」

なんでおれが謝らなくちゃならない、という言葉をのみこんだ。姉は自分が悪くなくてもそれでことがおさまるのなら、簡単に謝罪の言葉を口にする。諍《いさか》いごとをおさめられるのなら、たいていのことを我慢する。幼いときから常にそうしてかばってきてくれた。デイスはそうした彼女の穏やかさ、やさしさ、寛容さにつつまれて育った。だから成長して自分の足で歩き、自分の目で見、自分の心で感じるようになった今でも、ネアリイには心から感謝しているし、自分の命より大切だと思っている。

「ありゃあ、また姉ちゃんを泣かせてらあ」

後ろでビュリアンの声がした。同い年で犬猿の仲、ディス同様反抗期で、なんにでも難癖をつける。この春から〈火使い村〉の燐寸《マッチ》作りのところに弟子入りする予定だ。彼の頭は金銀橙色のふわふわした髪の毛でおおわれ、夕暮れ雲のような薄紫の目の色とあいまって、女の子たちの人気を独り占めにしている。といっても、「女の子たち」は十歳から十六歳まで、たったの四人しかいないけれど。

「成長しないやつ。毎日おんなじ」

と嘲《あざけ》るビュリアンを、じろりとにらみかえして、

「おまえに言われたくはないね。口先だけの金メッキ」

と言いかえした。

「デイス、やめて……」

ネアリイに懇願されては、あとがつづかない。ビュリアンとの口喧嘩など、呼吸と同じようなものだ、気にもとめない。姉貴の言いなりの腰くだけ、と毒舌を浴びせてくるのを背中に、高台のわが家へむきを変えようとした。そのときだ、目の端に、黒い影がひっかかったのは。

西陽に照らされた武器庫の屋根と取引所の柱、うろちょろする犬ども、転がった朽ちた樽の残骸、そうしたいつもの風景に、異質なものが加わった、と直感した。

デイスは足を止めてゆっくりと身体をまわした。肩口でネアリイが息をのむ。ビュリアンはつっ立って、ぽかんと口をあけている。

〈火使い村〉に通じる村の唯一の出入り口から、早春の夕陽を背にして、音もなくやってきた

のは、ビュリアンよりさらに指一本分背の高い、黒い男だった。逆光でそう見えるのかと思ったが、近づいてくるにつれて、そうではないことがわかった。浅黒い肌、髪も目も漆黒、細面で痩せぎす、黒煙の中から生まれてきたように、着ているものまで黒い。夕陽の後光からはずれても、頭の上や身体のまわりで金の火花がぱちぱちはぜている。軽々と、大股に、もう目の前に来ていた。鍛冶屋の狩猟犬のイグルーが鼻を鳴らして逃げていく。

デイスも逃げだしたかった。しかし身体が動かない。

黒煙の男は切れ長のまなざしで三人の若者をながめまわした。鼻筋の通ったきつい顔だち、口は今にも耳まで裂けるよう。

路地のほうから村長のガムランと助役のコダーイが飛びだしてきた。辺境の小村ではよそ者には敏感だ。ぞくぞくと村人たちも集まってくる。あっというまに黒い男とデイスたちのまわりに人垣ができた。人口五十数人の村人のほとんどが顔をそろえている。

「若旦那さん、この子らに何かご用ですか」

少しだけ酒太りの村長ガムランは、よく響く艶《つや》のある声で言った。助役のコダーイがその後ろで、長い頭と長い首をのばしてのぞきこんでくる。

男は踵でゆっくりひとまわりした。村人たちは恐怖の面もちであとずさり、いつもは頼もしいガムランも、わずかに顔をひきつらせた。

「わたしはリンターだ」

と表情を変えずに言った男の声に、デイスの目の奥で鮮緑の光がちかりとまたたく。ガムランの声がゆるぎのない青ブナの幹であるのなら、この男の声は黒ブナの根のようだ。深く深く、どこまでも深く地中をつらぬいていく。

全員がまずその声の魔力に縛られ、そのあとで男の正体に衝撃を受けたようだった。

最初に気をとりなおしたのは、ガムランだった。胸を張って、長身の男を怖れげもなく見あげ、青ブナのすこやかな響きをもって念を押した。

「リンター、ですと？　魔道師のリンター、と。それはそれは。それで、どちらからおいでで？」

リンターはゆっくりと人差し指をあげた。みなの視線がゴルツ山のほうに流れる。夕陽を浴びたゴルツ山は、リンターと同じように黒々とした巨大な塔となって輝いている。

「そいつはかたりだっ」

ガムランの後ろでコダーイがしゃがれ声で摘発した。ガムランはまあまあと義兄を手のひらでなだめて、再びリンターにむきなおった。

「今が何年かご存知ですかね、リンター殿。コンスル帝国建国より千と六百九十九年、四月ですぞ。あなたが、姉ぎみのナハティ殿と、ええ……、大喧嘩なされてから三百年以上たっております。わたしらもその言い伝えは聞いておりますが、ゴルツ山を造ったリンター殿であれば、もはや溶岩に溶けて骨も残っておりますまい」

「何をもくろんでおるのかしらんが、この村で悪さは許さん、帰るがいい」

とコダーイが性急に叫ぶ。ほかの者はみなおしだまっている。理屈はガムランの言うとおりだ。

だが、この村で生まれ、ゴルツ山と大地の力でつながっているがために、リンターへの恐怖で身動きができない。

リンターは説明することも弁明することも、立ち去ることもしなかった。こめかみのあたりでぱちっと火花が音をたてた。すると足元に細かい震動が生まれた。歩いていれば気がつかないほどの揺れがつづいた。村人たちは不安げに互いの顔を見合い、頭をめぐらして周囲を確かめた。ひきつる顔、泣きだす赤子、せわしなく交わされるささやき。

広場の端、取引所のむかいにある井戸から、悲鳴のような音が聞こえてきた。それはすぐに、湯の沸きたつような音に変わった。ふりむいたとたん、水柱が高く噴きあがった。子どもたちと女たちが駆けよって、あふれつづける清冽な水をすくい、口をあけ、はねかしながら、歓声をあげた。リンターはあたりを睥睨《へいげい》した。

「地下水脈を通した。あと何十年かは水不足に悩むことはない。もう雨水をためる心配をすることはない」

ふた呼吸の沈黙のあと、ガムランが咳払いをした。

「それはそれは。あんたが何者であろうと、これは御礼を申しあげるべきですな」

「わたしはリンターだ」

コダーイがそれに対して頑迷に言いはった。

「魔道師が少なくなったといっても、まるっきりいないわけじゃない。あんたは魔道師の端くれかもしれんが、リンターであるという証拠にはならん」

コダーイの攻撃的な口調のせいか、それともその耳ざわりなしゃがれ声のせいか、デイスは腹の内で何かがかっと熱くなるのを感じた。年長者に噛みつくべきではないとわかっていながら、抑えきれずに叫んだ。

「リンターだって言ってるじゃん」

ぎょっとこちらを見るみなの顔を意識しながらも、もう止めようがない。

「リンターだっていうことを証明するのに、井戸じゃなくて地面を掘ったかもしれないんだぜ？　火の玉をふらせないで、水をふらせてくれたんだ。なんでその好意を受けとってやんないのさ」

ネアリイがあわてて袖を引く。デイスはかちん、と音をたてて顎を閉じた。

ねぐらに帰る鴉《からす》どもの声が空を横切っていった。

「魔道師に好意などあるものか」

「そなたがわたしを起こしたのか？」

コダーイとリンターが同時に言った。きょとんとしたデイスの前に、リンターが一歩踏みだし、顎をもちあげた。他人にそんなことをされたら、デイスは怒り狂ってその手を払いのけ、悪態をつきまくる。彼にふれていいのは姉だけだった。だがリンターの、驚くほどまっすぐで、心なし気遣いのようなものさえたたえた闇の目と出合ってしまった。猛々《たけだけ》しい炎と闇のまなざしの中に、そうなってしまう前の魔道師の片鱗《へんりん》を垣間見た。活力にあふれ、光に彩《いろど》られた、筋目の通った若者。いたましいことに、それは砕けて青金石《ラピスラズリ》の欠片と化していた。二度ともとには戻ることのない、決して修復されない過去。竪琴《たてごと》の残響のような共鳴音が、デイスの中で次第に大きくなっていった。その響きで身体のあらゆる部分がばらばらになっていく。鮮緑の光が周囲を圧し、砕かれた自分が拡散していく……。

目の前に土煙と人馬におおわれた斜面が広がった。耳のすぐそばを矢がかすめていく。彼は城門の上にいた。曇天、微風は冷たく、左から右へと吹いている。魔道師の一団と一目《ひとめ》でわかる男女が弓兵の背後で笑っている。いずれも若い。そしてみな似たような風貌だ。兄弟姉妹が八人。髪とセオルを微風になびかせ、呪文を唱え、腕をふりあげ、指をのばし、目をすがめ、爪先を鳴らし、あるいは飛び跳ねる。斜面を駆けあがってくる敵将の、飾りたてた白馬の鼻先に雷が落ちる。幌《ほろ》つきの馬車ごと、イスリルの魔道師どももひっくりかえる。天が裂けて紫電が水平に走り、地が割れて火の玉が飛びかう。負けじと敵の石弾が城壁を粉砕し、弓兵が吹きとばされる。飛び散る破片をよけながら、リンターが笑って叫ぶ。

——ミルディ、防護幕がほころびているぞ。しっかり防護してくれ。

肩まわりも腰も今よりずっと華奢な少年だった。苦渋の影は微塵《みじん》もなく、危険を怖れず、魔道師のくせに闇など背負っていないよう。

——やってるんだけど、むこうのが強いのよ。ヤエリ、力貸して。

銀の髪の少女が言いかえす。もう少し幼い少女が、八つに分かれる稲妻を敵陣のまっただなかに落としながら甲高い声で叫ぶ。

――ミルディ、よそ見しないの！　すぐ行くからなんとか我慢して！

高価なガラスの器に、亀裂が入るような衝撃。ミルディの防護幕が破れたのだとわかった。直後に頭上から赤い火の玉がふってきた。業火がミルディに激突した。すさまじい熱と炎の勢いを感じたデイサンダーの目の前で、一瞬にして黒焦げになり、煙と、ぱちぱちはぜる光をまといながら、ゆっくりと倒れていった。

姉妹たちの悲鳴が響きわたった。それが身体中に共鳴し、鮮緑の光が四方八方から射してきて、凝集していく……。


われにかえると、まだリンターの目をのぞきこんでいた。ほんのひと呼吸のあいだだったのだろう。周囲は先ほどと寸分たがわず、ただネアリイが怪訝《けげん》な顔をしている。

吐き気とめまいに襲われ、うめき声とともにしゃがみこんだ。すぐさま姉の手が肩にかかる。

「何をしたの？」

「何とは？　わたしは何もしていない」

抑揚のない声だが、かすかにおもしろがっているのがわかる。人垣を分けて父が進みでてきて助け起こしてくれた。その腕が張りつめている。父はめったに怒らない人だが、雷電をはらんだ嵐雲のように、今は身体中に怒りをためている。

「わたしの息子に手を出さんでくれんか、魔道師殿。何をしにあらわれたかは知らんが」

リンターの視線はゆるがずデイスにとどめおかれて、父の言葉などには落ちてくる病葉《わくらば》ほどの関心も見せない。

「そなたの名は、少年よ」

目の奥で鮮緑の石の欠片が反射し、意に反して答えが口をつく。

「デイス」

リンターは満足したように顔をあげた。

「この先涸《か》れることのない井戸をそなたたちに与えた。代償としてこのデイスとこちらの若者を所望する」

とビュリアンをさししめす。びっくりして目を剝く少年たちにはかまわずにつづける。

「二人の若者と豊富な水との取引、悪くはあるまい」

「この先ずっと水が湧きつづけるという保証がどこにあるんですかな」

村は常に水には苦労してきている。その弱みをつく申し出にほとんどの者が心動かされているようだったが、さすがに村長ガムランは慎重だった。

それに対してリンターは、地面を揺るがし、ゴルツ山を噴火させることで応えた。彼のまわりで火の粉がはぜ、山がとどろいた。足元に拳《こぶし》ほどの火山礫《れき》が幾十もの赤い目をまたたかせて落ちてくると、腰をぬかした村人たちの中に反論できる者はもはや一人もいない。

「この先ずっと水に困らぬ生活か、この先ずっと灰と煙におおわれた生活か、選ぶこともできる」

とリンターは静かに言った。それから視線を再び二人の若者に戻した。

「なにも命をとるわけではない。中断していた戦《いくさ》のけりをつけにいくのに、そなたらの助けが必要なのだ。わたしを目覚めさせた村の、若者二人の力が。ついてくれれば、望みをかなえてやろう。ことがなったあかつきには、望むならばわたしの魔道師の力をくれてやりもしよう。だが強要はせぬ。まだ見ぬ広い世界か、閉塞感で息のつまる村の暮らしか、選ぶがいい」

「なんだ、それ、無理強いとほとんど変わらねえじゃないか」

ビュリアンが反抗心丸出しで言ったが、精一杯の勇気をふりしぼっていることは、拳が震えていることでわかった。デイスも弱々しく口をひらいた。

「おれたちに、ほかの道はないってわかってるんだろ。村のためなら、行かざるをえないだろが」

はじめて意見を同じくした二人は顔を見合わせ、すぐにそっぽをむく。

「では決まった」

とリンターはほかの者が口をさしはさむ余裕を与えない。

「すぐに発《た》つ」

「す、すぐ……？」

「待ってくれよ。準備ってものがあるだろ」

あわてたのは二人だけではない。二人の家族も色を失った。

「長くは待てない。今夜」

「明日の朝」

とビュリアンが提案し、リンターは吐息をついて、村人全員に言い聞かせるように、

「では明日の朝まで待つ。雄鶏がときをつくったら出発する」

と言った。

出入り口の柵のほうに踵《きびす》を返す、その背中にガムランが声をかけた。

「どこまでこの子らをつれていくつもりですか。戻ってはこられんのですか」

リンターは足を止めた。長い沈黙のあと、静かに肩越しに答えた。

「帝国領土を横断する。戻ってくるとしても、数年後となろう。行き先はわが姉にして仇《かたき》、ナハティのひそむところ、〈不動山〉だ」

〈不動山〉。聞いたことはある。リンターとナハティが力の限り戦った末に、リンターは霧岬に落ちてゴルツ山を造り、ナハティは〈不動山〉に落ちてその根深くに閉じこもったという。だが、それがどこにあるかというと、答えられる知識は村の誰にもない。父でさえ、コンスル帝国の首都より南、という程度しか知らないという。

2

帝国、と歴史を礎《いしずえ》に呼んではいるが、この国はもはやその名には値しない。初代皇帝が玉座に就いてから千七百年、はじめの千年は世界に誇る市民軍団による版図《はんと》の拡大と不敗伝説の定着によって、繁栄を謳歌《おうか》した。物資は豊富、満たされた衣食住、教育が浸透して、混在していた文化は融合していき、猫でさえ本を読むと他国から羨望され、年端のいかない少年たちも政治論を戦わせ、社交術の発展にともなって日夜の宴会もあたりまえの日々。

次なる三百年は疫病、飢饉《ききん》にみまわれ、散発する内乱を制圧するに四苦八苦した。国土回復戦と称する東の隣国イスリルの侵攻も断続的につづき、北の蛮族も南下してきた。それから南方の国々とも戦い、独占していた制海権の一部をマードラやフォトに奪われた。衰退は浜辺の波さながらにうちよせては引きつつも、徐々に帝国を蝕《むしば》んでいった。

さらなる年月のあいだに、内乱は全土に黒黴《くろかび》のように広がっていき、もはや収拾がつかなくなった。次々と替わる皇帝と賄賂《わいろ》の横行する元老院、市民軍団は古い麻布のごとくにぼろぼろになってかろうじて旗竿にひっかかっている始末。追いうちをかけるように、イスリルの侵攻も激しくなり、東の四半分を失った。そこを奪われたら中央部まで侵略される、と危惧されたロックラント砦《とりで》の戦いで魔道師軍団がイスリルを撃退したことによって威信は少し回復したかに見えた。しかしそれも、近年まれに見る傑物と謳《うた》われたグラン帝が、倒れてきた神殿の柱の下敷きになって亡くなったことにより、帝位簒奪《さんだつ》が再びくりかえされるようになり、混乱の政局に逆戻りの有様。

それから三百年もたった現在では、皇帝の力は都周辺に及ぶのみとなり、地方はおのれだけを頼りに、なんとか生きのびている。かつて猫でさえ本を読む、と賞賛された国において、いまや文字を読める者はほんのひとにぎり、それゆえまともな地図を持つ者もおらず、〈不動山〉はおろか、都のありかも山々のかなたとなりはてた……。

とりあえずの食料を袋につめ、着替えや薬や星座盤を受けとる。議論は無駄だとわかっていた。村の井戸に、決して涸《か》れることのない水が与えられたのだ。その代償としての、いわば体《てい》のいい人身御供《ひとみごくう》である。それを拒否することは村への裏切り行為に等しいだろう。それに、リンターに逆らえるはずもない。眉一つ動かさずに山を噴火させた魔道師を、もはやリンターでないとは誰一人思っていなかった。

父も母もネアリイも、人柱にされる身内を送りだすような顔をしていたが、デイスは一人、明るい表情で長外套《セオル》を用意した。すると父が、自分のよそいき用のを出してきて、餞別《せんべつ》代わりにこれをもっていけと言った。裾と袖口と襟元に幅広い刺繍《ししゅう》のついた上等な毛織物だった。刺繍の模様は天の星の並びを模した青い帯。星々は〈麦刈りの男〉や〈大魚〉〈網〉〈皇女〉〈鳳《おおとり》〉などの連なりで、金銀と赤い糸で彩《いろど》られている。

「去年おまえが天文学者になりたいとはじめて口にしたとき、さっさと都へ送りだせばよかった」

と後悔を父は口にした。デイスは胸にセオルをかかえこみながら、

「たぶんこうなることに決まっていたんだよ、父さん。父さんが気に病むことじゃないって。戻ってくるから。でも、そのときには、父さんの上をいく天文学者になっているかもな」

と慰める。母が、

「おまえを拾ったとき、くるんでいたものはみんなぼろぼろで、まるで戦火をくぐりぬけてきたようにあちこち焼け焦げていて、捨てなくてはならなかったけれど、これだけはとっておいたの」

と言ってセオルの切れ端らしいぼろをそっと手渡してよこした。指二本の幅のちぎれたその布には、古めかしい書体で何か記されている。デイア、か、いや、デイス、だろう、それで彼の名前がわかったのだ。もとは上等な毛織物だ。

「おれ、もしかして貴族の息子だったりして」

しかしその冗談にも、両親は哀しげな微笑を浮かべただけだった。

合財袋《がっさいぶくろ》にこまごまとしたものをつめこんでいたネアリイがつと顔をあげた。涙でいっぱいに

なった目で、

「わたしも行く」

と言いはなった。一家は絶句した。さて困ったぞ。普段自己主張しないネアリイがこういうふうになったらもう、最後まで我《が》をはりとおす。

「ネアリイ……」

「姉さん……」

男二人は口をぱくつかせるだけだったが、さすがに母親は動じなかった。

「ネアリイ、デイスたちは何をしにいくのかもわからないで魔道師に連れられていくのよ。戻ってこられるかどうかもわからない」

「デイスはわたしの弟なの。一緒に行きます」

「ちょっと待ってよ」

ようやく態勢をたて直しかけたデイスにはかまわず、母がかぶせるように言った。

「覚悟はできてるのね」

姉がうなずくのを確かめると、母はデイスにむきなおった。

「つれていってあげて」

「——だって、母さん！」

「ネアリイはあなたを見つけた瞬間からお姉さんだったたわ。まるでさだめとして決められていたように。半身を見つけたように。今まであなたを護ってきた分、今度はあなたが護ってあげて」

救いを求めて父に視線を投げかけた。父は溜息をつき、肩を落とした。

「女の直感に逆らうとあとが怖い」

「父さん！」

「ネアリイが決心するなどよほどのことだろう。好きにさせるしかあるまいな」

姉を護りきる自信などない、と言おうとしたが、涙をためつつも一歩も引かないふうのネアリイを前にしては口を閉じるしかなかった。

人はどこまで記憶をさかのぼることができるのだろう。デイスの一番古い記憶は、ネアリイだ。手足が細く小さかったところを見ると、ネアリイは七つか八つだろうか。そのときも春先で、風が強かった。二人はゴルツ山の麓《ふもと》、村がすぐ後ろに控えている斜面にいて、銀松《チャーキー》の実をとっていた。チャーキーの実は枝になったまま冬を越し、春に堅くしまった歯ごたえのある香ばしい食べ物になる。これを三個食べると赤子が泣きやみ、五つ食べると咳が止まり、十個食べると老人の杖がはずれると言われていた。癇癪《かんしゃく》をおこして泣きやまない三つの彼をネアリイが連れ出して実を示すと、たちまちにこにこして、小さい手でむしりとっては口に入れる。こんな煙と霧ばかりの村にも、大地はちゃんとそれとない恵みを届けているのだ、と思った。そんな馬鹿な、三歳児がそんなことを思うはずがない、あとからつけ足した考えだろうと言われるかもしれないが、それは違う。確かに三歳のデイス本人がそう思ったことを覚えているのだ。ネアリイは笑顔でふりかえり、口の横っちょについたチャーキーの葉を、手のひらを押しつけるようにして払ってくれる。そのぬくもりでまた顔がほころぶ。

そのとき上のほうで小さな音がした。枯れ草をかきわける乾いた音に、ネアリイは首をのばしてさながら安全を確認する海鳥の親のように音を確かめ、それからデイスにかがみこんでそっと指をあげ、枝のむこうの草むらを示した。デイスも音をたてないようにしてうかがうと、一羽のウサギが耳を立てていた。二人とも息を凝らした。ウサギは警戒を解いたのだろう、前足で顔を洗いはじめた。その仕草に、思わず顔を見合わせて微笑む。念入りに顔洗いを終えたウサギは、今度は耳の手入れにとりかかった。頭を前にかしげ、片耳を倒し、前足ではさみこんで付け根から先へとなでていく。二、三回くりかえしたあとに反対側。ところがどうしたことか、前足は耳をはさみそこねてしまう。それでも自分でははさんでなでたつもりなのだろう、一向に気にしないでもう一度くりかえす。またはさみそこねた。とうとうネアリイは吹きだした。デイスを抱きしめながら笑いつづける。ウサギは跳びあがって逃げていってしまったが、あのときの彼女のぬくもりとさざ波のような笑いの響きがずっとデイスの根幹に残っている。あれ以来、二人にとっては、ウサギ、というと「耳掃除をしたつもりでしていないまぬけなウサギ」になったのだ……。

……真夏の嵐が東からやってきてゴルッ山を駆けくだり、村をひと吹きに海へとぬけていく。デイスが十歳の夏のことだった。〈火使い村〉にお使いに行ってきた帰りで、背中にカラン麦の袋を背負っていた。黒雲が紫電を走らせて空いっぱいに広がり、今にも大粒の雨がふってきそうだった。雨は好きだ。雷も大好きだ。空いっぱいに走っていく稲光の自由奔放さ、腹の底まで響いてくる雷鳴、それに、たたきつけるような雨ともなれば、その中に身体をさらしてなにやら叫びたくなる。だが、背中のカラン麦を濡らすわけにはいかない。足を速めて坂道を上り、村の門が見えるところまでやってきた。門といっても木の枠で囲っただけの目印にすぎない、そのそばでネアリイがうろうろしていた。彼を待っていたのだろう、と察した。すると、いたずら心がぴょんと跳ねた。

「ネアリイ!」

と稲光に合わせて叫んだ。姉がこちらをむく。

「そら、後ろ!」

背後には何もないのだが、ついふりむくその隙に坂を駆けあがって軽くつき飛ばしてやろうと思っていた。何すんの、デイスの馬鹿、くらいの悪態を期待していた。ところがネアリイがふりかえったまさにその瞬間、ばりばりとすさまじい音が空を渡っていった。びっくりしたのは二人一緒で、足が止まったデイスめがけてネアリイは半べそをかきながら駆けおりてきた。デイスはとっさに両腕を広げて抱きとめたのだが、泣きじゃくる姉の髪を頰に感じながら、しまったなあと思うと同時に、分厚くあったかい無限に広がる毛布みたいだと思っていた姉が、実際は雷を怖がる少女だとはじめて意識したのだった。そのあと家に帰ってから、両親からこっぴどく叱られたのは言うまでもない……。

……十二歳になって、ビュリアンの父から弓の手ほどきを受けるようになった。それまでもビュリアンとは顔をつき合わせるたびに歯をむき出して互いのまわりを回る野良犬のような関係だったが、一緒に弓を習うようになってからはさらに喧嘩の回数が増えた。小さいときから本能が競争相手だと告げていた。常にどちらが上か下かを意識して、毎日ちょっとしたことでとっくみあいになった。それは地鳴りのおさまらないゴルツ山がある日いきなり噴火するのにも似ていた。広場で両足を投げだして腫《は》れた頰やたんこぶのできた額や腕の切り傷、すねの打撲をかかえながらもなおまだ悪態をつきあっている二人に、ビュリアンの父はもとより村の誰もが呆れはててかまわなくなっていた。ただ一人、ネアリイだけは見すてなかった。貴重な薬草の軟膏《なんこう》をかかえて走ってきて、まずビュリアンの手当をする。それはデイスに代わってビュリアンに謝罪しているかのようだった。おもしろくないのでまたさらに悪態をつく。今度は二人に対して。ビュリアンの手当が終わってむきなおったネアリイはぽろぽろと涙をこぼしながら、デイスの傷を洗い、軟膏を塗ってくれる。もうそうなると、さすがにデイスの悪態も尻つぼみになり、悪かったよ姉さん、もう二度としない、もうしないからとなだめにかかるが、次の日になるとすぐにまた、そんな約束はタンポポの綿毛同様、風に飛んで同じことのくりかえし。

まあ、ここ二年くらいは、デイスの弓の腕前とビュリアンの女の子たちのあいだでの人気が拮抗《きっこう》し、互いの領域には一応敬意を払う暗黙の協定がなされ、村中を呆れさせるようなはてしないとっくみあいはそれほど多くなくなったが……。

二人の仕度はまもなく終わった。デイスは眠れないとわかっていたので、暖炉のそばに腰をおろした。炎がはぜるのを見守りながら、不思議に行く末のことを心配していない自分に気がついた。リンターが彼を名指ししたとき、なぜか当然だと思った。青金石《ラピスラズリ》の欠片《かけら》となったリンターの一部をいたましいと思った瞬間から、彼とともにいたいと願ったのだ。粉々に砕けた青金石をもとに戻すことはできないが、自分はそばにいると、リンターに伝えたかった。

リンターに？

薪《たきぎ》の真紅の光を見つめながら自問する。一体おれはどうしたんだろう。もしかしてリンターの魔法に縛られているのか？

考えているうちにうとうとしたらしい。浅い夢の端っこで、ビュリアンが首をふった。まったくおまえときたら。無鉄砲で考えなし、魔道師の思惑にしっかりはまりこんじゃって、馬鹿なやつ。それから、ふってきた火の玉でミルディが黒焦げになり、氷のように白い女が、暗い海を回遊するサメのような光のない目で彼を見て、何かを言う。誰だ、これは。長身細身の、ひどく冷たく、怖ろしい……。

扉をけたたましくたたく音ではっとした。窓の外は薄緑色に明るくなっている。まだ雄鶏は鳴かないが、いつ鳴いてもおかしくない。リンターが迎えにきたのだと思ったとたん、父母と別れなければならない悲しみや、育った村を離れなければならないつらさをしのぐ喜びがつきあげてきて、思ってもいなかったおのれの感情に戸惑った。リンターとともに行くことが、なぜこんなにうれしいのか。まるで主《あるじ》をさがしあてた迷子の子犬のようではないか。

父が扉をあけている。セオルを羽織っているのは、父もよく眠れなかったためか、それとも塔の上でなかなか見えない星を観察していたためだろうか。

外の人物と二言三言言葉を交わした父は、ふりむいて彼を呼んだ。デイスが立ちあがろうとしているあいだに、ずかずかと入ってきたのは四人の見知らぬ男たちだった。彼は、この無作法にむっとして相手をにらみつけた。

立ちはだかるいずれも長身の男たちは、鮮やかな紫色の前びらきの長衣をまとっている。布地が見えないほどに銀の刺繍をほどこしてあるので、ひどく重そうだった。同じ意匠の胴着を着てズボンをはき、幅広の銀の帯をつけ、光沢のある銀の編上げ靴をはいている。みな年は同じくらい、二、三十代か。輪郭《りんかく》はそれぞれ違うが、いずれも目つき鋭く、笑いが絶えて久しい唇と細い顎をもっている。

「〈神が峰〉の銀戦士殿だ」

父があきらめの口調で言った。むっとしていなければ、デイスもたちまち投降したかもしれない。〈火使い村〉に銀戦士が滞在している、という噂を耳にしたのはおとといのことだ。それはそう珍しいことではない。彼らは魔道師を捕らえる仕事で年中国内を移動している。穢《けが》れを一切拒否して生きるこの信仰集団は、荒廃の嵐の中においても、驚くほど整然と統制と規律を維持している。全国にはびこっている魔道師やえせ神主、占い女を一掃するという使命の炎が消えることはなさそうだ。

「リンターが水の代価としてきみを所望したとか。われわれは昨夜報せを受けとって駆けつけてきた。安心したまえ。リンターはわれわれが捕獲する」

銀髪のがっしりした男がうけあった。毛根のあちこちが赤毛に戻っていることから、無理して脱色したのがわかる。彼らにとって銀は至上の色、汚濁《おだく》に染まらない色なのだ。これを見よ、と隣の比較的丸い顔の男が自慢げに両腕を広げた。

「これは一切の闇と穢れを封じる破魔の鎖ぞ。改良に改良を重ねてきた自慢の道具よ。これに身体を縛られれば、たいていの魔道師は力を使えなくなる」

一見華奢《きやしや》な網鎖だが、重そうな分銅がついている。そして彼の自信たっぷりの態度は、それまで一度も獲物を逃がしたことがないとほのめかしていた。さらにその隣の男が、

「それでも相手がリンターだというのでな、今日は急遽《きゆうきよ》これも用意してきた」

とリンターの名を刻んだ黒風石《オブリウム》の欠片を鎖にぶらさげた。

「彼の力を無効にする魔法の石だ、われらに任せておくがいい、リンターは村から消え、きみたちは再び平和な暮らしをとりもどすだろう」

うれしくなかった。成功すれば、リンター以上の寄進を要求するだろう。若者二人の身柄どころではない。ただでさえ貧しい村が、わずかに残っている昔の交易の名残《なごり》の骨董品や、貴重な父の天文学の本などをとりあげられ、さらに債務が残るだろう。それにリンターとひきはなされると思うと、やっと集めたチャーキーの実を乱暴な手によってばらまかれるような気がする。

「――捕まえたらどうするんですか」

銀鎖から目を離さずに尋ねると、

「心配ない。〈神が峰〉に連行し、塔に入れることになっている」

と体格のいい男が厳《おごそ》かに答え、

「命はとらぬ」

と今まで黙していた逆三角形の顔の男がうなり、

「だが、二度とは出てこられぬ。いかに溶岩の山で三百年生きながらえた男でも」

と丸顔が明るく保証した。

つまりはリンターの命を奪うことができないので、終生閉じこめておくということか。そうなったらどのくらいの時間を孤独と無力感にさいなまれてすごすのだろう。三百年、山の根で眠っていた魔道師が、命を削りとられて楽になるまで一体どのくらいかかるというのか。五百年か。千年か。

「殺されたほうがましだ」

嫌悪感をつのらせて思わず口走ると、丸顔の男がうれしそうに言った。

「そう、死んだほうがまし。それが魔道師の犯した罪に対する制裁なんだよ、坊や。まあ、安心してわれわれに任せておきたまえ」

雄鶏のときの声がかすかに聞こえた。銀戦士たちは表情をひきしめると素早くまなざしをかわしあい、風を巻きおこして出ていった。ネアリイがそっと隣に立つ。デイスはつぶやいた。

「魔道師の犯した罪って、何？」

誰もそれには答えない。

「あんなものでリンターが縛られるわけがない」

姉の手が肩にかかった。

「大丈夫よ、あの人たち、百戦錬磨の戦士ですもの」

それを心配しているわけではない、と喉元まで出かかった言葉をのみこみ、目をさまよわせた。狩り用の弓が出立の用意をした卓の上に置いてある。デイスは二歩で弓と箙《えびら》をひっつかむと、呼びとめるネアリイの声を背中に、星見の塔に駆けあがっていった。

塔といっても木の櫓《やぐら》である。村はずれの高台に基盤を置いてあるので、狭い村中を一望できる。ぎしぎしいう階段を登りきると、足元には広場が広がっている。星見用なので屋根はない。壁もない。方角を示す柱が八本建っているだけ。北東を示す柱のそばに立ったとき、リンターが見えた。ちょうど射しそめた曙光《しょこう》に半身をさらしてなおも黒々と、広場のほぼ中央までやってきたところだった。待ちかまえていた銀戦士たちがばらばらとそれをとり囲む。しばらく押し問答があったようだ。海からの突風がリンターのセオルをはためかせ、砂塵が舞いあがった。それを合図に、銀戦士たちの鎖が宙を走った。

リンターはセオルを片肩のみはねのけて分銅を打ちはらった。四本の鎖は次々とあらぬ方向に蹴散らされた。笑い声をあげたのは丸顔の男だろうか。それを叱咤《しった》したのは体格のいい男か。同じ攻防がさらに数度つづいた。デイスは床に腹這いになり、矢をつがえて的を絞った。しかし指が離れる直前に、父の声がふってきた。

「それで人を狙うのか？　背中から？」

弦がゆるむ。そう、これはしてはならないことだ、理性はつぶやく。もし放った矢で人が死んだら、おれは人殺しだ。一方、感情のほうは、頭蓋骨の中で逃げ場をなくした猫のようにあっちにぶつかりこっちにぶつかりして金切り声をあげている。リンターを救わなくちゃ。リンターを助けるんだ。リンターが捕まってしまう。

右側に父の膝が見えた。デイスは大きく息を吐いた。珍しく今回は理性が勝った。望むことと違っていても、決してしてはならないことがある。

「そうだ、おまえの弓は生きるために使う弓だ。それをまちがってはならないぞ。村一番の射手が人を死に至らしめてはならん。それにな、選択肢が常に二つとは限らない。生か死か、善か悪か、最良のものか、最悪のものか。運命というものはな、デイス、たいていは両極端のその中間におりてくるもんさ。そして四方八方にその力を放射する。ちょうど星の光のようにな。生か死かしか見ない人間にはそれがわからない。すべてか無かという考えしかもたないおとなになってはいかん。あの男たちのように」

淡々と語る父の言葉は、不思議に抵抗なく心にしみた。

広場の片隅にビュリアンの姿があらわれた。ほかの村人たちは家の中に縮こまって固唾《かたず》をのんでいる。犬一匹歩かない。ビュリアンは取引所の軒下にそっとたたずみ、戦況を見守ろうとしているのだろうか。昨日リンターに指さされたとき、彼の顔に走ったかすかな喜びを、デイスはちゃんと見てとっていた。ある部分ではリンターの言うとおりだった。閉塞感で満杯の、排他的な村の暮らしを捨て去る絶好の機会にちがいない。誰だって一度は秤にかけるはずだ。それをリンターは、正当な理由をつけてあとおししてくれたようなものだ。

リンターの受け流した分銅の一つが、そのビュリアンの頭をかすめて取引所の壁をうちぬいた。漆喰《しっくい》が飛び、木っ端がはじける。ビュリアンはとっさに身をかがめてやりすごしたが、リンターははっとしたようだった。一瞬の隙が生じた、それを銀戦士たちが見逃そうはずがない。たちまち三本の鎖がからめとる。三方から縛《いまし》められてリンターは広場の中央に立ちつくす。その全身から紫電が飛び散り、火の粉が吹きあがったが、銀戦士たちは足をふんばってもちこたえる。丸顔の男が朗らかに叫んだ。

「やったぞ！　最強の魔道師を捕らえた！　さあ、これを切れるもんなら切ってみろっ」

鎖が引きしぼられ、リンターの足が地面を擦った。

「かあんねんするんだなあ」

逆三角の顔の戦士が叫び、じりじりと鎖をたぐりよせる。リンターはよろめき、片膝を折った。

「ビュリアンの馬鹿野郎」

とデイスは歯嚙みする。そこへ父がしゃがみこんできた。肩を軽くたたき、

「おおい、今じゃないか」

と言う。怪訝《けげん》な顔で見あげると、片眉をつりあげて指さしたその先に、銀鎖につけられた封じこめのオブリウムが、ちょうど昇ってきた朝陽に反射している。思わず父を見かえすと、にっと笑った。

デイスは唇をしめし、身体を軽くゆすってから弓をもちなおした。上昇気流に乗って飛びた

った鷹の影が広場を横切っていく。ゆっくりと弓を引きしぼり、自分も鷹の目をもっていることを半ばは信じ、半ばは願いつつ、指をはなした。鷹の鳴き声が上空に響く。

矢は黒い石に音をたてて命中し、石は砕けた。その欠片が宙を舞っているあいだに、デイスは素早く二本めをはなった。二つめの石は斜めにむいていたので直撃は免れたが、それでも端が欠けたようだった。

「ようし、うまいぞ」

父の歓声をはげみにした三射めは、鎖の上をむなしく飛んだ。ようやく驚愕からさめ、事態を把握《はあく》した銀戦士たちが、矢の飛んだ方向をさがして頭をめぐらせる。デイスはとっさに身をかがめた。父は素知らぬふりで見物人を装い、彼らの視線をやりすごしながら様子を中継してくれる。

「どこから飛んできたのかわからないでいるよ。――おやおや、おまえの友達も勇気があるな。飛びだしてきたぞ」

そっとのぞくと、ビュリアンがリンターにむしゃぶりつくようにして、残ったオブリウムをむしりとり、遠くへ投げやったところだった。銀戦士たちが怒声をあげてビュリアンにつめよろうとした。リンターの身体から、目に見えない力がほとばしった。空気の波紋が次々に押し広がっていき、ビュリアンも銀戦士も吹きとんだ。

鎖が音をたてて足元にとぐろを巻いた。それを無造作に踏みつけつつ、魔道師はこちらへむかってくる。地面や家の壁にたたきつけられてうめいている銀戦士たちをまたぎ、転がっているビュリアンの襟首をつまむように拾いあげて。

デイスはぱっと立ちあがり、父と正対した。

「父さん、おれ、行くよ」

父はかすかに笑って同意を示した。

「ああ、そうするがいい。ネアリイを忘れるな」

階段を駆けおり、居間に飛びこんで姉の名を叫び、卓上の荷物をひっつかんで外に飛びだす。リンターがちょうど家の前の坂にさしかかったところだった。まろぶように間合いをつめて長身の魔道師を仰いだ。

「まずはどこまで行くんだ?」

「〈火使い村〉と考えていたが、だめになったな」

「それじゃ、こっちだ」

デイスは村の出入り口と正反対の、ゴルツ山につづく道をさししめした。

「村の人たちしか知らない道がたくさんある。こっちなら、なんとかまけるかもしれない」

ネアリイを先頭に立てて熊笹の藪《やぶ》を登ることにした。その後ろにビュリアン、リンター、殿《しんがり》がデイスという順で、灰色杉の疎林《そりん》の中を進んでいく。しばらく登ったところでリンターが肩越しに尋ねてきた。

「なぜ助けた? あのままにしておけば面倒もなかったものを」

「約束だから。あんたは水をくれた。銀戦士に味方しても水はくれないし、感謝もないし」

本音は隠しておきたかった。思春期の反抗心はぼろ切れ同然になったものの、まだどこかにぶらさがっている。

「命を懸けることになるのかもしれないぞ」

「あんたたちには大したことじゃないのかもしれないけれど」

とデイスは若木に手をかけて身体をひっぱりあげながら答えた。

「村にとって水は死活問題だからな。おれたち二人の身柄で井戸水が保証されるんなら、胸はってあんたについていくさ」

ビュリアンも朗らかな声をあげた。

「おれたちは村の英雄だ」

「五十人の中の英雄か。なんともわびしいねえ」

「それでもいい。結婚相手は生まれたときから決められてる、誰の家の夕食がなんだったか、みんな知っている。あんたが来てくれなきゃ、おれは〈火使い村〉に出稼ぎに出て硫黄《いおう》とか膠《にかわ》とか混ぜ合わせて松脂《まつやに》まみれになるところだったんだ。信じられねえ、あんなちまちました仕事。考えただけで震えがくるぜ」

調子に乗ってぽろりと本音を漏らす。なんだ、ビュリアンも同じじゃないか。

灰色杉の林が切れて笹竹とチャーキーの茂みに変わり、足元も崩れやすい礫土《れきど》になってきた。山の三合めあたりをぐるりと四分の一周して、下れば〈火使い村〉、登れば反対斜面の東側に出る地点までたどりついた。もう陽は高く、森ではヒヨドリやシジュウカラが春の恋騒ぎにかしましい。ネアリイの足元から、驚いたニシン鳥が羽音高く飛びたった。ゴルツ山の煙は今日はまっすぐに立ち昇っている。薄雲のあいだから陽光が射して、硫黄臭い〈火使い村〉の銅葺《ぶ》き屋根を光らせた。

「ありゃあ、だめだな」

とビュリアンが岩に腰をおろしてなげいた。〈火使い村〉の赤い屋根と屋根のあいだに、ちらちら動く輝点があった。

「銀戦士の……十人はいる」

「なんであんなに……」

「あいつら、あれしかやることないのか？」

「あの力、もっと別なことに使えばいいのに」

と珍しく二人の意見が一致する。

　ネアリイが、

「宗教って厄介ね。堅い信仰と狂信は紙一重に思える」

とつぶやくと、リンターもかすかにうなずいた。

「昔はヤエリもああではなかった。彼女を追いつめたのは、わたしたちきょうだいかもしれぬ」

「ヤエリ……？　誰？」

「〈神が峰〉神官戦士軍団の創立者。わたしの妹だ」

「妹？　だったら魔道師だろ？　なんで魔道師狩りの御大《おんたい》になってんのさ」

リンターはそれには謎めいた視線を返しただけだった。そうなると三人とも黙すしかない。ふた呼吸してからデイスがふと口をすべらせた。

「ヤエリって――あなたの妹でも一番下の人だよな。黒髪の稲妻使い」

ネアリイとビュリアンはぎょっとした。リンターは唇の片方をほんの少しもちあげた。

「なんでおまえ、そんなこと知ってんの」

「知ってるわけじゃない。リンターがおれに見せた。大昔の戦だよな、ロックラント砦、イスリルとの魔道戦」

「だからなんでそんなこと、知ってるんだよ」

デイスにしてもどう説明したらいいかわからない。肝心のリンターは素知らぬ顔で分かれ道をふり仰ぎ、

「これはどこへ行く？」

と尋ねた。ネアリイが丁寧な口調で答えた。

「東側に回ります。その先また分かれて一方は山頂に、もう一方は下って海岸に出ます」

「それは港か？」

「大昔はね。今じゃ寂れてごみと砂だらけだ」

と疑問を宙ぶらりんにされた腹だたしさもあからさまに、皮肉っぽい口調でビュリアンがつぶやいた。リンターは、

「海に出る」

そう宣言すると、先頭に立って歩きはじめた。三人はあわててあとを追う。

「海に出るっていったって――」

「船なんかほとんどとおらねえし――」

リンターは頓着しない。軽々と登っていく。

「なあ、デイス、リンターって魔道師だろ？　かなり前に空からふってきてこの山を造ったっていう。なんでふってきたんだ？　それになんで今生きてんのさ。魔道師の寿命っておれたちと違うのか？　それに妹って何？　ほかにもきょうだいがわんさかいて、みんなまだ生きてるってことか？」

「おれに聞くな。それから、思ったこと、片っ端から垂れ流しにすんな」

「変に思ったことを聞いて何が悪い。ああ、おまえは人に聞けないもんな。自尊心ってものがやたらに高いお坊ちゃまだもんな」

「るせえ。おまえがしゃべりすぎなんだ、口やかましいおばちゃんじゃあるまいし」

「魔道師の寿命はね」

とネアリイが割って入った。

「普通の人とおんなじに五十年の人もいるし、百年二百年の人もいるんだって」

「へええ、姉ちゃん詳しい」

ひやかすビュリアンの踵《かかと》を坂の下からデイスは拳《こぶし》で殴る。ネアリイは二人の小競合いには上の空で、うろ覚えの情報を掘りだしてみせた。

「何かの本に書いてあったんだけど……実年齢と見かけや中身が違うのはあたりまえなんだって……三歳くらいに見える坊やが二十年間、三歳やっていたり、五十くらいに見えるおばあさんがまだ二十歳にもならない人だったり」

「ええ、なんだよ、それ、うわあ、嫌だあ」

一般的に五十年生きられたらいい。だから六十を超すと、すごい年寄りの部類に入る。二十歳にもならないのに、五十の外見では、考えるだに寒気がしてくる。

「身体の成長と時間の経過が比例していないってことか。だとするとリンターは何歳なんだろう」

誰もそれには返事をしない。しばらく歩いてから、ビュリアンがまたふりむいた。

「なあ、姉ちゃん、デイスって似てないか、なんとなく、その——あの人に」

リンターの後ろ姿を顎で示す。

「なに馬鹿なこと言ってんだ」

「似てないわよ」

「へえ、そうかあ?」

へらへらと笑うのは、デイスが捨て子だったのをからかっているからだ。いまだ童顔で、頬の膨らみが赤ちゃんのように残っているのを気にしているのも知っているからだ。デイスは色白、髪は漆黒《しっこく》だが、目は昨日拾った肩留《フィブラ》めの〈太陽の石《オルヴァン》〉とまったく同じ明るい緑色、闇に染まり、黒水晶を削ったようなリンターの面立ちとは正反対である。身長だってビュリアンより頭一つ低い。薄っぺらな胸板と、思いつきで行動してしまう軽々しさに、火をつければ燃えてしまう紙切れ同然だとからかわれて、ビュリアンと大喧嘩したのはほんの半年前だ。あのときは本当にビュリアンが炉から燃えさしをもってきて、袖に近づけた。それでかっとなったデイスがなぐりかかったのだった。

むかっ腹がよみがえってきた。デイスはビュリアンの腰を両手で強く押した。登りで押してくれてありがとよ、と鼻で笑われる。

チャーキーの茂みから三羽のウサギが跳ねていった。こちらに害意のないのを知ってか、余裕のある走りっぷりだった。アザラシ海峡のむこうに雲のわくのが見える。

途中何度か休みながらゴルツ山の懐《ふところ》を大きくまわりこみ、夕刻前に東の港あとにたどりついた。そこはビュリアンの言うとおり、落ちた桟橋に海草や流木が積み重なり、海風に砂塵の舞いあがる場所だった。夕暮れが迫っていた。陽は山腹のむこうに隠れ、冷たい風がひゅうひゅう鳴り、あたりはたちまち朽ちた羊歯《しだ》の色に染まっていく。

とりあえず大岩の陰で火を焚こうと流木を集めにかかると、リンターが寄ってきた。ビュリアンのひきずってきた材木をさらうようにして手に取り、少年の文句を聞き流して何か考えこんでいたが、やがて二人に同じようなものをもっとたくさん見つけてくるようにと命じた。

震えながらかじかんだ手で泥や土を掻きだし、互いに折り重なっているごみを蹴飛ばし、半ば潮に濡れそぼって小山となるほどに集めると、ようやくリンターは十分だろうと結論づけた。

「ああ、いい運動だったぜ、まったくよ！　海峡のむこうに狼煙《のろし》でもあげようってのか」

とビュリアンは肩をゆすぶる。デイスもセオルの中で縮こまって歯を鳴らした。

「うう、このままだと明日は塩漬けになってるかも」

デイスの肩にリンターが左手を置いた。慰めてくれるつもりかと思いきや、どうやらそうではないらしい。材木の小山に右手のひらをさしだして、なにやら魔法をかける恰好か。三人とも盛大な焚き火を期待した。そしてゴルツ山をわけなく噴火させた魔道師が、呪文を唱えるのをはじめて聞いて固唾をのんだ。長い呪文だった。コンスル語だったが、言いまわしが古風で意味はさっぱりわからない。海がどうのこうの、もとの形がどうのこうの。

キツツキが木に穴をあけるようなやわらかい槌音が三度響いた。とたんに、材木の小山は、土くれと潮水をはねとばして空中に舞いあがった。木材同士がぶつかりあい、きしみながら形を変え、組み合わさって、ひと呼吸するまもなく、小型の船の形をとって水際に着水した。ざぶん、と足元まで大波がきて、引いていく。

三人は言葉もなく、一本マストの立派な交易船を凝視した。船首には歌をうたって嵐をしずめるイルモネス女神の像までついている。帆はしっかりとまきあげられ、舵《かじ》は波とともにかすかに左右し、錨《いかり》はいまだ水中にあるらしい。船尾にゆれる五個のカンテラの明かりが夕さりにまぶしい。

デイスは足の裏から何かがぬけだしていくのを感じた。膝ががくがくする。

それからリンターは、よろめく彼を押しながら海に入った。膝まで冷たい水に浸かり、再び長い呪文を唱えはじめた。今度のは聞いたことのない言葉で、一定の拍子に刻まれていく。そっとゆり動かし、なだめ、何かを思いださせるように。

　すると呪文が終わってしばしの静寂ののち、暗い水面のあちこちに灰白の光がぼんやりと射してきて、海面をすべっていったかと思うや船に接触した。泡のはじける音がひとしきり、光は船腹を這いあがっていき、甲板に達するといくつもの人の形をとった。それらはすぐさまきびきびと働きはじめる。索綱《さくづな》をゆるめ、帆をおろし、小舟を操って近づいてくる。リンターが三人にふりむいた。

「あれに乗る」

　灰白の肌の船頭の眼窩《がんか》には瞳がなく、うつろな闇があるばかり、衣服とおぼしき代物は水に濡れた海草か。骸骨に粘土で肉づけした動く死人さながらのそれが櫂《かい》をにぎる舟に乗りこむのは、気が進まなかった。しかしリンターがなんの躊躇《ちゅうちょ》もなく先立つと、三人も動かざるをえない。

　ビュリアンがそっと漕ぎ手を指さして、これ何、と尋ねた。

「沈没した船の水夫たちの骸《むくろ》だ。大地と緑の力で動かしている」

「げえ……」

　リンターはふりかえって、

「具合が悪いか」

とデイスに聞いた。デイスはネアリイの肩に頭を預けてぐったりしていた。

「なんだろう、急にだるくなって……」

「そうだろうな」

「……何？」

「そなたの力をもらったからな。船を再構築し、死人を復活させるには、緑の魔法も必要だった。そなたはその力をもっているゆえ」

「なに？　ちょっと待ってよ。魔法って……」

「大地の魔力のうちの一つだ。生命を与え、育て、実らせる力」

「おれが？　なんで？」

「そなたにその力があればこそ、つれてきたのだ」

「頭がまわらない……。おれがどうして――」

「ってことは、なに、この船はデイスの力を吸いとって造ったってことか？」

ビュリアンが舟先から叫ぶ。本船の腹がもう目の前に来ている。舳先《へさき》が軽く当たり、骸の船頭が固定してくれた縄梯子《なわばしご》に片手片足をかけながら、ビュリアンはするってえと、とつぶやいた。

「おれのなんかも当てにされているわけ？」

「でなくば指名しない」

とリンターはそっけなく答えた。

「おれにも魔力があんのか？」

「生命力という大きな力が」

「……やっぱり命吸いとるってことか」

悪態を吐き散らしながら、ビュリアンはやけくそ気味に梯子をあがっていった。デイスもようよう立ちあがり、姉に尻を押してもらって這い登る。最後にリンターが乗船し、小舟が横づけに収納されると、音をたてて帆が大きく膨らんだ。

「……で？　食い物はあんのか？　寝台は？　当分あったかい思いはできねえのか？」

「骸たちが調理した魚を食し、骸たちが整えた寝台で明日の朝までぬくぬくと眠れるだろう」

その声にはかすかに笑いがまじっていた。

3

〈不動山〉の周囲を大蛇の鱗《うろこ》が護っている。人一人、生き物一匹入りこめないように。空飛ぶ鳥でさえめったに飛ぶことのない山だが、この日は強風にあおられた番《つがい》の鴉《からす》が吹きよせられてきた。強風に悲鳴をあげたその拍子に、くわえていた銀松《チヤーキー》の実と青ブナの新芽を落としてしまった。チャーキーの実がまっすぐ落ちて岩の一つに当たった。そのかすかな音を臥所《ふしど》の中で聞いたナハティの脳裏に、ぼんやりとはるかな昔がよみがえってきた。

そう、一家の零落は父の死からはじまったのだった……。しがない元老院貴族に仕えるしがない三流魔道師、家柄だけは古く連綿と、かれこれ五百年もつづいているか。父が突然亡くなるまでは、なんとか食べてはこられたのだ。前日まで元気だったのに、朝に倒れた父は夕刻を待たずに逝《い》ってしまった。残されたのは身重の妻と八人の子どもたち。

そのとき長男ゲイルは十九歳、優柔不断で気のきかない男でなかったら母も心配はしなかっただろうに、ただ呆然と立ちすくみ、葬儀の次第も決められない有様だった。すぐ下のテシアは不測の事態に内心はおろおろと、表面上は冷たい仮面をはりつけて不安を隠すのに精一杯だった。大きなお腹をかかえながら、母はナハティにそなた頼む、と言った。そのときまだ十一歳だったにもかかわらず、母のためにと奔走し、あちこちに談判してなんとか葬儀の体裁をとりつくろった。費用として居住区《インスル》の北四半分の土地をさしだすことになったが、もともと荒れ放題になっていた土地だったので、母もそれで良しとした。

ハコヤナギの綿毛が花びらのように飛ぶ晩春のことだった。ゲイルは父のあとを継いで貴族おかかえの魔道師となったが、足元を見られて給与を父の半分にされ、たちまち一家は困窮した。テシアが家財道具を売り、布や麦を買った。ナハティが弟妹たちの服をせっせと縫い、カサンドラとリンターを学校に通わせ、下の三人の乳母代わりに奴隷を一人安く買った。インスルの土地は半分になり、最後には四分の一になった。それでも弟妹たちを育ててやったのは自分だという自負心があった。彼女が奔走しなければ、弟妹たちはろくな教育も受けられず、餓死したか凍死したか。そう、ナハティが一家を支えたのだ。ゲイルでもテシアでもなく。わたしがイザーカトの家を背負っていたのだ、十一の少女だったわたしが！

ナハティは満足気に寝返りをうった。鼻が高く、眼窩《がんか》の深いきつい顔だちに、かすかな笑みが浮かぶ。すると、背中の筋がつった。魔道戦の痛手がいまだに消えない。眉間に深い縦皺《たてじわ》をよせる。ちょうどそのとき、青ブナの新芽が岩間に落ちてきた。そのたった一枚の小さな葉が、記憶の泉に大きな波紋をつくった。それは緑の同心円となって次々におしよせてきた。

デイサンダー。

不意に、彼が生まれてきたときのことがよみがえってくる。輝かしい秋の黄金の梢《こずえ》に、純銀の雪のかぶさった晴れた朝。真紅と金と青の森、きらめく湖水、鏡の欠片《かけら》のような銀の大地、地平線から昇ってきたばかりの白金の太陽。

灰色にくすんだ館。それなのに、窓から見える光に満ちた景色、それらすべての祝福を浴びて生まれてきた末弟は、新芽のごとくに小さくやわらかく、大地の力に満ち満ちていた。母の腕に抱かれてぱっちりひらいた目、〈太陽の石《オルヴァン》〉の光を宿した鮮緑のその目に射ぬかれるような衝撃を受けて一歩退くと、幼いヤエリがぴょんぴょんはねながらくりかえし叫んだ。

「この子、ちゅくるの、この子、ちゅくりゅの！」

　間もなく二つになるイリアがリンターを見あげて、デイデンジャ、と誇らしげに笑い、リンターもまたいい顔をして微笑んで、デイサンダー、と言いなおしてやった。母は、二人の兄がつけた名に異議を唱えず、失った夫の空白を満たしてくれた生き物の髪にいとおしげにくちづけした。

　この子の瞳の中には、太陽の歌、緑の歌、星の歌がつまっている。それにもかかわらず、奥深くにある魔道師の闇と溶けあっている。鮮緑のまばゆい光の奥、芯になっているところでは漆黒《しっこく》の影が凝集しているではないか。この感覚は、それゆえの恐怖だろうか。得体のしれない光はナハティの血潮をざわつかせる。

　ほかのきょうだいたちがその小さな生き物を中心にして、顔を見合わせて微笑んでいる。ナハティは末弟から一歩退いた。わたしはあの輪の中には入れない。あの子を見て微笑むことなどできないのだから。

　ナハティが十三歳になろうとしていた冬至の前日、母が死んだ。きょうだいたちの中であなたが一番魔道師の力をもっている、と常に励ましてくれていた母が死んだ。ナハティは冬至の翌日の鋭く反射する冷たい陽射しに立ちすくみ、葬儀が進行するのをただじっと見ていた。彼女のまわりには誰もいない。さっきゲイルと口論したせいだ。

今回は兄もさすがに葬儀の準備を自ら仕切った。その様子を見ていたナハティが不備な点を二つ三つ指摘した。まちがったことなどしていないのに、なぜかゲイルは怒りだした。でしゃばるな、と一喝、おのれの非を認めようとしない八つも年上の兄に、一歩も引けをとらずに応戦したナハティだった。しかしそのあと、なぜかきょうだいたちはみな、彼女を避けているようだった。

棺のむこうでゲイルとテシアは腕を組み、互いによりかかっている。カサンドラはまだ赤ん坊の末弟を抱き、頰をくっつけるようにしてリンターがよりそっている。下の妹たちは、三歳のイリアを真ん中にして手をつないでいる。

デイサンダーが生まれたことで、きょうだいたちのつながりに変化がおきていたのだ、とここにいたってようやくナハティは気がついた。今までナハティが面倒を見てやっていたのに、デイサンダーを中心にした環をカサンドラが構築してしまった。そこにナハティの入る余地はない。こちらから歩みよれば心やさしいカサンドラのことだ、なんのわだかまりもなく受けいれてくれるだろう。だがそこでは、一番偉いのはカサンドラであってナハティではない。弟妹たちはみなカサンドラの味方になってしまった。

ゲイルが供物の豚肉を切り分けてテシアに手渡す。テシアからナハティ、ナハティからカサンドラへと年の順に手渡されていく。そのとき、抱かれていたデイサンダーがくるりとふりかえった。すべてを理解しているような表情で、しゃぶっていた小さな手を広げ、慰めるかのようにのばしてくる。思わず身を引いた。その拍子に、鮮緑の瞳、瞳と同じ光を発する肩留め《フィブラ》の宝石をまともにのぞきこんでしまった。それは、デイサンダーが生まれたとき、祖先からの遺言として末弟の胸元に留められたフィブラだった。九番めの子どもに渡すようにと代々伝えられてきた石がはめこまれている。〈太陽の石《オルヴァン》〉と〈太陽の石《オルヴァン》〉の目。ナハティの中にある何かを焼きつくさんばかりの。

ナハティはあわてて退き、距離をおく。この子は怖い。この子が生まれたときから感じていた、いつか自分を害するだろうという予感、それが今、このときに大きくなる。

恐怖と同時に屈辱も感じていた。粘りつく怒りが泡をたてて血潮の中で沸騰する。

もっと力がほしい、とナハティは思った。もっと力があれば、こんな石に、末弟の瞳の光に、怖気づくことなどないはずだ。力があれば、ゲイルもカサンドラも、彼女に支配権をゆずるだろう。きょうだいたちも彼女を尊敬し、うやまうにちがいない。母はわたしが一番だと言った。それをみなに知らしめるには、もっと力がいる……。

そのあと、ナハティは栄華をきわめたかつての思い出に沈んでいく。そう、わたしは力を手に入れた。わたしが帝国で一番の魔道師だった。あらゆる富と権力がわたしに引きつけられるように寄ってきた。わたしは輝いていた。冠こそないものの、わたしが帝国の女王だったのだ。

確かにぬくぬくとは眠れた。舵をとるのも索《さく》を操るのも航路を見きわめるのも骸《むくろ》たちであれば、不安は夢をおびやかし、幾度となく冷や汗とともに目覚めはしたものの。

4

翌一日はずっと海の上だった。春まだ浅い北の海は波も荒く、河から流れこむ雪解け水を含んだ潮は、群青と濃緑に彩《いろど》られていた。背後のゴルツ山の噴煙は午前中の早くに姿を消し、昼すぎには両側につきだしてきた陸地のあいだを通りすぎた。

「どこまで行くんだ」

断崖の上にそびえる砦《とりで》に槍先がぴかりと光るのを横目にして尋ねると、

「まっすぐ〈夜の町〉に行く」

と、リンターは角ばった額を風にさらしながら目をすがめた。

「〈夜の町〉はかつては貴族たちの保養地だった。今ではどうなっているか。真夏になると夜のない日々がつづく。真冬は一日闇に閉ざされる。それで〈夜の町〉という」

「春でよかったな」

とビュリアンが肩をすくめた。

「何をしにいくの？」

「魔道師に会う。情報を仕入れに」

「どんな情報?」

「わたしのきょうだいたちの」

「……イスリル大戦で一緒にいた?」

リンターはデイスが何を見たのかわかっているようだった。かすかにうなずく。

「わたしたちはミルディを失った。イスリルは撃退できたものの」

「きょうだいって何人いるのさ。みんな魔道師なのか?」

ビュリアンが舷《ふなべり》から身体を離して尋ねた。

「九人だった。全員大地の魔法の一部を操る」

「九人!」

「すげ……。九人の魔道師か。横一列に並ばれたらおっかねえなあ」

「イザーカトきょうだいの名は世界にとどろいていたよ。あのころは思いわずらうことなど何もなく、怖いものもなかった」

今だって怖いものなしだろうに、と考えていると、ネアリイがおそるおそる尋ねる。

「みんなをさがしだすの? ……八人を?」

「いや……、三人だ。……わたしのすぐ上の姉、カサンドラはナハティに殺された。妹のヤエリは〈神が峰〉にこもって銀戦士を操り、魔道師狩りを指揮している。彼女はナハティについたのだ。われらは昔は仲がよかったのだが……今は敵と味方に分かれてしまった」

「なんでそんなことに？」

興味津々といった様子でビュリアンが尋ねた。

「皇帝グランがやっとその位に就いたとき、近衛魔道師の長の地位をナハティがなんとしても手に入れたくて、年嵩の兄と姉を追放したのがすべてのはじまりだ。……われらはまだ若かったのだ、気持ちの上では今のそなたたちよりも、もっと。長の座を手に入れたナハティは、どんどん常軌を逸したふるまいをするようになった。強欲と専横、暗殺に破壊。わたしたちは、はじめはそれをおもしろがり、次いで怖気づき、やがては悔恨と自責の念にかられるようになり、最後に彼女の暴走を抑えなければと焦った。そうして、きょうだい喧嘩と陰口をたたかれる魔道戦がはじまったのだ」

リンターにしては珍しく饒舌《じょうぜつ》だった。ビュリアンは悔いているようなリンターの気持ちを逆なでするようなことを口にした。

「で、そのきょうだい喧嘩が三百年、中断してたってわけか。あんたは決着をつけに復活したってわけ」

ビュリアンの口を押さえようとデイスはあわてた。しかしリンターは激怒するどころか、唇の端をほんの少しもちあげた。

「そなたは原石を削る宝石細工師の鑿《のみ》のように率直だな」

ビュリアンは胸をそらした。

「おれには迷いはないからな。どっかの誰かみたいに」

「考える頭がないだけだろ」

「足元の地面、頭でほじくってたって、井戸はできねえんだよ」

「なんだと」

互いの腕をからめるようにして騒ぎはじめたが、ネアリイは指折り何かを勘定していつもの心配をしてくれないので、デイスはビュリアンをふりほどいて尋ねる。

「姉さん、どうしたの？」

ネアリイは首をかしげている。

「わたしの聞きのがし？　……ちょっと数えたんだけど……、一人足りないの」

「誰が？」

「ううん……、リンターのきょうだいが」

「そんなこと……？」

「数えまちがいかしら、聞きまちがいかしら……」

当の魔道師は暗い眼窩《がんか》をまっすぐに進行方向にむけ、唇をひき結んでいた。昔のことを考えているのだろうか、身体のまわりで青い火花がはぜ、そのたびに紫電の網目が走る。なぜかそれが、銀戦士の鎖よりも強い力で彼を捕らえているように思えた。

幾晩かを船上で眠り、ある朝、陽も高くなったころに〈夜の町〉についた。背後に高い山並みを負い、海に長々とつきでた半島には、びっしりと建ちならぶ灰色の屋根の家々、その手前で、威嚇《いかく》するように弧を描く堅牢な二つの砦の大きさが目を引く。たくさんのはしけが行きかい、波止場には大型の交易船も停泊し、男たちが荷の積みおろしに忙しく立ち働いている。

一行は小舟で波止場におりたった。骸の船は即座に沖に出航していった。外洋に出るあたりで魔法は解け、再び彼らは海の底に眠ることになるのだろう。

大きなアーチを描く市場の門から町の通りにつづく反対側にぬけた。通りは人でごったがえしていた。露店が軒を連ね、色鮮やかな野菜や果物、くしゃみの出そうな香辛料、まだ脚を動かしているイカやタコが並ぶ。さらには次々に転がされていく葡萄《ぶどう》酒や麦酒の樽。

人々にもまれながらなんとかリンターのあとを追っていくと、右手にほかと明らかに様式の異なる建物があらわれた。荷物を山と積んだ荷車が、敷石の上をゆっくりと登っていくすぐ後ろにつきながら、ひときわ高い薄紅色の建物に見とれた。円屋根のついた円塔が睥睨《へいげい》するその足元では、銀の扉の両側に二人ずつ、守衛が番をしているが、これは一目《ひとめ》で銀戦士とわかる。都市にはこうした〈神が峰〉の神殿が配されているということか。おのぼりさん丸出しの若者三人があんぐりと口をあけていくのを、衛兵たちがにやついて見送っている。リンターは荷車の陰を歩いて見咎められずにすんだ。

下り坂になった道をさらに進むと、つきあたりに砦が見えてきた。海から見えた灰色の厳《いか》めしい砦は、凶暴な竜がうずくまっているように見える。列に並んだ荷車は左右に大きく揺れながら、竜の分厚い翼の中に入っていく。

リンターは列からはずれて物陰にさがり、デイスの肩をその大きな手でがっしりとつかみ、

「そなたの力を今一度借りる」

と宣言した。拒否する暇もあらばこそ、つかまれた肩に血流が集中していくような感覚に、めまいがおきる。リンターは片手でデイスを支えつつ、もう片方の手のひらを目の前の壁に押しあてて、素早く短い呪文をつぶやいた。

どこか遠くでくぐもった音がした。頑丈な城壁に石弾でも飛んできたような地響きもした。リンターはぱっと手をはなして聞き耳をたてる。石垣の崩れ落ちる、岩と岩がぶつかりあう鈍いとどろきが遠くから聞こえてきた。怒号がわき、荷車の列が崩れた。音のしたほうへ物見高くつっ走ろうとする者と、騒ぎから遠ざかろうとする者が門前で入り乱れた。入り口をかためていた三人の門番は、それにはかまわず、音のしたほうに駆けだしていった。

「行くぞ」

リンターは、混乱する人々と荷物のあいだを大股に縫っていく。そのあとをあわてて追った。砦の中から飛びだしてきた人々が、叫び交わしながら走っていく。その奔流の隙間を小走りにかいくぐりながら頭をめぐらせると、人々の視線は砦の後ろのほうにあがる土煙にむいていた。

「なに、したの?」

リンターの背中に問いかけるが、ふりむきもしない。そして、誰もいなくなった砦正面入り口にためらいもなく入っていった。奥につづく暗い廊下には目もくれず、左手の階段を軽々と登っていく。松脂《まつやに》の臭い、松明《たいまつ》のゆらめき、よどんだ空気。三階まであがったあと、小さな扉をくぐった。もうここまで来ると下界の喧騒は聞こえず、自分たちの足音だけが響く。

全員が入るまで待ってから、慎重に扉を閉める。

「衛兵の注意をそらすのに、海側の門壁をちょっと壊してみせた。混乱はすぐにおさまる」

片側になんの装飾もない灰色の壁、片側には小さな窓が点々と並ぶ廊下が、先端をただ一つの点にして待ちかまえていた。いくら砦が大きくてもこれはおかしい。弧を描く砦の内部に、まっすぐに走る廊下は理にかなわない。

しかしデイスには見覚えがある。ここは、夢に出てきた砦ではないか。リンターに問いを発する前に、すたすたと進んでいってしまったので、その長い足を必死に追いかけるしかない。三人ともゴルツ山で鍛えた足がある。そう簡単に音《ね》をあげるはずはなかった。休むことなくどれほど歩いたのか。

並ぶ窓から飛びだしてくるものも、はじめのうちは延々とつづく同じ景色の中で、気をまぎらわすささやかな見世物だった。

白い小さな鳥が四人のまわりを飛びかった末に出ていった。次の高窓からは稲妻がふってきてぴしゃりと床を打った。真夏の陽射しがひし形に落ちているところもあったし、雪が吹きこんでくるものもあった。花の香り、戦の剣戟《けんげき》、火災の煙、落ち葉の積もった一角、フクロウのとまる窓辺、草いきれ、死臭、霧、嵐、星空、牛の鳴き声、山の気、月光、蛇がからみついているもの。どこまで行ってもリンターの速度は変わらず、とうとうネアリイがすわりこんだ。リンターを呼びとめたデイスがひきかえすと、姉のそばにビュリアンもずるずると腰を落とした。

「行けよ。ネアリイと一緒にいるから。少し休んだら追っかける。一本道なんだろ？　で、あとどのくらい？」

リンターはなんの表情も見せずに答えた。

「ではここで待つがいい。行けばかなりかかるが、待てばすぐだ」

「何語、しゃべってんだ、あんたは」

嚙みつく口調もつぶやきにしかならない。ネアリイも手をひらひらさせて、吐息をつく。

「待ってる……」

「二人離れないでくれよ。ここで迷子になったらさがすのはすごく大変な気がする」

「へっ！　おもしれえ冗談……」

ビュリアンが両足を投げだして上をむいた。リンターが歩きだしたのでデイスはあとを追った。

狼の遠吠えやにぎやかな祭りの笛太鼓、湿った土の匂いやきつい臭気、泉の反射、名も知らない木の茂み、幾百もの蝶の乱舞、そうした窓をいくつ横目で見たのか、果てには何を見たのか、記憶にさえ残らなくなっていった。意識も朦朧《もうろう》とただひたすらリンターに従っていくうちに、窓からふりそそぎ、五感にふれていったもろもろのものは、青ブナの根元に雨水がたまっていくがごとく、デイスの狭い意識の世界に染み入り、次第に膨張し、広がっていくのだった。

とうとう果ての扉の前に来たとき、デイスはまだ足を動かしていた。リンターの背に額をぶつけてようやく、そうと悟る。太い灰色の綱でがんじがらめにされた扉を前にしていた。頭を近づけてみると、扉全体を縛《いまし》め、さらに四方の壁にまでのさばっているのは、綱ではなく青銅か真鍮《しんちゅう》を鋳造したもの。しかしこれほど精巧な鋳造物は見たことがない。互いにからまりあう蔦《つた》の枝には節が細かく刻まれ、顔をのぞかせている葉の葉脈まで浮きだしている。錆も緑青《ろくしょう》もふいていないこの金属は、青銅でも真鍮でも鉄でもなく、それでいて長い年月を経ている。リンターはデイスが身を乗りだして調べるままに任せていた。

「これ、どうするの？」

「もちろん、あける」

「ってったって、これじゃあ、あかないと思うんだけど」

「どうかな」

少しむっとしてもう一度調べる。腰の高さに幾本か蔓《つる》が交差している。塊のようになっているその奥で、かすかに光る緑色を見たような気がした。新芽の、〈太陽の石《オルヴァアン》〉の、鮮緑の。――子どもの自分が同じものを見ている。哀れみと悲しみに胸ふさがれながら。したくはないことだが、しなければならないことだった。

その記憶に誘われるようにして手をのばし、指をつっこんだ。子どもの指がやすやすと入ったくぼみは、今のデイスの指をうけつけない。あきらめかけたとき、生き物の口さながらにくぼみが広がり、指は硬質の何かにふれていた。

ひと呼吸のまもなく、雲間から射す陽の光のような直射光が扉に走った。すると、金属だった綱が生きた蔓となり、硬い芽から次々に緑の葉を広げ、あたりを繁茂でおおったかと思うや、霜に当たったかのように根から枯れはじめた。枝は崩れ、ぼろぼろになって床に落ち、たちまち細かい塵《ちり》となり、かすかな風に吹きはらわれていった。

あとに残ったのは簡素な一枚扉。それもあちこち腐り、艶《つや》をなくして今にも倒れてきそうな木製の、壊れた蝶番《ちょうつがい》がきしみをたてて、手をふれるまでもなくゆっくりと内側にひらいていく。

大きくとった天窓から月の光と日の光が交互に射しこむその只中に、部屋の主《あるじ》はたたずんでいたが、つと顔をあげてこちらを認めたと思うや、突然両手をふりおろし、なにやら大声でわめき散らした。罵詈雑言《ばりぞうごん》の嵐の中に、本人でさえ意識していない呪力の刺《とげ》がひそんでいると気がついたときにはすでに遅く、デイスは足元の床がそっくり抜け落ちていくのを感じた。

周囲の壁も廊下も消え、耳元を風がひゅうひゅう鳴って吹きすぎていく。現実に落ちている、幻ではないと気づいて恐慌をおこしかけたとたんに、地面の感触が戻り、尻餅をついた。


花の香りがする、と彼は気をそらした。こんな、どうでもいい会議なんか、興味がない。ほかのきょうだいたちの半分もうつろな目をしてすわっている。背伸びしたいのをこらえ、あくびを嚙み殺し。

白大理石造りの大広間を囲んでいる十段の階《きざはし》は、二百人の男たちで埋めつくされていた。みな、生成《きな》りか白のトーガを重厚にまとい、あるいは真紅の長外套《セオル》に大剣を佩《は》き、羽根飾りのついた兜《かぶと》をこれ見よがしに膝の上にあそばせている。前者は連綿とつづいてきたコンスル帝国の名門貴族たち――買収でその地位を獲得した者も少なくないが――、後者はイスリル侵攻を防ぎ、皇帝の座の簒奪《さんだつ》戦でも生き残った軍閥の者たちだった。さらには十数人の宮廷魔道師たち。そうした面々の中でも異色なのは彼らイザーカトきょうだい。上から三人までは伝統にのっとってくすんだ魔道師の長衣を着ているものの、あとの五人はめいめいに好きな衣装に身を包み、長い帝国の伝統に凝りかたまった元老院の中で、この一団だけは悪目だちして華々しい。

「ねえ」

隣のイリアの袖を引いた。

「ぬけだして何かうまいもの、食べにいかない?」

イリアは孔雀石《くじやくいし》の耳飾りを鳴らしてふりむき、にやりとした。顔を近づけてきて、

「ぼくは女の子のほうがいいな。目くらましになる何か、持ってるか」

セオル裏のポケットを探ろうとして襟元の肩留め《フイブラ》に手がふれ、あれ、と思う。〈太陽の石《オルヴアン》〉のきらめきに、何を思ったのか瞬時に忘れ、ああ、身代わりにできるものだったと手さぐりしていると、リンターが演説中の議員にまっすぐ目をむけたまま、だめだ、とすごんだ。その声には禁じの力がにじみ出ていて、イリアと彼は思わず首を縮めた。

「近衛魔道師は皇帝のそばを離れちゃだめなんだから」

と、ヤエリも後ろから身を乗りだしてささやいてくる。

ちぇ。舌打ちして流した視線の上方には、このあいだ即位したばかりの皇帝グランが、濃紫の貫頭衣《トウニカ》に水色のトーガを着て額には薄っぺらな金の冠を戴き、抜けめのなさそうな締まった顔つきで周囲を睥睨していた。典型的なコンスル人、円筒形の頭とがっしりした骨太の体格、

高い鼻と厚い唇のいかにも丈夫そうな皇帝は、魔道師を味方につけ、将軍たちを従わせて内乱を制した傑物である。

今議論されているのは、新任の近衛魔道師長に誰を任命するべきか。候補は三人。一人めは初老のゴルフォという水の大魔道師、左様帝国の水道は命綱でありますからな……。二人めはイザーカトきょうだいの長兄ゲイル、先のイスリル大戦および度重なる内戦において魔道師たちを束ねた功績大なるものである。最後はそのきょうだいの中でも最も魔力の大きいナハティ、彼女なくして勝利はなかった、大地の力のうち炎と熱を自在に操る、彼女は一騎当千、力のあるものが統《す》べるのは当然至極であろう……。

ナハティが男であれば実力主義の皇帝の下、なんら議論の余地はない。しかし女性であることが大きな障害になって侃々諤々《かんかんがくがく》たる議論を呼んでいる。女性は本来、元老院の議場に入ることはできない。建物の外で議論を漏れ聞くのみである。だが、近衛魔道師の任務によって、皇帝の近くに待機している。ナハティもその一員にすぎぬ、と頑迷に伝統を守ろうとする一派と、そも魔道師に男女の差はないのだから長としてなんら問題はない、とする革新派とが、さっきから水掛け論をくりかえしているところだった。

「デイス、やめなさい」

退屈しのぎに階に沿って蔦をのばしていると、またヤエリから注意された。彼はくくっと笑ってとりあわない。

「凝った唐草模様だろ？　節と節のつながり具合を考えるだけでもおもしろいんだよ」

「もっとおもしろくしてやるよ」

イリアがのびつづける蔓の先端に風を送ると、新しくひらいた葉がくねくねと踊りだした。

「イリア、あなたまで！　デイス、デイサンダー、いい加減にしなさいよ」

ヤエリの目がつりあがるのを横目に、二人は忍び笑いを漏らしながらなおもいたずらをつづける。厳めしい将軍の肘をくすぐり、陽に当たったことのないような貴公子の尻をかすめる。

「ちょっ……！　リンター、なんとかして、この二人！」

リンターも笑いを噛み殺している。

「リンター！」

仕方なくリンターは片手でひねる仕草をした。それは、やんちゃな下の弟二人の歯止めがきかなくなったときによくやる仕草だった。それを無視すると、地面に埋まったり、身体中で一日中火花がぱちぱちいったり、ひどい目にあうことはわかっていた。デイサンダーとイリアはあわてて魔法を断ち切った。五人先までのびていた蔦の先端がカタツムリの角のように縮まっていく。

その瞬間、何かにつきあげられるような大きな衝撃が尻の下からおこった。石段が持ちあがり、あるいは陥没し、左に右に大きくくずれて、全員が後ろにひっくりかえった。円柱が斜めにかしいで壁にぶちあたり、壁ががらがらと崩れる。天井からも大理石の塊がふってくる。石と石のぶつかりあう鈍く重い音、舞いあがる粉塵、大気がよじれ、大地の理《ことわり》がきしみをあげる。デイサンダーは、瓦礫《がれき》と、折れてはじける階のあいだに沈みこみながら、一瞬、自分たちのしでかしたことかと青くなったが、斜めにかしいでいく景色の中で、ただ一人、最上段の玉座のそばに泰然とゆるぎなく佇立《ちょりつ》する白銀の人影を見てとったとたん、イリアとともに、

「ナハティが切れたあ！」

「ぐちぐち会議、つぶしちゃったあ！」

と爆笑する。

皇帝陛下はさすがに腰をおろしたままだった。その肩に手をかけたナハティは、落下物がなくなって粉塵がおさまるころあいを見計らっていた。

物音が次第に静まっていき、地響きもひいていく。柱と柱のあいだから身体を引きずり出そうとする者、咳きこみながらよう立ちあがる者、壁石の隙間からおそるおそる目をのぞかせる者、奇妙な静けさの中でそれぞれの音がこだまする。

隣に倒れこんできた議員が、いまだけたけた笑いころげている二人を、イザーカトめ、呪われた血筋の魔道師どもめ、と苦々しげに吐きすて、やっとのことで身体をもちあげて大理石の欠片《かけら》を放り投げてトーガの塵をはらった。二百人の男たちが全員、怪我一つすることなく瓦礫の下から這いあがってくるのに、大して時間はかからなかった。イリアとデイサンダーもいまだなお、沸騰した鍋のようにときおりくつくつとやりながら、くぼみから身を起こした。

階の上段に無傷の玉座、その隣に鋭い抜き身の剣《つるぎ》のようなナハティ、怒りといらだちと困惑にたたずむ元老院議員たち、ナハティに挑むがごとくに一歩踏みだした長兄ゲイルの後ろ姿が目に入った。

「なんのまねだ、ナハティ！」

ゲイルの声は、屋根が吹きとんでぽっかりあいた青天井に吸いこまれていく。

「埒《らち》もなき議論など時間の無駄」

「元老院をないがしろにしてただではすまぬぞ」

「はっ！　これだけのことをなしうる力があなたにおありか、長兄殿。議場を粉々に打ち砕き、なおも誰一人傷を負う者のいない魔法の術をあなたはお持ちか。議論などもはや無用。皇帝陛下をお護りできるのはかくのごとき力をもつ者でなければ。左様ではありませぬか、クスセス殿、ベスビラーゼ殿」

水の魔道師と長兄ゲイルを推挙して持論を華々しく展開していた二人の議員は、言葉も出ぬままこくこくとうなずく。

「兄上、われらきょうだい、頂点にのぼりつめて平和ぼけなされたのではあるまいな。われらは魔道師、魔道師は闇を生くるもの、表街道の掟に従う義理はございませぬよ。人々の背負いきれぬものを背負う宿命、そを忘れて近衛の長とはおこがましい」

糸を張ったような小さな音がした。とっさに顔をそむけたゲイルの頬に赤い線が走った。血のしずくが肩にしたたる。

ナハティのすぐ下の妹、赤銅《しゃくどう》色の目と髪のカサンドラが、横たわった円柱の上にのぼり、やわらかく響く声で言った。

「姉上の申されること、もっともだと思います。このつまらない水掛け論の決着は、魔道師のやり方でつけるがよろしいかと」

ナハティが切れ味抜群の名刀であるならば、カサンドラは意匠を凝らした宝剣であろうか。飾りの剣ではあるが、うやうやしく奉られる類の、大地の気の満ち満ちた神剣。リンターもそのそばに足をひらいて立った。カサンドラは飾りの剣であるがゆえに、年下のきょうだいたちの精神的支柱にもなっている。欲がなく、切替えが早く、冷静さが勝る。それでいて面倒見がよく、思いやりもある。外見のうつくしさもさりながら、そうした気性が頼りにされている。特にリンターはこのすぐ上の姉を崇拝してやまない。それがナハティにはおもしろくない。ほかのきょうだいたちもナハティの嫉妬に気づいている。

気づかぬのはリンターとカサンドラ、当の本人たちばかり。そうしてカサンドラは今、まるで他人事のように分析した正論を吐く。それがまたナハティの癇《かん》に障るのだとは、はたで見ているからわかること。

はたしてナハティは、

「そなたなどに指示されるまでもなきこと。そこで黙って見ているがよい」

と言うや否や、片手をふりあげた。ゲイルの足元で地面が大きく傾いた。ゲイルは、狼さながらに口をあけた奈落を眼下にとっさに跳躍し、階の残骸の上に転がったが、そのあとはもう一方的だった。

はじめのうちは珍しい興行でも見るようにおもしろがっていたイリアとデイサンダーも、ナハティの容赦を知らない攻撃の連続に、少しずつ色を失っていった。ゲイルのくりだす魔法はナハティのそれに比べたら蛍《ほたる》の光にすぎなかった。ナハティは太陽のフレアであり、黒い津波であり、地殻の下の溶岩の奔流であり、町一つを壊滅に至らしめる業火の黒煙だった。ゲイルの髪の毛は焦げてちりちりになった。左手は骨が折れて使いものにならなくなった。長衣はぼろ同然、額からくるぶしまで火傷《やけど》と打ち身と切り傷におおわれた。もはや誰ともつかぬ相貌になりはて、ついには身を二つに折って吐いた大量の血液に、見かねたカサンドラが声をあげた。

「姉上、もうよろしいのではありませんか？」

それまで悶々としながらも控えていた長姉のテシアも、小柄な身体に怒りをためて叫んだ。

「ナハティ、そこまでにしなさい。もう勝負はつきました」

ナハティはかすり傷一つ負っていない。が、さすがに消耗した様子は隠せないようだった。青白い肌はいっそう白く、銀色の髪は水中にあるがごとくに逆だってゆらめき、小さな瞳はいかなる光をも吸いつくす闇の深淵となっている。まさに丈高く細い一振りの剣。色をなくした唇から発したのは、

「ならばわたくしの力を認めるか。わたくしの足元にひれ伏し、終生の忠誠を誓うか。兄弟姉妹であるのならなおさらのこと、わたくしを長として絶対服従すると示せばよし、さもなくば裏切りものとして処断を覚悟せよ」

と血縁の者までも、否、血縁ゆえに、断罪しようというのか。一同、しばらく声も出ない。

最初に立ちなおったのは、デイサンダーだった。最も若いがゆえに物事の裏まで見通す力に欠けていた。だからこそ、打撃が最も少なかった。思わず叫んでいた。

「どうしてひれ伏さなきゃならないの？　なんで絶対服従？」

　末弟の立場から見れば、きょうだいは信頼と認めあいでなりたっている。少なくともテシア、ゲイル、リンター、カサンドラは。勝負しなければならない関係でもなければ、誰が敵で誰が味方の分別をするものでは決してない。それがどうやらナハティは違うらしい、と気がついたときには、半身を起こしたゲイルがもう一度、対角線上の瓦礫にたたきつけられていた。テシアがナハティの名を叫び、腕をつきだすや否や、炎がその腕をおおい、テシアはあっというまに火達磨になってくずおれていく。

　今度はさすがにデイサンダーも身体を硬直させた。カサンドラは額を押さえ、ヤエリは両手で口をおおい、イリアは頬をひきつらせている。その中でリンターだけが一歩踏みだし、足音を響かせてテシアの炎を一瞬で消した。

「リンター！」

「姉上の力は十分堪能しました」

とリンターはいたって平静な声で言った。皮肉の欠片も含んでいない、事実をそのまま述べる口調に、ナハティの逆だった髪がゆらいだ。

「それに、兄姉殺しの汚名を着ることはないでしょう。姉上の力量は全員思い知りましたゆえ、今日はこの辺で温情を示されたらいかがです？　姉上が近衛魔道師の長です。誰も否やは申しませんよ。そうですね、皇帝陛下」

　玉座に不動を強いられた形のグラン皇帝は、あんぐりあけていた口から大きく息を吸いこみ、ひび割れた声で肯定の返事をした。ナハティは念を押した。

「しかとそうか？　みなわたくしに従うのか？　……デイサンダー？」

怖れをなし、細かくうなずくデイサンダーを目にして、ナハティは満足したようだった。勝ち誇って、

「なれば長として命ずる、魔道師ゲイルとテシアを永《とこしえ》の追放とする。今後首都およびその周辺《ミドサイトラント》に足を踏み入れれば処刑。これを幇助せし者も同罪。異議あれば進み出《い》でよ」

と喇叭《らっぱ》の音さながらに宣言した。もちろん誰一人動かない。それを睥睨して身をひるがえしかけ、ふと頭をめぐらせた。その、光を宿さない視線が、まっすぐにデイサンダーに突き刺さる。

「幼さゆえ、このたびは見逃してやろう、デイサンダー。だがいま一度、わたくしを軽んじる言葉を発してみるがよい。死ぬほうがましという目にあうやもしれぬ。軽はずみは慎むのだな」

遠く離れていたにもかかわらず、思わず一歩退かねばならなかった。

「そなたがわたくしに勝つことは決してない。世界を生むものに愛《め》でられでもすれば別であるが。そなたにその運命はめぐってくるまい。ゆえに……おとなしゅうしておるがよい」

デイサンダーはひきつった愛想笑いを浮かべてさらにもう一歩退いた。その一歩がいけなかった。踵《かかと》に当たった瓦礫が別の瓦礫を崩し、あとはもう、がらがらと連鎖反応をひきおこして、かろうじて残っていた柱という柱、壁という壁、そして床も次々と崩れ、なだれていく……。

「ひええ。こええっ」

悲鳴をあげたと思ったときには、元の部屋に戻っていた。両腕をがっしりと見知らぬ男につかまれて、かろうじて頭から転倒するのは免れたようだった。気遣わしげな顔でつきそっていたリンターに、デイスは気安く訴えた。

「ナハティっておっかない！」

かすかにゆるむ彼の顔を見て、はっとした。おれは――ぼくは――デイス……デイサンダーか？　同時に彼を支えてくれていた男が、さっき呪いを吐き散らした本人だと気がついた。

「悪かった、そなただとはわからなかったのだ、三百年も閉じこめられていたのでつい怒りをぶつけてしまった」

肉づきのいい丸顔は、もう少し痩せたら美男子と謳《うた》われるであろう整った目鼻をもち、薄茶の髪を短く切っている。まばらな顎鬚《あごひげ》が黒く目だつ。ひどく古くさい短衣に幅広の帯をしめ、黒ズボンに赤の靴といういでたちは、帝国のものではない。意図して野暮ったいイスリル人を演出しているように感じられた。まともに装えば異国の王子か大貴族といっても通りそうなのに。声もまのびした口調、これも偽装か。

「しかし囚人を三百年もほったらかしにするとは、薄情なイザーカトきょうだいよ。傷が癒え、目覚めるまでにずいぶん時間がかかったものだな」

囚人にしてはでかい態度だと少しむっとしていると、リンターが紹介した。

「イスリルの魔道師ザナザだ」

ザナザはデイスを意味ありげに見た。

「イスリル大侵攻のおり、ロックラント砦の城壁の攻防戦で、ミルディを焼き殺したのはこの御仁だ」

とリンターは淡々と語った。するとザナザはうなずいて、

「あれは失敗だった。イザーカトきょうだいを怒らせるべきではなかった。あの当時はきさまらは、まだ強靭な絆《きずな》で結ばれておったからな。激怒したきさまらの魔力にイスリル軍は手も足も出ず、わしを残して遁走《とんそう》してしまった」

「そなたが逃げ遅れただけの話だろう」

「逃げられるか。きさまらきょうだい八人の包囲網で。まったくなんてやつらだ。たった一人の魔道師に八人がかりで集中攻撃だ」

「命があっただけましだと思え」

「きさまは殺そうとしたな。覚えているぞ。だが」

とデイスをちらりと見てつづける。

「デイサンダーがみなをとどめた。命の魔道師が。戦《いくさ》で生死は仕方ないことだと言ってな。きさまは今も反対だろうが」

「いや。あの当時はあれを憎しみから当然だと思っていたのだ。生かしておいてよかったと今は安堵している」

「勝手なやつだ」

「魔道師は自分勝手と決まっている」

「ふん、あのあと何をしたか、何があったか、大方は見えていたぞ。正義も徳も愛国心もどこへやら、権力欲にとりつかれて内輪もめ。勘違いするな、本当の魔道師というのはな、影に徹するもんだ。きさまらのように表舞台にしゃしゃり出てきて大きい面をさらすもんではない」

その厳しい言葉にも、リンターは怒りもいらだちも見せない。

「そなたのその、遠見の力を借りたい。行方不明のきょうだいたちの居所が知りたい」

「ずいぶんむしのいい話だな、え？」

「見返りは解放だ。国に帰してやる」

はっ、と馬鹿にした声をあげてザナザは天井を仰いだ。

「いまさら国に帰ってどうなるというのだ。三百年もたてば異郷と変わらぬ」

「……」

「わしはもはやどこに行っても異邦人だ。生きる目的もない」

「……」

「……おい、ちっとは色をつけろと言ってるんだ」

「ほかに、そなたにくれてやるものがない」

「きさまの魂胆はわかっているぞ。なんだ、その身体中から発している闇の気は。復讐をもくろんでいることがばればれだ。いなくなったきょうだいたちを集めて再びナハティに挑むつもりなのだろうが。……こうしよう。ナハティは腹の下にしこたま財宝をためこんでいる。そこまでわしもつれていけ。その約定であれば、きさまが見たいものを見せてやらんこともない」

「ナハティから宝を奪うのは、命を奪うより難しい」

「だろうな。きさまの姉は強欲な支配者だ。だが、だからこそやりがいがあるというものよ。三百年、退屈していたんだ。ちっとは刺激がほしい」

「それについてはわれらの助力は当てにならぬ」

「当てになどするか。きさまらが骨肉相争う、その隙を狙うんだ。暇だけはある」

「いいだろう。そういうことであれば」

それを聞いて、ザナザは片手のひらにもう片方の拳《こぶし》をぶつけた。

彼の招きに応じて、デイスとリンターは部屋の隅のなんの変哲もない壁の前に進みでた。ザナザがその一点に手のひらを当てると、周囲の五箇所にしみのような赤い点が浮きあがってきた。壁が揺れ、飴《あめ》のようにぐにゃりと曲がった。ザナザが一歩離れると、水面に小石を投げたような波紋の輪が次々と生まれ、しばらくしてようやく鏡のようにしずまった。

「ゲイルを」

とリンターが命じると、鏡は霧の中に一軒の農家を映しだした。野ウサギが無邪気に跳ねる草原を前に、狼の遠吠えが夜毎こだまする針葉樹を背後に、痩せたわずかな土地にカラン麦と蕪《かぶ》を植え、一頭の馬、二頭の山羊、三頭の牝牛を放牧し、四人の孫と娘夫婦に囲まれて、庇下の椅子にあぐらをかいている年取ったゲイルが映った。農夫の粗末なトゥニカに粗い目のセオルといういでたちで、終始穏やかな笑みを浮かべている。

リンターは無言だったが、かすかに顎が締まるのをデイスは見てとった。ザナザがつぶやく。

「幸せそうじゃないか、長兄殿は」

場面がとたんに変化し、痩せ細ったゲイルが寝台に横たわっている。家族が集まり、息をひそめ、目に涙をためている。墓は針葉樹林の端の丘に掘られ、小さな岩が墓標となった。

リンターの身体から火の粉が散った。

「よかったじゃないか。まともな人生を全うしたんだ」

ザナザが揶揄《やゆ》の口調で言い、リンターはぎろりと彼をにらんだ。さすがにまずいと思ったのだろう、ザナザはあわてて壁面を変化させた。

いきなり、血と泥にまみれた老婆が諸手をあげて迫ってきた。デイスは思わず後退した。濡れ羽色の豊かな髪は、乾いた血でごわごわに逆だち、血管の浮きでた細い腕には無数の切り傷がある。いまだ痙攣《けいれん》している雄牛の死骸のそばにべったりと腰をおろし、血だまりを両手ですくっては周囲にまきちらしつつ、なにやら呪文を叫んでいる。音は聞こえないのでなんと言っているかはわからないが、憎々しげな形相からして、決して人の幸福や繁栄を願っているのではなさそうだった。

「ううん、いかにも魔道師らしいじゃないか、テシアは」

ザナザは顎をなでながらつぶやく。

「いや、むしろ魔道師というより魔女、か。おのれ自身の憎悪にとらわれた魔道師ほど、醜悪なものはないな」

その言葉の終わらぬうちに、テシアの身体が折れ曲がった。前方へではなく、背骨のほうに、腰から二つにたたまれていく。枯れ木のようにへし折られたかと思った直後、破裂した。ディスは目をつぶり、顔をそむけた。

「ナハティに一人でたちむかうなど——おろかな……」

リンターのしぼりだすような声に、おそるおそる顔をあげる。肉片と血しぶきがいまだ宙からしたたっている。吐き気をこらえて息をつめていると、

「なんだ、百戦錬磨のはずなのに、刺激が強すぎたか？」

とザナザが笑い、リンターの大きな手が肩にかかった。

「時間が必要なのだ」

「そしてきさまには時間がない。皮肉だな、リンター」

「イリアを見せてくれ。イリアはどこにいる？」

「イザーカトきょうだいで残ったのは役たたずの末弟と軽薄な風伯とは、かわいそうなこった」

と嘲笑《ちようしよう》しつつも、ザナザは次の場面を映しだした。

長兄の死の場面にも、長姉の血みどろの最期にも平然としていたリンターが、はっと息をのんだ。映っていたのは銀戦士の集団。聖堂と一目《ひとめ》でわかる銀の光射しこむ高窓、天にまで届くかと思われる円天井、華麗な装飾もふんだんに、白亜のアーチが重なり、床は磨きあげられた銀線入りの大理石、そこに銀戦士の華麗な衣装をまとった男たちが整然と並び、祭壇でおこなわれている儀式を見守っている。誰が誰だか見分けがつかないほど、身の丈も張りつめた表情も同じ中に、ザナザの魔法は目ざす一人を探りあてていた。

白金の髪を耳の上で切り、薄紫の目を正面に据え、いまだ頰のわずかな膨らみはデイスと大して年の差がない。しかしザナザがなにやらつぶやくと、その目くらましはゆらぎ、紗幕のあいだから真実が垣間見えた。

髪は確かに白金の糸だった。が、女のように後頭部でゆいあげ、孔雀石のピンをふんだんに使って留めているのは、その髪型とピンの数と孔雀石のもつ装いの魔力による呪術である。顔の輪郭《りんかく》は諧謔《かいぎやく》的な性格そのままの逆三角形、目は孔雀石同様の青と緑の斑《まだら》模様、角度によっては黄色や橙《だいだい》の光も混じる。服はさすがに本物の銀戦士仕様のものらしいが、栄養不足さながらのひょろりとした体格は昔のままだ。

「身をやつしているということは、ヤエリの仲間になったということではないようだな。むしろ、隠れているのか」

「イリアは賢い。逃げまわるよりはヤエリの足元にいたほうが見つからないと踏んだのだ」

「しかしなんと大胆な」

「大胆さはイリアとデイサンダーの共通の気性だが、それよりあの生活によく我慢していられると、そのほうが驚きだ」

ザナザはそれを聞いてからからと笑った。

「まったくだ！　イリアは享楽主義で有名、その軽佻浮薄《けいちようふはく》さでは帝国一！」

「迎えにいってやらねばならないようだな。……ヤエリをついでにたたいておこうか」

踵《きびす》を返したリンターの袖口をデイスはひっぱった。

「ねえ、カサンドラは？」

ぱちっと火花がはじけ、背後でザナザが言った。

「なんだ、まだ思いださないのか？」

思いだす、というより、あれは、幻影を見るたびに、はがされていた記憶が戻ってきて自分の一部になるといった感覚だ。

「まだそこのとこを見てないから」

としょんぼりすると、リンターが険しくしていたまなざしをゆるめて肩をたたいた。

「時がくれば見る。心配するな。……だが、当分は今のままでいたほうがいい。それに、正体も知られぬほうが。……そなたの姉にも、友にも」

デイス、デイサンダー、イザーカトきょうだいの末弟、〈緑の魔道師〉、あるいは〈命の魔道師〉。大地の魔法を能《よ》くするきょうだいたちの中で、植物や獣に力を発揮し、どちらかという と戦においてはザナザの言うとおりの「役たたず」、ザナザの命乞いをしたのも、船の再構築と骸をよみがえらせたのも、その力が血管の隅々までにいきわたっているゆえである。彼には人を殺せない。血が拒否するからだ。だがリンターの助けにはなる。リンターは彼を必要としてくれている。

「〈神が峰〉に立ち寄って、後顧《こうこ》の憂いをなくしておくか」

とリンターはセオルをひるがえした。

今ではリンターは同様、自分がゴルツ山の中で三百年眠っていたこともわかっている。ほんのちょっと、そう、リンターより十五年ほど早く目覚めて、ネアリイと両親に育てなおしてもらったことも。だが、だからこそ、昔どおりのデイサンダーではなくなった。〈命の魔道師〉と言いながら、所詮は冷血な魔道師だった。命を奪ったりは決してしないが、ほかのことでは冷酷で人の気持ちなどには無頓着だった。それが強さだった。今のデイスにはそれがない。足手まといのネアリイを切りすてていけ、と昔のデイサンダーなら平気でささやくだろうが、今のデイスはそんなことは決してしない。そして今では、それが真の強さだということを知っている。

記憶のモザイクが元に戻ったとき、はたして自分がどんなふうになっていくのかとちらりと考える。

……まあ、いいや。

姉に大事に育てられたデイスの楽観主義が肩をすくめさせた。

5

兄弟姉妹の六番め、ミルディが死んだ。イスリルの魔道師に殺された。防護の魔法を一身にひきうけていた妹。しかし、ミルディがいなくなっても、ナハティには大きな喪失感はなかった。力としては大したものではなかったと思うからだ。

ナハティが感じたのは、上の二人に対する幻滅。母の死のときにも何もしてくれなかったゲイルとテシア。二人そろっていて、ミルディを救うことができなかった。

戦《いくさ》ではもちろん、一人ひとりが命がけだ。それは十分承知している。それでも、長兄と長姉は弟妹たちにもっと気をくばり、護る義務があったのではないか。ナハティより力弱いこの二人は、せめてミルディをかばってやるくらいの心構えがあるべきだったのでは？　この二人にわたしたちの命を任せることはできない。

兵士たちが、ミルディを殺した魔道師を魔封じの鎖で縛りあげていた。イスリルのザナザと名乗るこの魔道師は、これは戦だろう、お互い恨みっこなしだ、ちゃんとした捕虜として扱ってくれ、と騒いでいる。そのまのびした声が癇《かん》に障って思わずしかめ面をすると、カサンドラの手が腕にかかった。気遣わしげな赤銅《しやくどう》色の瞳がのぞきこんでくる。

「姉さま――」

するとリンターがカサンドラの隣に立つ。なんとかして、と訴えるような視線。それからカサンドラの腰にまわされる腕。十五の腕はまだ細いが、あと数年したらたくましく頼りがいのあるものになるだろう。

責められていると感じるのはなぜだろう、とちらりと思った。それからむっとする。わたしを責めるなんて、お門違いだわ。わたしは何も悪くない。悪いのは、ゲイルとテシアではないの。カサンドラを抱き、カサンドラを慰めてなぜわたしを責める？

カサンドラの目の中には優越感がちらついているように見える。この妹はいかにも思いやり深く、やさしさあふれる声で姉さま、と気にかけているふりをする、その陰で、あなたとは違う、みんなから好かれるものを持っているのよと見くだしているようで、気に食わない。その傲慢《ごうまん》さを見抜けずに、護るかのように腕をまわしているリンターの姿に、むかむかする。そうではないでしょう。あなたが護るべきはカサンドラなんかじゃない。

ナハティは視線をそらし、顎をあげた。

ヤエリがしゃくりあげている。ヤエリはミルディより一つ下、二人はカサンドラとリンターと同じように、親密な絆《きずな》で結ばれた一対だった。リンターの責めるような視線に、仕方がない、しぶしぶカサンドラの真似事をしてみる。ヤエリの肩にそっと手を置き、心にもない言葉を言ってみる。

「仇《かたき》は捕まえたわ。復讐してやるから」

するとヤエリは荒々しく肩をゆすぶって手をふりはらう。

「放っといて！」

束の間たじろぐが、リンターの目を意識して踏みとどまり、

「いつまでも泣いてるんじゃないの。それよりどうやってミルディの恨みを晴らすか、考えましょう」

もう一度肩に手を置くと、ヤエリは今度はふりはらわず、肩をよせてきた。いい子ね、とこれは本心で口にし、肩越しに言いはなった。

「兄さま、そんな男、殺しておしまいなさい」

ザナザは魔法封じの鎖をゆすぶって、それはないだろう、これは戦だ、私怨《しえん》にとらわれるな、と都合のいいことを言う。

ゲイルは顎に手を当てて思案顔だ。

「考えることないわ」

とたたみかけると、ヤエリもまた涙を流しながら叫ぶ。

「そうよ、殺して！　ミルディより苦しめて殺して！」

ザナザをとり囲んだきょうだいたちもうなずいた。ミルディの仇。この男を消してしまえ。

リンターが火をふらせるべく片手をあげた。

ちょうっと待てよ、みんな、頭に血がのぼっていないか、おい、落ち着け、わしを殺してどうなるもんでもないだろが、ミルディとやらが生きかえってくるわけじゃあ、あるまい、とザナザがさすがに少しあわてて訴える。その目の前で次々に片手をあげるきょうだいたち。ナハ

ティはぞくぞくして薄ら笑いを浮かべた。順々に雷と火を落としてやろう。

「まずは兄さまから」

と指示する。ゲイルはしぶしぶ片手をふりおろした。ザナザの襟元に炎が生まれる。ザナザは、殺すにしてもいっぺんでやれ、とわめきながら頭をふりまわした。ナハティの眼光に怖れをなしたテシアも手を動かそうとした。

　すると、デイサンダーが飛びだしてきた。きょうだいたちとザナザのあいだに割って入ったかと思うや、なんと、ザナザの炎をはらいおとし、ふりむいてみなの前に立ちはだかる。

「デイサンダー?」

「なんのつもり?」

「どきなさい、デイサンダー」

　六つになるかならないかの小さい身体を盾にしてザナザをかばっている。あの、鮮緑の、強烈な光をはなつ〈太陽の石《オルヴァン》〉が、顎の下で三つめの瞳のようにきらめいている。

「戦でも役たたずだっていうのに、また邪魔をするの?」

　ヤエリが耳ざわりな声をあげてその肩を小突いたが、デイサンダーは小さな足をふんばって大木の根のようにびくともしない。ヤエリはさらに罵言を吐きつつ殴ろうとした。風を切るひゅっという音とともに、凍《い》てついた地表から一気にのびた緑の蔓《つる》がヤエリの手にからみついて動きを封じた。

「はなしなさい、デイサンダー!」

ヤエリの言葉は命令だったが、その口調は悲鳴に近い。

微風が少年のやわらかい前髪を吹きあげて、まだ幼い額をあらわにする。デイサンダーは大きく吐息をついてから、弱々しく言った。

「もう今日は、だめ」

「子どものくせに。あんたに何がわかるっていうのよ！」

「姉さんたちだって、いっぱい殺しちゃったよ。もう、やめようよ」

親族の恨みを晴らそうとしたらきりがない、と言いたいのだろうが、いかんせん、言葉が足りない。

そうだそうだ、頭を冷やせ、と臆面もないザナザをイリアがけっとばす。するとゲイルが、

「わたしもそう思う」

と溜息をつき、次いでテシアも手をおろした。

「無益な殺生はしたくないわ。なぶり殺しはなおさら」

ナハティは冷たい炎が胸ではじけるのを感じ、身を乗りだした。

「二人とも何を言っているの？　この男は仇なのよ！　ミルディを殺した敵に、情けをかけようっていうの？」

「頭を冷やしなさい、ナハティ」

とテシアが赤銅色の目をむける。

「本来ならこの男は帝国の捕囚、わたくしたちが好きにする権限はないの」

「このまま引きわたすと？　ミルディを殺したのに？」

とナハティがくいさがり、ヤエリも地団駄を踏んだ。

「この男を八つ裂きにしてやる！　どきなさい、デイサンダー、さもないとあんたに雷落とすわよ！」

「いい加減にしないか」

ゲイルがデイサンダーの隣に立った。ナハティがつめよる。

「兄上はこの男を許そうというの？　それはだめよ。それだけは認められない」

すると案の定、ゲイルはひるみ、目の中におびえを見せる。ナハティはこの長兄にかすかな侮蔑を感じる。赤ん坊用のおもちゃのようだ。錘《おもり》が入っていて倒れないが、ちょっと押すとぐらついてどうにもすわりの悪い木作りの人形。

「ナハティ、いい加減にしなさい」

と顎をあげるテシアのほうが、まだ性根がすわっている。しかしいかんせん力がない。とるに足らぬ、と一瞥《いちべつ》をくれただけで、顔を兄にもどすと、ゲイルは少しどもって、そ、それなら、と言った。

「〈夜の町〉の砦《とりで》はどうだ？　イリアとデイサンダーが、前に遊びでつくった空間があるだろう。あそこなら閉じこめておけよう。……それでいいか、デイサンダー」

「……うん。それなら……」

「できるな？」

「リンター、ついていってやってくれ。そなたたちに任せよう。デイサンダー、初仕事だ。しっかりな」

ヤエリとともにナハティは抗議しようと口をひらきかけた。するとゲイルは二人をにらみつけた。

「そなたたち、デイサンダーのほうがずっと冷静な判断力を持っているぞ。それにきょうだいの長はわたしだ。でしゃばるな」

ナハティは驚きのあまり言いかえせなかった。ザナザをひっ立てていくリンターとデイサンダー、その後ろにぞろぞろとついていくきょうだいたち。ヤエリまで、うなだれつつあとを追っていく。

それぞれに腕を組み、肩をよせ、手をつなぎあって先へ進む。ナハティの隣には誰もいない。

誰より強い力を有しているというのに。

デイサンダー。あの子がすべてをひっくりかえした。あの鮮緑色の目。あの目でみんなに魔法をかけた。誰一人殺せない、無能な末弟が。

この屈辱は覚えておこう、デイサンダー、ゲイル兄さま。そのうちいやでもわたしの能力を知ることになる。そのときに後悔しても遅いから。

そうしてナハティは努力した。誰よりも文献を読みあさり、誰よりも魔法の訓練を重ね、祖先たちや父の残したノートを繰って。外に出るのはナハティを名指しで魔道師の仕事を依頼してきた客に応えるときのみ。このころはまだそれほど物欲はなく、依頼料は食べ盛りの弟たちの食費にあてて、それが当然と思っていた。わたしが一家を支えている、という矜持《きょうじ》は胸を張ってきょうだいたちを睥睨《へいげい》する姿勢としてあらわれていたが。

ある日のこと、買ってきた大きなパンをしまおうと、厨房《ちゅうぼう》の扉布の前まで行ったとき、ゲイルとテシアの話し声が聞こえてきた。かまわず進もうとすると、自分の名が出た。ナハティは立ちどまって耳をそばだてた。

「――それはそうかもしれぬ。だが、その前に時間が必要なのだ。われらには人の死、身内の死もこれがはじめてではない。だが弟妹たちは……特にミルディより下の三人には、立ちなおるにより多くの時がいるだろうと思うのだ」

「わたくしたちにだって妹の死は重いわ」

「そうだ。だからなおさら急いではならない。弟たちの傷はもっと深い。それを思いやる気持ちがナハティにはない」

「ナハティだってわかっているのでは」

「そうだろうか。ナハティはわかっているか？　……わたしにはそうは思えない。ときどき、あれが血を分けた妹かと疑うときもある」

「兄上、何を……」

「いや、そなたとて気づいておろう。ごまかすな、テシア。見たくないものから目をそらさず見るのも魔道師ぞ。ナハティには情が少ない。むろん、われらとて平然と人を殺《あや》める、だが血筋に対する情はある。母を思い、ミルディをいたましいと思う。ところがどうだ、ナハティはミルディの死を少しも悲しんでいない。欠けた防護の部分を、イリアとデイサンダーに担わせるために特訓せよと言う。あの二人の心情を考えろと言ったが、それがナハティにはわからない、いいか、テシア、わからないのだ」

「ナハティは不安なのです、再びイスリルが攻めてくるのではないかと。ええ、兄上のおっしゃるとおり、確かにナハティには欠けているものが。でも、兄上、思いだしてくださいな。母上が亡くなったおり、一番打ちのめされたのはナハティだったのですよ。あの子、一月《ひとつき》ものを食べられなかったのですから」

「母のときはそうだったかもしれない。だか、このたびは。ナハティは自分以外の人間を道具としてしか見ていないのでは？　あれの基準は、役にたつかたたないかなのでは？　あの銀の目をむけられると、わたしは心が冷やりとする。まるで心臓にそっと刃を押しあてられたように感じるのだ。あれは魔道師の中の魔道師になれるだろう。だが人としては？　われらきょうだいの血筋としては？　あの冷酷さ――そのうち、死や苦痛を楽しむようになるのではないか？」

「兄上、それは――」

「口にしてはならぬこと、か？　それがナハティのすべてではないとはわかっているよ。もう少し長じたら、人の心もわかるようになるかもしれぬ。それゆえ、待つことにするのだよ。優柔不断とそしられようが、内乱がおきたとしても、しばらく戦には参加しない。さらなる誉れより、きょうだいたちが大切だ」

「……わかりました。兄上のお覚悟がそのようであれば」

まだゲイルが何か言っていたが、ナハティはそろそろとそこを離れた。暗い廊下を小走りに、自室へと駆けこむ。冬の夕暮れ時、窓の外には雪が舞い、急速に闇が落ちかかってきていた。寝台のそばにひざまずき、かつて病床の母にしたように額を布団に押しつける。

強くなったと思っていた。努力を重ね、訓練と学習をくりかえし、きょうだいで一番強い魔道師になったと思っていた。けれど。この、胸に釘を刺しこまれたような苦しさは、なに？強いはずなのに、どうしてこんな痛みを感じる？

ナハティは、冷酷、とおのれを断じたゲイルを憎んだ。母のように自分をかばったものの、かばいきれなかったテシアを憎んだ。母を失った悲嘆にはちゃんと気づいていながら、手をさしのべてはくれなかったくせに。今また中途半端に母のふりをしたゆえ、なおさら憎んだ。一刻あまり、寝台にしがみついていたか。人知れず悔し涙を流したあと、以前から気づいてはいたが、認めたくなかった事実をやっと悟り、受けいれた。

わたしは独りだ。

そう、群れるのは無能な者たちだ。泥沼から手をとりあって這いあがろうとする。ならばわたしは孤高に立つ者となろう。誰も到達することのない最も高い頂《いただき》に。吹きすさぶ風、たたきつけてくる雪、非情な山頂に立ち、はるか下で這いずりまわる大勢を見おろして嗤《わら》う者となろう。そのためにはもっと力をためなければ。もっともっと力がいる。

それから六年。ナハティは長身の、氷の女になっている。内に秘めた魔力への欲求は、氷とは正反対の、決して消えることのない炎なのだが。

この冬は、館中を走りまわっているイリアとデイサンダーの大騒ぎで、きょうだい全員が頭痛にみまわれていた。体力気力のありあまっているこの二人は、きょうだいたちの教える魔法の技や練習に飽きはじめると、何をしでかすかわからない。

ある日のこと、思いつきで四方から風を呼んだイリアは、二つの竜巻《たつまき》に館を巻きこみ、自身も空高く舞ってから、あわててからみついた風をひきはなそうとした。ところが北風と南風がくっつき、西風と東風がそれにおおいかぶさるようにしてさらにこんがらかってしまったので、猫の爪にかかった毛糸玉さながら、どこが糸口やらどこをひっぱればよいのやらもわからなくなり、さらにご本尊が屋根のはるか上空で宙返りをくりかえして悲鳴をあげる体《てい》たらく。デイサンダーが蔓をのばして風を分けてくれるのかと、きょうだい全員が固唾《かたず》をのんで見守っていると、ごうごう渦を巻いている四色の竜巻にさらにからみつかせ、さまざまな模様をのばし放題にのばして喜んでいる始末。

カサンドラが雨を滝のようにふらせ、ヤエリが稲妻をいくつも落として、ようやくどこかを断ち切ることに成功した。風は四方八方に遁走《とんそう》し、蔓は豪雨に打たれて屋根の上に情けなく這いつくばり、イリアは上階の窓枠にかろうじてひっかかった。

さすがに懲《こ》りたろうと油断していると、翌日は二人で頭から氷の蔓を角のように生やし、大声をあげつつ階段を上り下りして追いかけっこをする。その足音だけでも館中が大きな歯軋《はぎし》りのようなとどろきに満たされ、礎《いしずえ》からぐらぐらと揺れた。ゲイルが怒鳴ってもきかず、カサンドラが悲鳴をあげても、げらげら笑ってなおさらおもしろがる。始末をつけたのはリンターだった。指を鳴らして、二人を中庭の雪の吹きだまりに頭から押しこめた。窒息するかしないかの瀬戸際から、ようよう這いだした二人の最初の一言《ひとこと》は、「ああ、ちめてえ」だった。

あの二人を森の中に捨てるか、湖に沈めるか、と相談して結論の出なかった翌日、元老院議員のグランからナハティに使いがやってきた。きょうだいたちはこれ幸いと、二人をナハティに押しつけた。

「お偉いさんの家につれていったら、少しは行儀作法というものを体得するでしょうよ」

とテシアがすました顔で言った。ヤエリも頭をかかえてみせた。

「あの二人のいない一日をすごしたいの。姉さま、お願いよ。どこでもいい、つれていって。戻ってこなくたっていいから」

「元老院議員の居住区《インスル》がどうなっているのか、冒険させてもらえばいいんじゃないか？　迷路みたいだし、二人にとってはいい勉強になると思うよ」

とリンターもにやにやする。「冒険」の単語に二人はさっそく飛びついた。ナハティは最低の礼儀作法だけは守るようにときつく二人に言い聞かせ、二人はそわそわしながらも、迷惑はかけないと誓ったので、仕方がない、しぶしぶつれていくことにした。

この当時、イスリルを撃退した帝国は、かつての繁栄にはほど遠いが、国としての機能をなんとか復活させていた。そうなるとまたぞろ、内輪もめが顕著《けんちょ》になり、元老院はそれぞれの地方や有力者の主義主張を声高に言いつのるだけの場所と化し、歩みよりどころか話し合いの様相をも呈さず、世は道端の石ころ一つ拾うのにも、賄賂《わいろ》が必要だと揶揄《やゆ》されていた。皇帝の座も言うに及ばず、財力がものを言った。

元老院議員のグランは御年三十歳、議員になりたてである。しかしもっと若いうちから計画を胸の内にあたためてきたのだろう、豊かな財産と私の軍団をもち、人脈も広く、魔道師たちをもないがしろにしない。あまたいる元老院貴族の中で内紛をうまくやりすごして生き残ってきた。

「力を借りたい」

とグラン議員は部屋に入るなり、言った。挨拶もぬきに、ナハティを一瞥するや否や。ナハティはとぼけてみせた。

「力、とは?」

「そなたの魔力でわたしを皇帝にしろ。落ち目のイザーカトきょうだいも、返り咲きできる」

なんと無礼な男。イザーカトきょうだいは落ち目などではないし、返り咲きとはなんのことやら。人にものを乞う態度でないのも許しがたい。たかが前皇帝の遠縁の地方軍人あがりが、やっと議員の座を手に入れただけで。

しかしナハティは踵《きびす》を返さなかった。

「あなたを皇帝に、わたくしどもの魔力で? はて、意味がわかりかねますが」

「魔法のことなど詳しくは知らぬが、イスリルを撃退したそなたたちであれば、その力をもってして人々を意のままにできよう」

「元老院を脅して彼らを敵にまわせと？」

「わたしを馬鹿にするな。手段は任せるが、こういう場合は表立つことをしないのが魔道師であろうが。報酬は近衛魔道師の地位。八人全員に」

あのロックラントの砦戦から六年、国境は破れた袋さながらの有様、飢饉《ききん》に襲われて北方民族が海沿いを荒らしまわり、南ではパドゥキアやマードラが擡頭してきている、そのあいだ皇帝の座にあった者は十数名、いずれも次の簒奪《さんだつ》者にとって代わられ、露と消えていった。長い者でも一年、短い者は三日、政争のすさまじさは帝国の崩壊を如実に物語っている。ナハティには愛国心などさらさらない、皇帝の座にも興味はない。だが、ちらりと見えた未来の中に、皇帝の陰にあって皇帝をも怖れさせる存在がなかったか？　抜き身の剣《つるぎ》のように立つ長身の白い魔道師が。

「わたくしを近衛魔道師の長に」

「いいだろう。元老院にかけあってやろう」

そのあと、具体的な話し合いをしてからナハティは部屋を出た。

中庭には雪が積もっていた。木の実を当てにしてきた小鳥を、イリアが風で回して遊んでいた。デイサンダーは止めようと躍起になって、甲高い声をあげている。双子のようによく似た二人だが、イリアのほうが先に反抗期に入ったらしく、このごろはやたらに攻撃的だ。デイサンダーはすっかりその腰巾着だ。

二人を呼ぼうと立ちどまると、家令が別棟から出てきた。長身の男をともなっている。ナハティの姿を見つけたデイサンダーが走ってくる。イリアは風で雪をまきあげ、洗濯女にののしられている。

「おや、もうお帰りですか」

と家令が声をかけてきた。隣の男は白皙《はくせき》、紫水晶の瞳、人あたりのいい笑顔。だが、一目《ひとめ》で魔道師とわかった。背骨を長虫が這うのを感じた。見た目は惚れ惚れするような男、しかしその中に雌伏《しふく》している、あれは、血まみれの、呪われた月をもった漆黒《しっこく》の魔道師か。いまだかつてこのように強大な魔力を秘めた者に会ったことはない。男は慇懃《いんぎん》に挨拶してよこしたが、ナハティには、舌なめずりする狂った獣《けもの》の赤い口が見えた。これは一体なに？

家令が互いを紹介し、男はナハティの手を取って何か世辞めいたことを言ったようだった。それがナハティには、

「そなたの力もうまそうだな。取って食ってやろう」

と聞こえた。その声の響きはあらがいがたい力を秘めていて、心臓に爪を立てられるとわかっていても自ら身をささげる生贄《いけにえ》の乙女のごとく、ナハティにはふりほどくことができない。めまいにも似た渦の中に一歩を踏みだそうとした刹那《せつな》、

「どうも。ぼくは弟のデイサンダー。あなたも魔道師？」

と末弟が二人のあいだに割って入り、われにかえった。ちっと舌打ちが聞こえたのは空耳だろ

うか。弟は、相手の腕に自分の手をかけ、無邪気な挨拶に見せかけているが、無言で威嚇《いかく》している。ぼくの姉さまに手を出すな。

「貿易商？　エズキウムの？　とてもそうは思えない。魔道師じゃないの、本当は」

エズキウムは帝国の南に位置する。海辺の都市国家で、帝国繁栄時にはその傘下にあった。堅牢な城壁を誇り、イスリルの魔道師ども千人を一昼夜で退けたと言われている。今も帝国領のように思われているが、その建国からこのかた、帝国の庇護は受けても支配を許してはこなかった。しかもその事実に気づかせない狡猾《こうかつ》な魔力をはらんだ油断のならない町である。

しかし、面とむかって正体を暴き、胸をそりかえらせているデイサンダーには、この男の魔力は雪片ほどの影響も及ばぬらしい。ナハティと相手の魔道師は同時に一歩退いた。よろめくように。そして互いに見交わした目の中に同じものを見た。

「早く帰りなよ」

デイサンダーが歯をむき出して言った。男は両手のひらを見せてさらに後退した。

「エズキウムにひっこんでろよ。二度と来るな」

男はほうほうの体で去っていった。家令はすっかり仰天して言葉もない。イリアがようやくそばに来た。

「何？　どうした？」

「なんかすごく気持ち悪いもの、見たような気分。早く帰ろう。あっつい香茶が飲みたい。うち、帰ろうよ」

足音をたてて走っていくのを見送りながら、ナハティはまだ動けずにいた。

無垢なるものの光はかくも無造作にわれらを退ける。魔道師の端くれでありながら、魔道師を退ける。デイサンダー。あれが真の闇を知ったなら、大いなる脅威となるやもしれぬ。あんなものに膝を折ったりしたくない。どうすれば。何をしたらいい？


きょうだいに残された土地には、霊廟《れいびょう》が建つ。夜半、雪をかきわけてたどりついたナハティは、奥まった場所に安置してある石の棺の蓋に手をかけた。古めかしい浮き彫りのほどこされた蓋は、頭のほうでひび割れている。それを取りのぞくと、乾いた頭蓋骨が見かえしてきた。ナハティは骨の隣におさめられている小さな布包みを慎重に取りだした。布は指のあいだでたちまち崩れたが、中の巻物は保護魔法のおかげでかろうじて無事だった。

ずっと以前、父から聞いた祖先にまつわる言い伝えを思いだして来てみたのだが、この巻物は本当にあった。戻した蓋の上で丁寧に広げてみる。隙間風に蠟燭《ろうそく》の灯りはゆらめき、祖先の一生を簡略に記した文字も左右に躍り、光と闇の波間に浮かんでは沈む。これは、一族の中で最も力ある魔道師の一生、しかし呪われた者として帝国の歴史からは抹殺された男の記録だった。

ナハティは求めるものを発見した。たった一行、祖先が死してのち、唯一語られた闇の記述。

――太古の闇をのみこみて、血潮に変えたるがゆえに
太古の闇をのむ必要はない、と悟った。イザーカトの血に受け継がれつづけている。最も濃

く、ナハティに。最も薄く、デイサンダーに。ならば、これがわたしの力となる。

ナハティは黒々とした文字に指先を当てた。

血潮に変えたるがゆえに。

文字に秘められた祖先の力の名残《なごり》が、心臓の奥の奥のさらに奥まった最も昏《くら》き場所へとナハティを導いた。するとやがて形なくとけてうごめいている七色の闇にいきあたった。それはナハティの訪《おとな》いに眠りからさめて薄目をあけ、言葉のない言葉で歓迎の意を表し、ナハティの欲望を感じとってほくそ笑み、即座に力を約束した。われを導け、そなたの血管に。年月を経て薄められ、飼い犬になりさがったわれとはいえ、そなたの力となろう。かつての絶大なる力とはほど遠いものの、そなたとともに歩み、そなたの野望を満たすことくらいはできようぞ。

ナハティは喜んで指先からそれを呼びこんだ。祖先の血にまじっていたそれは、彼女自身と融合し、新しくなり、活性化した。彼女の血流を駆け巡り、雄叫《おたけ》びをあげた。絶望をもたらせ。白を黒と、黒を白とし、光を闇に、闇を光にひっくりかえし、聖なるものを穢《けが》せ。真《まこと》を嘘に、嘘を真に変え、混沌を呼びこみ、良きものやうつくしきもの、善なるものをおとしめよ。すべての人の血にも流れるわが分身を揺り起こし、われの前にひれ伏させよ！

ナハティは身体中にいきわたるその力に陶酔《とうすい》した。

もう何ものも怖れることはない。わたしはナハティ、帝国一の魔道師となる。

6

〈夜の町〉から〈神が峰〉にむかう。ひたすら東へと。荷車や行商人とすれちがう街道は、丘を上り谷を下り、小さな町や村をかすめ、どこまでものびていた。かつての帝国の繁栄を忍ばせつつ、しかし次第に人の行きかいもなくなり、敷石のあいだから草が生い茂る、あるいは敷石そのものがはがれ、森や林や草原にのみこまれては再び姿をあらわす。

二度ほど山賊に襲われかけたが、リンターとザナザの「手加減はした」魔法で追いはらい、彼らが残していった物資を逆に手に入れた。武具、馬、毛布、茶道具、長外套《セオル》。

一行は分捕り品に着替えた。見るからに魔道師の一団では〈神が峰〉に迫ることもできない。リンターは何を着ても農夫にも商人にもなりえず、結局兵士の古いセオルとちぎれた貫頭衣《トゥニカ》に長ズボンという、西と中央地域のごちゃまぜ戦士姿、腰には錆の浮いた剣《つるぎ》さえつりさげた。ザナザはなまくら剣士に護衛される村の名士といった風情で、あちこち継ぎのあたった長衣はそれでも袖がゆったりとして、羊毛の胴着はちゃんと目がつまっており、裾のすりきれたズボンも見られないほどではない。セオルをとりかえただけの若者二人はその下僕といったところ。ネアリイは髪を帽子の中にたくしこみ、小作人のものだったと思われるトゥニカに着替え、顔や首に泥をなすりつけて、農奴のせがれか羊飼いである。

荷馬をひき、馬に乗った一行は、蚊の群がる草地を進み、穴のあいた橋を通って蛇行している川を渡り、次第に登り坂に変わる街道をただひたすらたどって、とある町のはずれについた。白波のたつ海の上を、短い夏が裾をひるがえして駆け去っていくところだった。

はじめのころの気負いもどこへやら、このごろではめっきりののしりあいも減ったビュリアンとデイスは、とぼとぼと最後尾をついていく有様だったから、街道が岸壁をめぐる細道になったときには、秋の風にあおられている沿岸の景色に思わず歓声をあげたのだった。

山道は突然行き止まりになっていた。右手には岩棚が幾層にも重なり、左手には小さな港があった。岩棚のそこかしこには骸骨の目さながらの穴が無数にあき、灰色の煙がたなびいている。港では数十艘の丸木舟が、互いにぶつかりあいながらもやってある。

「ここ、どこ?」

とネアリイがささやき、ザナザが馬からおりながらふりむいた。

「お尋ね者の集まる町だ。銀戦士も足を踏み入れない。気をつけろ、不用意な一言《ひとこと》で腹に穴があくこともある。特にそこの二人」

とビュリアンとデイスをにらみつけ、

「きさまらのくだらない口喧嘩にはほとほとうんざりだ」

と吐きすてた。二人は身を縮こまらせる。

リンターは行き止まりの道から右にはずれた窪地におりていった。岩と岩の隙間をくぐるようにしてついていくと、じめじめした一本道が突然暗闇の中におちこみ、甘ったるい刺激臭が鼻をついた。ザナザが軽く咳きこみはじめる。煙の充満している通路の両側に、灯りのともった幾百という窓があらわれた。これぞ〈逃亡者の町〉、山腹の中に岩盤をくりぬいて造られた。夜光草が道なりに植えてあり、猫やネズミのうろつくのも小さな影となる。

炊《かし》きのにおい、汚物の臭い、安物の香の臭い、そしてそれらを凌駕《りようが》するのは、

「紫芥子《むらさきげし》の臭いだ。これだけは手を出すな。まだ人生つづけたいんなら」

とまだ咳をしながらザナザが説明する。

「いちゃもんつけられたくないなら、視線をさげていろ」

煙の中からあらわれて早足ですれちがう大男、もうすっかりできあがっている老人、胸元をあらわにした女、その誰もが視線をよそにさまよわせていく。

さして行かないうちに小路のつきあたりとなった。奥の馬房から少年たちが駆けよってきてリンターの手綱を受けとった。別の少年が口上を述べる。ようこそ、〈嵐亭〉へ。お食事ですか、お泊りですか、何人さまで？　本日はお客さん、運がいい、北から来た有名な歌い手がのちほどご挨拶に伺います。一晩といわず、二晩といわず、どうぞごゆっくり。

案内されたのは口上とは裏腹の、ごみためのような食堂だった。先立ったザナザが足元の骨を蹴飛ばして道をつくり、奥にもぐりこんだ若者二人は、長椅子から得体の知れない干からびたものをたたき落とした。ネアリイはセオルを敷いてから腰掛け、リンターは無造作に卓上の杯と酒瓶を床に払った。がちゃがちゃというけたたましい音も周囲の喧騒にまぎれ、注意を払う者もいない。顔は細いが腰まわりはデイスの三倍はありそうな女将《おかみ》が、肘で酔っ払いをかき

わけながら注文をとりにきた。鯖《さば》のウイキョウ焼きやニシン鳥のスープ、北風草をゆでたものなどなどと、葡萄《ぶどう》酒、麦酒、カラン麦のパンを頼み、多めに銅貨を渡すと、相好を崩して背をむけた。

「飲み代を合わせても絶対に高くはないぜ。なんせ三百年ぶりに飲むんだから」

とザナザがつぶやいた。

臭い、汚い、騒々しい、を我慢すれば、暖かくてご馳走もうまく、麦酒と葡萄酒の杯を重ねる。ザナザは豪語したとおり、痛飲してなお酔った気配さえ見せない。

「銀戦士が来ないわけだ」

とビュリアンがささやき、デイスもうなずく。潔癖症の狂信者たちには、とても我慢のならない場所だ。

おだをあげている者どものたいていは筋骨たくましく、陽に焼けた男たちで、船乗りか荷運び人かと思われた。ザナザの説明によると、その誰もがすねに傷もつお尋ね者だという。荷物をちょろまかす、砂金を盗み取る、盗賊の手引きをする、などのけちな罪状を重ねて、とうとう表を歩けないようになってしまった連中だと。ほとぼりが冷めるまでここに潜伏する、丸木舟で別の土地に逃亡する、追っ手をまいては舞い戻る、あるいは紫芥子の魔力につかまって短い一生をこのままここですごす。なかには賞金稼ぎもまぎれこむ。正体がすぐに知れて袋叩きにあうことが多いが。なんとなれば、においが違うからだ、というので、若い三人はげらげら笑いころげた。この臭いところでにおいだって？

その笑い声に歓声がかぶさった。頭をめぐらせると、ちょうど歌い手が竪琴《たてごと》をかかえて入ってきたところだった。麦酒色の髪と白い肌の、北から来たと一目《ひとめ》でわかるその男は四十代、茶色のセオルをはねあげて一番端の卓の隅に腰掛けるや、竪琴をかき鳴らした。騒々しかった居酒屋がたちまち静かになり、煙とぼんやりした灯りに、もの悲しい和音がつづく。聴衆が飽きる一歩手前で歌い手は調べを変え、〈ロックラントの女相続人〉を歌いはじめる。革の裏側のようにざらついて海砂のようにかすれているが、低く深いその声は、広大な土地を相続した貴婦人が、イスリルの大侵攻に三年にわたって耐え抜いたものの結局、軍靴に領地を踏みにじられた顚末《てんまつ》を臨場感たっぷりに歌って聞かせた。

しんみりした余韻の中から、少し明るい曲が顔をのぞかせ、歌い手の声は少年のようなつややかな透明感のあるものに変わる。〈クロウタドリとグミの実〉の、上品に、恋心を暗示した曲に、荒くれどもも若き日の無垢なる自画像を思いおこし、にやついたりひやかしたり。三曲めは陽気で荒々しい踊りの曲だった。二十番まであるひたすら長い曲を、たいていの者が卓上や椅子に乗り、ステップを踏み、曲芸まがいに埃《ほこり》を舞いあげ、天井を揺るがし、岩壁を震わせる。やっと終わったときには、踊った者も聞いていた者もくたくたになって床にのびている始末。

歌い手は、そうした彼らを軽く揶揄《やゆ》してから、顔の左半分に仮面をつけ、一人芝居をはじめた。仮面は銀戦士の硬く無表情な特徴をあらわしたもので、彼は半面ずつを観客に見せながら、けちな金貸しと借金を帳消しにしてもらおうとする小心な銀戦士の掛け合いを演じた。くすくす笑いと金貸しに同調するひやかしがあがった。

女将のさしだした大杯の麦酒で喉をうるおした歌い手は、次の演目に期待する面々をぐるりと見渡し、身を乗りだし、声をひそめて、

「これは一番新しい噂だが、知ってるか？」

と関心をあおり、不協和音を鳴らした。

「——魔道師リンターが目覚めたそうだ」

ざわざわと空気が動く。当のリンターは長椅子の背もたれにすっと退いた。すると影の中に影がまぎれたように、存在の気配さえなくなった。

「イザーカトきょうだいの魔道戦が再開されるやもしれん。だがね、紳士諸君、それより怖ろしい話がある。なんだと思う？」

何を聞きこんできたんだ、早く話せジンク、と、もったいぶる歌い手を非難し、せかす声もかすれている。

「——ソルプスジンターの復活だ」

ひと呼吸、しん、と音がなくなった。そして怒号がわきおこった。拳骨をふりまわしてつめよる者もいて、歌い手ジンクはあわてて卓上に身をかわし、両手のひらで落ち着くようになだめにかかる。

「なに、その、ソルプスジンターって」

デイスは隣のザナザに聞いたのだが、なぜかふっとあいた一瞬の沈黙の隙間に、その質問は

鐘のようにとどろいた。全員の視線がディスに集中した。

「お若いの、ソルプスジンターを知らねえって？」

「どっから来たんだ、この田舎者が」

「おい、そこの商人、丁稚《でっち》の教育ぐらいちゃんとしておけよ」

むっとした直後には言葉が勝手に飛びだしていた。

「なんだよ、知らないから聞いてんじゃないか。おれは霧岬から来たんだ、田舎者で悪かったな！　あんたらだって知らないことなんか、いっぱいあるだろ？　知らないことを責められるんだったら、歌い手なんかいらないってもんじゃないか」

霧岬ってどこだあ、と茶々をいれるのと、身の程知らずに鼻っ柱の強え丁稚だ、と嘲《あざけ》るのと、こりゃ一本とられた、と苦笑するのとが混沌となったなかに、ジンクの竪琴が清冽な和音を奏でて注目をとり戻した。

「はいはい、みなさん、こっちねえ。歌い手はこちら、そう、多かれ少なかれ、遅かれ早かれ、ものを知るということはとっても大事。さてではここで、ソルプスジンターの名さえ聞いたことのない若いお方のために、それから知ったつもりでも、真実を把握《はあく》していないそこのおやじさんのためにも、簡潔に歴史の復習をいたしましょう。左様、恐怖とは真実から離れたところで芽生えるもの、真実を知れば対処の仕方も考えつくかもしれない。さあ、すわってすわって。麦酒はあるかな？　葡萄酒は？　つまみは大丈夫かい？　よし、それじゃあ、ソルプスジンターの生まれから即興叙事詩といこう」

池に落ちる最初の雨粒の音からジンクがはじめた物語は、それを真実と言いきれるのか眉唾物だったが、デイスには十分役にたった。ジンクは歌う、彼らは卵から生まれたと。最初は蛙の卵ほどの大きさの。それが次第に大きくなり、四年後に孵化《ふか》するときには猫ほどに育っていると。彼らは北の大陸のさらに北の岩の荒地に生まれる。孵化するや否や、共食いをして育つ。

「眉間より生えし黒き鶏冠は天をつらぬく鋭利なる刃、相貌は人の男女なれども、背には空をも切り裂く二枚の翼、双腕の黒き鱗《うろこ》は一枚の手甲となりて、軍靴のごとき蹴爪は大地をうがつ」

つまりはソルプスジンターは人間ではない。よく流言されている、翼竜に乗った戦士という話は違っていた。ましてや魔道師が変身したものでもない。

「虚無と闇の衣まとい、槍さながらの細身にして柱のごとき長身なれば、群れなして空中より駆けくだり、生くるものすべてを屠《ほふ》る。ただ殺して狂喜する、あるいは食らう、北の大陸にて滅ぼされし村の数三十、町は十、都市も二つ滅びたり。

ときに千と五百四十五年の秋、ソルプスジンターは海を渡り、東岬より侵入したり。全土を災厄が駆け巡る。カレンドン、リンデン、キアルー、メッサ、記憶にもいまだ残りたるこれら諸都市の壊滅は、堕《お》ちたる帝国をさらに切り裂き、暗黒の霧の中に押しこめる所業。セッシアンカが陥落するをきっかけに、中央地区の魔道師たちが立ちあがる。結党したるは泣く子も黙る〈血輝党〉。そを聞きつけたる〈神が峰神官戦士軍団〉銀戦士、魔道師どもを捕縛せんと追いすがる。

ソルプスジンターの次なる獲物をロウグの町と見定めて集結したる〈血輝党〉、そを生け捕らんと駆けつけたる銀戦士は三百余人、まさに今戦闘のはじまらんと息をのみたるその瞬間、宙にあらわれしソルプスジンターの槍は、魔道師も銀戦士も見境なくつらぬかん。かの一団を脅威と認知したるときには銀戦士、すでに半数となりはてたり。

殺傷したる人々を食らいだしたるソルプスジンター、その間隙をつきて不本意ながら、共通の敵に相対さんがため共闘を約せし二つの軍団、態勢整えなおして反撃に転じたり。並みの弓矢、並みの剣、並みの槍にて傷さえ負わぬソルプスジンターなれど、魔力に裏うちされたる武器と銀戦士軍団の波状攻撃、さらには魔道師練成のいかずちの矢、霧の槍、竜巻の剣にさらされて、二日二晩の攻防の末にようやく全滅とあいなりぬ。そのいさおし、長く伝えるべしと言われども、この戦《いくさ》にて〈血輝党〉は壊滅し、銀戦士のみが残りたることはみな承知ではあるまいか」

ジンクの歌はそこから調子を変えた。早く荒々しく勇壮な調べからなにやら不気味で不安をそそるあやうい曲調へと。

「さてもここまでは百五十年ほど前のこと。当時を知る者の数少なくなりて、銀戦士とて代わりし、長き寿命の魔道師どもは野末に鄙《ひな》に身をひそめ、かの真実なる恐怖を伝えるは、われら歌い手のみとなりはてぬ。

われ歌い手ジンクなる者、つい二月《ふたつき》前には海のむこう、北の大陸の都アレンアランに滞在したり。かの地にて耳にしたるはソルプスジンターの復活、どうやら再び北の岩の荒地にて卵のかえりしよし、〈監視人〉の目をくぐりぬけたる十数匹、近在の村に出没せると。われ、そが村に赴きし、この目で見たる有様はまさに地獄絵、裂かれ、食われ、つらぬかれ、うち捨てられたる骸《むくろ》の村、畑地も家もさんざんに、生けるものは蛆蝿《うじばえ》狼鴉《からす》のみ。人の手ではなしえぬ惨状、魔道師といえどもかほどの惨劇を好むとは思われぬ。われ即座に帰郷し、警告を発するがために歌わん。

それゆえ諸氏よ、明日には村々町々へ赴きて、警戒を呼びかけたまえ。ソルプスジンターの影目にしたならば、洞窟地下にもぐり、戸口を石と岩でふさぎ、三日のあいだ息をひそめているべしと。心ある魔道師は一丸となりて、また銀戦士も先達に倣《なら》い、つまらぬ追捕《ついぶ》を中止して共闘の態勢をとるべしと。

さあらねばコンスル帝国の残り火という残り火すべて消え、あとには荒野のみとならん。

されど大いなる希《のぞみ》一つ生まれたるは吉報ぞ、前《さき》の襲撃時にはゴルツ山にて眠りについておりし魔道師リンター、此度は目覚めたる様子。イザーカトきょうだいの力あらば、ソルプスジンターも楽には空を駆けること難しかろう」

それから後奏がつづいたが、デイスは思わずリンターをふりかえった。

「ソルプスジンターを退治するの？」

とささやくと、リンターは一瞥《いちべつ》でデイスを荒野の砂にした。

あてにされてもねえ、とザナザが卓上に身をつっぷしながらつぶやき、ビュリアンとネアリイは吐息をついて身を丸めた。

歌い手ジンクは演奏を終えるや素早く卓上をすべりおり、また別の居酒屋で歌うべく出ていった。

入れ替わりに深い帽子をかぶった男が背の高い椅子をひっぱってきて中央に陣取り、胸の高さの座面にとびのった。その隣で十歳くらいの少年が口上をはじめる。

「さてお次なるは、世にも不思議な砂金掘りグレアムの話。すでにお聞きの方は隣の方に決してお話しされぬよう。はじめてのお方はなにとぞこの話し手に今日の飯代を。これは真実の話、見て聞いて損はありませぬ」

さしだされた編み籠に、いくばくかの銅貨が投げこまれた。聞いて土産になる話だし、知り合いに自慢もできると少年はさらにあおるが、歌い手ジンクの衝撃的な歌のあとでは寄付するほうも気が進まない。するとと驚いたことに、リンターが陰から起きあがり、デイスに硬貨を手渡してよこした。砂山から子犬に変身したデイスは、ご主人さまの機嫌がよくなるようにといそいそと、少年の手籠に放りこみにいく。景気のいい音が周囲を刺激したのだろうか、酔眼の男たちもつられたので、手籠はまあ満足がいくほどにはなったようだった。

少年は語りはじめた。ジンクの歌とは比べ物にならないし、楽器の伴奏もなかったが、流《りゅう》暢《ちょう》で調子のいい話しぶり、ところどころで韻を踏むあたり、そして何より張りのあるよく通る声にたちまち人々はひきつけられた。

砂金掘りグレアムは〈砂金の町〉で一攫《いっかく》千金を狙っていたが、ご存知のとおり、十年前から金の産出量は激減し、思ったような成果のあがらぬ毎日、同業者同士の刃傷沙汰《にんじょうざた》まで目にしては、とてもつづけておられぬと気力を失い、ふらふらと町を出ること数十日。一つの山、二つの森、三つの丘、四つの川をまたいで〈死者の丘〉に達したとき、死人から得た啓示は、〈不動山〉の財宝をわがものにするという大それた野望。死者は語る、ナハティの眠る山の根にいたるには、〈蛇が背〉が障害、されどただ一箇所、かつて猛々《たけだけ》しく噴火をくりかえしてあいた岩穴の道があると。それは溶岩が流れ下り、岩盤を隧道《すいどう》状に溶かしたあとで、まっすぐにナハティの寝床までつづいていると。

砂金掘りグレアムの頭はたちまちきらめく財宝でいっぱいになり、宝石で飾られた幻の王冠をかぶったまま、二つの山、三つの湖、四つの湿原を越えて〈蛇が背〉の下をくぐる隧道より〈不動山〉の根に達し、青く赤く黄色く光る財宝から、持てる限りを持って逃げだした。ところがさほど行かないうちに、夜光草の光が消え、松明《たいまつ》もつかず、暗闇に閉ざされた。そうして奥からはのこぎりで岩棚を削るがごとき異様な物音。四肢が硬直して進むも去るもかなわなくなった目の前に、白々と二つの灯りがともったかと思うや、なんとそれは巨大な双眼、銀の瞳、恐怖の魔道師ナハティの目。財宝をほうりだし、泣きながら助命を乞う、すると出口に一点の光が示された。こけつまろびつ一目散、ナハティの白い姿を背後の亡霊として逃れいで、しばらくは死んだように草むらにつっぷしていた。

半日もたったころ、ようやく身を起こしたときにおのが身体におきた異常に気がついた。左耳だけ牛の耳、右手だけウサギの前足、なんとこれはナハティの悪ふざけか、それとも終生つづく呪いなのか。ふと手をつっこんだセオルの裏ポケットに発見した石ころ一つ、確かにふりおとしたと思ったのに、いつのまにかまた戻っている。どこかに投げ捨てても、誰かに押しつけても、また必ず戻ってくる、これはナハティの寝床の石、それゆえこのような呪われた身となりはてた。

少年が手をふって高椅子の男に衆目を集める。男はもぞもぞと動いてまずは深帽をぬぎ、次いで手袋をはずした。確かに、痩せた髭面の左には中折れになった牛の耳、袖からつきでたのはウサギの前足を大きくした代物。ざわつく男たちの目の前に、グレアムはポケットから取りだした石をさしだした。母石の中に埋もれてはいるが、はっきりと緑柱石の緑が輝いている。

少年が彼の代わりに声をはりあげた。

「誰かこの石を肩代わりしてくれないか。呪いを承知でもらってくれれば、グレアムは解放されるんだ」

すると爆笑がおきた。誰がもらうか、そんなもん。それがなくなったらおめえたちもおまんまの食いあげじゃないか。何言ってやがる。大体その石、偽物なんだろ、怖がらせようったってそうはいかねえ。

「これは本物だよ。さわってみれば？　それであんたらこんなんなって生きていく気があるかい？　自分を見世物にして食っていく生活をつづけたいと思うかい？」

それに対して人々はさらに揶揄をつづける。気がつくと、デイスはつき動かされるように立ちあがっていた。おいおい、と止めるビュリアンを尻目に、人々をかきわけて高椅子のそばまで行き、グレアムの右手に手をのばした。なめらかなウサギの毛のあいだから白い爪が麦藁《わら》のようにのぞいている。

「あったかいし、脈を感じる」

固唾《かたず》をのむ観衆の前で、耳にもさわった。グレアムは涙目で見かえしてくる。命の魔道師デイサンダーの、かすかな怒りがくすぶりはじめた。耳はひんやりしていて裏側に血管の網が通り、脈うっている。

こんなことをするなんて。昔から冷酷なナハティではあったけど、ぼくの領域をこんな形で穢《けが》すなんて。

くすぶっていた怒りの薪《たきぎ》に、ぱちっと音をたてて小さな緑の火がついた。

誰かとめる暇こそあれ、デイサンダーはグレアムから石を受けとっていた。びっくりしてみながかたまったふた呼吸のあとに、酔眼のザナザが、

「……きさま、それを受けとったっていう意味がわかってんのか」

と口をぱくぱくさせる。それに答えるに、デイサンダーは黙って石をにぎりしめてみせる。

グレアムの耳が人のそれに、デイサンダーのが牛に、グレアムの右手も指が五本そろったものに、デイサンダーの右肘の下あたりからはウサギの毛が生え、指が見えなくなり、細長い爪が黒色の毛のあいだにおさまっていく。

泣き声と悲鳴のまじった声をあげてネアリイが駆けよってきた。目に涙をいっぱいためて、自分にその石を渡すようにと手のひらをさしだす。デイサンダーは微笑んで首をふった。

「これはぼくのだ、姉さん」

セオルのポケットに石を落とす。ネアリイは救いを求めてリンターをふりかえる。リンター

は陰からのっそりと身を起こすと、人垣を押しのけて近よってきた。グレアムの前に立ちふさがるようにしても、まだリンターのほうが上背がある。

「デイサンダーはそなたの呪いを肩代わりした。そなたは代償に何を払う?」

凄みのある深い声で言われて、グレアムは身を縮こまらせた。

「なんでも払ってやらあ、こんちくしょう」

と少年が割って入った。手籠をつきつけ、そら、もっていけ、とわめく。リンターは、

「そんなはした金では追いつかない。——ナハティの溶岩洞のありかを思いだせるか?」

グレアムはいまだうれし涙を頬にしたたらせつつ、首を横にふった。

「では〈死者の丘〉の死人とは何者だった? それさえ教えてくれればそなたは晴れて自由の身だ」

そんなんが代償かよ、びびらせんじゃねえよ、と少年。あんたもナハティの宝がほしいのかい、とひやかしも飛ぶ。

「そ、それさえ、お、教えれば、いいんかね」

「そうだ」

「女の魔道師だった——というか、女の子」

「名乗ったか?」

「マイテイだったか……ムウジルだったか」

「ミルディ?」

とデイサンダーが聞くと、そうかもしれねえ、と心もとない。

「どんな顔だち？　髪の色は？　目は？」

「顔だちって……暗闇ん中で光っていましたっけ……とにかくちっせえ女の子で……十歳か十一歳くらいか……壁とか家とか護る役目を持ってるって、だから〈死者の丘〉も彼女の領分だって言っていましたっけ」

ミルディだ、とデイサンダーがつぶやくのと、リンターの身体から紫電がはじけるのが一緒だった。うわっと男たちがのけぞり、あとずさり、ひっくりかえる。その足元をまたいでリンターは戸口にむかう。デイスもネアリイの手をひっぱってついていく。

路地を早足でぬけ、身をかがめて隧道をくぐると、断崖の上のちょっとした草地に出た。空には満天の星の輝き、秋の湿った風が背中に吹きつけ、潮騒《しおさい》が耳をうつ。

「石を」

とリンターが片手を出した。デイサンダーは首をふって、

「ぼくがやる」

と答えた。リンターがうなずいて一歩さがる。追いついてきたザナザが、あ、おい、待て、と叫んだが、デイサンダーには躊躇《ちゅうちょ》がない。頭に浮かんだ呪文を唱え、ザナザが早まるなと叫ぶのも聞かずに大きく振りかぶって石を投げた。海中に没する音も聞こえなかったが、海は確かに受けとめ、潮が転がしていき、命のはじまりの水がつつみこむのを感じた。

直後にザナザに肩をがっしりとつかまれた。

「きさま、正気か？　ナハティの呪いの石を捨てるなんて。あれでナハティが目覚めるぞ！」

それにはかまわず、デイスは右手をあげて曲げのばししてみせた。

「ほら、ネアリイ、呪いは解けたよ。何も心配ないって。おれの耳も戻っただろ？」

ザナザが歯をむき出して肉薄してくる。

「デイス——デイサンダー！」

足元でかすかに地面が震動した。星明かりの下でデイサンダーはにっと笑った。

「今のはヤエリみたいだね。なにか勘づいたかもね」

ザナザは両手をふりあげ、上半身をのけぞらせた。

「なあに考えてんだあ！　イザーカトきょうだいはあ！　敵を起こしてどうするんだ！」

「ヤエリが、ナハティが、なんだってんだ」

とデイサンダーは反抗心もあらわに胸をそらした。

「ぼくの領域に手を出したこと、後悔させてやるんだから」


遠く離れた〈神が峰〉の頂上聖堂で、レイヴィ神にひたすら祈っていたヤエリは、おのれの中に何か汚らしいものが放りこまれたと感じて組んでいた手をほどき、身を起こした。

さらにはるか南、〈不動山〉の根深く、あまたの金銀宝玉を褥《しとね》にうとうとしていたナハティもまた、うっそりと両目をあけた。罠にかかったか。

半覚醒のまま、こそ泥を脅かしてちょっとした悪戯《いたずら》をしたのは、きょうだいの誰かがひっかかるかと大した期待もせずに思ったからだ。と、思いだしたとたん、ナハティの意識は明確になった。こめかみがひきつる。

今の感触は。

今の感触は、デイサンダー。末弟の緑の魔道師。なんということ。あのとき、完全に無に還したと確信したというのに。もうあの子はこの世に存在しないつもりでいたのに。呪《まじな》いはきかなかったというのか？　そんなはずはない。

ナハティはうめいた。背中がつる。首から上が、まだ真綿にくるまれているようにぼやけて、自分のものではないような感じだ。もう少し力を蓄える必要がある。三百年前の戦いは、目に見えぬ大きな傷をつけていた。なかなか癒えることがないそれは、たぶん、リンターをも蝕《むしば》んでいるだろう。太古の闇がうごめいて血管を流れ、癒してくれようとしてはいるが、まだだるい。いま少しまどろんで、時がくるのを待っていよう。幸い時間はたっぷり残っている。リンターにはない時間が。

7

翌日〈逃亡者の町〉を南にぬけた一行は、泥の川で砂金をさがしている人々のそばを駆けぬけ、〈神が峰〉の麓《ふもと》の村に一泊した。もはや農夫を装っても仕方がない、とザナザが判断したので、騎行で一気に距離を縮めた。

「ヤエリはきさまが投げた石のせいで、われわれの接近を感じただろう。こうなったら一刻も早く彼女の鼻先までつめねばならん」

対してデイサンダーは鼻先で笑った。

「ヤエリなんか。ぼくとイリアが組んで何かするたびに、リンターに助けを求めてたんだよ」

「リンターがいなけりゃ、どっちもことをおさめられなかった、のまちがいだろうが」

〈神が峰〉の山容は、秋のからりと晴れた青空に麗々《れいれい》しくもりあがる緑の峰だった。裾野から頂上まで一気にたちあがったようなその姿は、たとえるなら姫君の宝冠、頂点に燦然《さんぜん》と輝く水晶のごとく、レイヴィ神の聖堂がてっぺんに、下界の暮らしを見おろしている。登り口には番所が設けられ、信仰篤い巡礼の列に目を光らせる銀戦士の見習いが数人つめている。

一行は番所を遠目に通りすぎ、四つ先の村に馬をおりて入った。そこで広場や酒場で話を聞きこむと、おおよその様子をつかむことができた。〈神が峰〉の銀戦士たちは山の斜面を利用してカラン麦や葡萄酒《ぶどう》、野菜と果物をつくり、ほとんど自給自足している。ときおり裾野に点在している村々にあらわれ、不足分を調達していく。衣服や調度品などは、各地に散らばる派遣隊が戻ってくるときに運び入れるらしい。

村にはたくさんの宿があり、たくさんの巡礼が来ては出ていく。おさまりきれなくて農家の納屋にも宿泊する。一行も納屋の奥に宿泊して相談したが、侵入する方法が見つからない。

「魔法を使えばすぐにヤエリに気づかれる。わしらのこともある程度は予測していると考えたほうがいい」

ほかの巡礼者に聞こえないように、馬房の隅でザナザがささやいた。

「間道はないの？」

「一本道だ」

急斜面をなしているのでほかの道を選ぶことができない。

「そのヤエリってのはさ、潔癖症なんだろ？」

とビュリアン。

「そいでもって〈神が峰〉の最高神官なんだろ。立場上汚い巡礼者でも受けいれなけりゃならない。大変だね」

「彼らの落とす寄付金が目当てよ」

とネアリイ。ザナザが首をふった。

「巡礼に化けてもすぐばれる」

「銀戦士も似たようなのが集まってんだよな。潔癖症で完璧主義」

「まあそうだな。清らかに、うつくしく、穢《けが》れなく」

「だったらさ、病人かかえた巡礼だったら？　ただの病気じゃなくてさ、うつるやつとか」

「伝染病か？　そうとわかったとたん、隔離されるだろう」

「うーん……、じゃ、うつらないけどさわりたくないやつとか」

「……ブレル病とか」

「それ、さわりたくない、目をそむけたい？」

ネアリイが梁《はり》のほうに目を移して記憶をたどった。

「南のほうではそう珍しい病気でもないよね。皮膚がただれて腐っていく病気で、銀戦士でもいやがるでしょう」

「ふむ、それならもしかしたら。ブレル病に冒された夫を神殿で治してもらおうとする敬虔な妻とその従兄弟《いとこ》たち」

誰が夫になるかでひともめしたが、人目につくリンターと決まった。納屋から裏の森に入り、仕度をこしらえた。馬や荷物は預かってもらうことにした。

巡礼道をたどって番所まで戻ったときには、昼の光もあやうげな刻限となっていた。

銀戦士見習いはいずれも眉目秀麗な長身の若者たち、ぼろ布と長外套《セオル》で身体中くるんだリンターを、さも怪しいと目をつけていた。案の定、近よってくると居丈高に声を荒らげ、衣をひっぱった。あらわれたのが頬の肉のただれて落ちかけ、額には蛆《うじ》がわき、耳もそげたような悪臭ふんぷんたる病人、しかもひっぱった衣には皮膚の断片らしきものがついていてそれが手にふれたとたん、銀戦士らしからぬ悲鳴をあげて飛びのいた。妻のほうも薄汚れた肌に、夫をかばうその手の先がない。おそらく同じ病で失ったものか。さらにさしたる老人とも思えぬのに腰が曲がって杖をつき、左目は白内障ですっかり濁った男が後見人と名乗っては、口と鼻を腕でおおって空いたほうの手で早く行け、と身ぶりで通す。恐慌にとらわれている銀戦士見習いの背に、さすがだなあ、あんな病もちにも情けをかけなさるんだ、と感極まった調子で巡礼頭巾のデイスが列の中から声をあげると、同調のつぶやきやうなり声が周囲からあがった。ありがたいこった、とビュリアンが扇動すれば、ありがたや、レイヴィ神、と題目を唱えはじめる。そうもちあげられてしまうと、もとより自尊心だけは高い若者ばかりなので、全員をろくに調べもしないで通してしまった。二人は頭巾の中でにやにや笑いが抑えられない。

〈神が峰〉は普通なら一日くらいで登れる山のはずだった。けれども流れに乗って進んでいかざるをえないので、三合めあたりの森の宿舎でそれぞれに一夜をすごし、さらに翌日は八合めに宿泊する。鬱蒼《うっそう》とした森が崖っ縁からたちあがるそのそばを列をなしてそろそろ進んでいく。山歩きに長《た》けた霧岬出身の三人にとっては、まだるっこしくいらいらする登りだった。その気になれば、ザナザだって一日で登れるぜ、とビュリアンがこぼす。

巡礼たちのそばを銀戦士たちが馬を見事に乗りこなして行き来する。荷物の運びあげも任務の一つだろうが、明らかに魔道師をさがしているのだった。

幸いなことに偽装は効果があったらしい、一行は以後誰何《すいか》されることもなく、三日めの昼すぎに頂上の聖堂に到着した。

聖堂、とは謙虚な呼称だった。山の頂上をほとんど平らかにならし、銀線の入った大理石で建物を配置しているのは、中規模の町だった。門の外側には段々に造られたカラン麦の畑と野菜畑、門をくぐればまず幾棟もの巡礼宿舎、施食所、施薬所とつづく。それから銀戦士たちの暮らす一角が高い段を占有し、最後に至高神レイヴィを祀る聖所がそびえている。

リンターたちは病人専用の棟に案内されていってしまった。ビュリアンとデイスは大きい建物に押しこまれた。銀戦士見習いの面々は、慇懃《いんぎん》無礼な態度で、右手には槍を立て、口調には有無を言わせぬ響きを含ませて巡礼たちをさばいていく。おとなしい羊になった二人は、広い床にずらりと並ぶ狭い寝台と物入れ籠をあてがわれ、従順に頭をさげるしかない。

一休みして腹ごしらえののちに午後の礼拝にあがっていくと、リンターたちと打ち合わせていた。施食所に行き、豆のスープとパンという簡素な食事をありがたくちょうだいしていると、ビュリアンが木の匙を手の甲の上でぐるぐる回しながら、なあ、と話しかけてきた。

「この前から気になってんだが、おまえ、このごろ、ちゃんとコンスル語、しゃべってっか？」

「なんのことさ」

デイスはパンをもぐもぐやりながら逆に聞く。

「しらばっくれんな。わかってるだろ」

いつものビュリアンと違って、癇癪《かんしゃく》を抑えて聞くその姿勢に、デイスは真剣さを見てとった。そう、旅をともにし常に一緒にいて、知りつくしたと思っていた幼馴染の内面に、このごろ違うものも見えるようになってきていた。ビュリアンからすれば、それはデイスも同じ、ということになるか。なんにでもつっかかり、嘲笑《ちょうしょう》し、顔をそむけていた混沌の足場から一段梯子《はしご》をあがったような感じ。いまだ完全に相手を受けいれたわけではない、と一線は残してある。しかし、皮肉や憎まれ口は、切り傷を残すナイフから軽いからかいの拳《こぶし》の応酬に昇華し、むきになっていた口論も、機知を含んだやりとりに変化してきている。

デイスは手元のパンをゆっくりとちぎりながら答えた。

「おれが何者なのかってことだな」

「おまえが変わってきたのは、ザナザに会ってからだ。何か、言われたのか？　本当の親がわかったとか？」

「ううん……、ザナザはそうしようと思ってしたんじゃないんだけど……、よくわからない」

「おれもよくわからないぜ」

「見える、というのじゃないな……、体験してる、昔のことを、そして少しずつ前後関係も思いだしている」

「はあ？　昔のことって？　おまえがちびで、村に来る前のことか？」

「おれは昔っからそんなにちびじゃなかったぞ」

「今だっておれよりちびじゃないか。……で？　何を思いだしたって？」

「ふん。聞いて驚け。おれは——ぼくは——、デイサンダーだ」

ビュリアンは驚かなかった。うなずいて、身を乗りだした。

「この前リンターとザナザがそう呼んでたな。……で？　デイサンダーって誰だ？」

デイスも身を乗りだして、ビュリアンの鼻の前に自分の鼻をつきだした。

「イザーカトきょうだいの一番下。〈緑の魔道師〉。リンターの末の弟」

ビュリアンの薄紫色の目が少しずつ大きくなり、それから瞳孔が縮まり、剣呑《けんのん》な色に染まっていった。夕暮れまぎわの雷雨の予兆さながらに。

「……嘘だろ、おい」

「イリアもリンターもヤエリもぼくの兄ちゃん姉ちゃんたちだよ。ああ、ナハティも」

「……ネアリイは？　知ってんのか、それ」

「おまえが変だと思っているのに姉さんが気づかないと？　話してはいないけど。でも、話さなかったことで雷を落とすだろうな」

「ちょっと待てよ」

ビュリアンの卓上の手が拳に変わった。

「おまえ、デイスか？　それともその、デイサンなんとかか？」

「両方だよ」

「わけわかんねえ。なんだよ、その話し方。なんか違う。何が違うかわかんねえけど、違う」

「ビュリアン、声が大きい」

デイスは拳の上に手を重ねてささやいた。ほかの巡礼たちは離れてはいるが、そもそも巡礼が興奮することほど目を引くものはない。

「……いいか、ゆっくりしゃべるから、ちゃんと聞けよ。聞いて受けいれろ。――ぼくはデイサンダーだ。〈イザーカトきょうだいの魔道戦〉――きみも知ってるとおりの、ナハティとリンターの争いで、ぼくはリンターと一緒に西の果てに吹きとばされて、ゴルツ山で休眠していたんだと思う。で、何かのきっかけで、リンターより十数年早く目覚めた」

「なんでだ？」

「それはわかんないよ。でも、ぼく自身、おかしいと思ってることがある」

「何を？」

「思いだせていることがまだ断片なんだ。すべてじゃない。イスリルとの攻防戦と、ナハティが権力を掌握したころのことは、まるで昨日のことのように思いだせる。だけど、それだけ。きょうだい戦のことも、リンターと一緒に飛ばされたことも、きみたちと同じ程度しか知らない。つまりそこにはデイスの記憶しかない。それはそれでいいさ。また見るだろうから。でも、おかしいのは、ぼくが小さくなって目覚めたってこと」

いつものビュリアンなら、だからおまえはちびだって言ってるだろ、やっと認めたか、などとまぜっかえすはずだったが、今は混乱してそれどころではなさそうだ。

「イスリル大戦では幼かったんだよ。たぶん、六つか七つか。でもナハティが権力の掌握に成功したとき、少なくとも十二か十三にはなってたはずだ。それが霧岬に来たときには一つか、そのくらい？　なんでそうなったのかってさ」

「それは、だな……」

ビュリアンは唇を舌でしめした。ない頭で必死に考えるときのくせ、と前は嘲《あざけ》ったものだ。はたして、もったいぶった末の答えは、

「わからねえな」

だった。

「こんがらがって考えたくねえな。……このこともネアリイは知らねえのか?」

「泣かれたら困る。一年くらい口きいてくれないかも」

確かに、と同意してビュリアンは椀のスープを飲み干した。

食堂を出た二人は礼拝に出かけた。太陽はいまだ樹海の斜め上にかかっている。黒ブナにまじってカラマツや広葉樹が黄金や真紅に色づき、北の地平線の奥には海も白い一筋となっている。目を転じれば、谷を下ったナポール川が低い山々に行く手をはばまれて、〈神が峰〉を迂回して〈霧の町〉のほうに川筋を変えている。風が吹きすさび、雲がちぎれ、セオルがはためく。世界の頂上に立ち、遠方の山々やはるかな海を目にすれば、自分自身が世界の頂点になったような錯覚を覚える。朝であれば世界を支配し、昼には太陽に最も近い存在となり、夕べには終焉を操る力を得、夜は闇に君臨して生命を手のひらに載せる。地上にあって物乞いでも、ここでは誰もが王となれるのだ。

断崖を削った階《きざはし》は、それでも横に三人は並んでいくことができる。急角度で聖所の扉まで一気に駆けのぼると、扉からまっすぐ身廊へとつづいていた。身廊の入り口には縦線の入った円柱がそびえ、その上のまぐさ石にさえ、レイヴィ神をはじめ、イルモア女神やアイトゥラン

神の浮き彫りがうつくしい。表はコンスル様式の建築だが、一歩中に入るとエズキウム風の高窓から優美な枠線の影を落とす午後の光が床で躍っている。身廊の両側には弧を描いた柱と側廊が控えている。正面奥の祭壇は東方風の趣《おもむき》で、あでやかなタペストリーを幾百本もの蠟燭《ろうそく》が照らしだしている。祭壇は銀の八角形、レイヴィ神のまします玉座がしつらえてある。大粒の宝石で飾りたてられ、両側には二人の銀戦士が背筋をのばし、ごったがえす巡礼たちを睥睨《へいげい》している。

身廊と祭壇を隔てているのは雷に打たれて根元だけになった青ブナの大木、これはヤエリの仕業だろうか。神に次ぐおのれの力を見せつけようというものらしい。巡礼たちは惧《おそ》れをなしてそれ以上前には進まない。青ブナにとってはいい迷惑だ。ヤエリの虚栄心と人間拒否の道具に利用されて、千年の命を断ち切られた。デイサンダーの中でごく小さい緑の炎が蛇の舌のようにちらつきはじめる。

あとからあとから入ってくる巡礼の波に押されながら、リンターはどこかと頭をめぐらせた。左手前方、十人も隔てて、頭巾をかぶったネアリイと目が合い、かすかにうなずき交わす。そばでうなだれ、腰を曲げているのがリンターだろう。

小さな鐘を身体の前で鳴らしながら銀戦士たちが側廊に整列しはじめた。銀の髪、紫の地に銀の刺繡《ししゅう》をふんだんにほどこした長上衣、同じ意匠の貫頭衣《トゥニカ》とズボン、銀の長靴、老人はおらず、醜男《ぶおとこ》もいない。デイスはわざと口をぽかんとあけて彼らに見とれる田舎者を演じつつ、イリアをさがした。なるほどイリアは目くらましの達人、何食わぬ顔でまぎれこんではいるだろうが、デイサンダーにわからないはずがないと確信していた。また逆に、貧しい農家の若者か、しがない商人の丁稚《でっち》にしか見えないデイサンダーを、イリアはちゃんと見抜くだろうと信じてもいる。

かすかな苦笑を浮かべたあの銀戦士は違うか、にらみかえしてきた四角い顔のあの男でもないか、あるいは一瞥《いちべつ》したきり、そのへんの石ころでも見るように視線を流して顎をあげたあれは。

おい、いい加減にしろ、目だつだろ、とビュリアンが肘でつついてきた。まだ全員を見てないのに、とささやきかえして仕方なく視線を落とす。

鐘が数度打ち鳴らされ、礼拝がはじまった。一同は片膝をついて頭をたれる。甘い香りが漂ってくる。衣擦《きぬず》れでヤエリが登場したのがわかる。上目遣いに懐かしい姉ぎみを一目《ひとめ》と思うが、頭巾が邪魔をする。

しばらくは忍耐の時間だった。詠唱や芝居がかった儀式、まあ、銀戦士たちの祈りの唱和は床や壁に反響して、圧巻ではあったが。

香の煙で鼻の奥が痛くなりだしたころに、ようやく礼拝が終わった。巡礼たちはぎしぎしいう膝で立ちあがり、十数人の銀戦士に追いたてられるようにして聖堂から出されていく。おしあいへしあいしつつ、ビュリアンが見つけたか、と目で問うてきた。デイスは首をふって意識してゆっくりと歩いた。迷惑そうな顔をむけられつつも、少しずつネアリイたちに近づいていく。ほかの病人もいて、健康な人たちとは距離をおいている。

最後尾から両手を広げて追いたててきた最も若い銀戦士の一人が、リンターたちを見てからさりげなくその視線をデイスにむけてきた。はっとした。あの顔はザナザの遠見の壁にあらわれたものではなかったか？　紫の冷たい目の奥にゆらめいているのは、諧謔《かいぎゃく》にあふれた孔雀石《くじゃくいし》の輝きではあるまいか。ザナザも気がついた。リンターの腕に手をかける。リンターがそろそろと顔をあげる。二人の視線が交錯した。

イリアの歩みがほんの少し遅くなり、リンターたちも立ちどまらんばかり。デイスとビュリアンは舌打ちされ、小突かれながら、完全に立ち止まってしまっていた。とはいえ、ほんの少しの時間にすぎなかったはずだった。せいぜいふた呼吸。

しかし銀戦士の誰かが気づき、秘密の合図が交わされたのだろう、知らぬまに彼らは周囲を完全に囲まれていた。

最後の巡礼の一団が何事もなく出ていき、扉の閉まる音がこだました。

「ありゃあ……、こりゃびっくり」

ビュリアンが踵《かかと》でゆっくり一回転してからつぶやいた。何気なさそうに黒風石《オブリウム》のついた鎖をかまえた銀戦士たちが壁のように立ちふさがり、さらにその外側にも同じような一団が控えている。リンターもザナザも微動だにしなかったが、イリアだけは蒼白になって足元もおぼつかない様子で二人のあいだでふらついている。

鎖のあいだからヤエリがゆっくりと姿をあらわした。驚いたことに、三百年の年月はヤエリに老いをもたらしていた。けれども、たとえ皺《しわ》がより、腰が曲がっていても、内面に輝くものを持っていれば、むしろ尊敬を覚えただろう。よくぞそのように老いたと、長い年月を無駄にせず歩いてきたと、賞賛しただろう。しかし、脱色に手をつくして艶《つや》も輝きも失った真っ白な肌、見事にやわらかさをたたえていた長い髪も白銀に色をぬき、睫《まつげ》まで白くして、これはナハティのまがいものか。たれた目蓋《まぶた》に埋もれた瞳には力強さはなく、風にひるがえる白茶けた布切れのようなものがときおりひらめく。皺もなく、腰も曲がっていなかったが、ヤエリはすっかり年月にねじまげられた魔女に変貌していた。

優雅な手ぶりで一同を歓迎することを示し、ひらいた口からひび割れた音が聞こえてきた。

「あなた方が近づいてくるのが感じとれたわ」

デイサンダーは愕然とした。イリアと悪さをするたびに、きゃあきゃあ口やかましかったあの溌剌《はつらつ》とした輝きはどこへいったのか。

「リンター、その汚らしいものを床に落とさないでちょうだいよ。イリア、あなたがもぐりこんでいることなど百も承知、とっくに正体はわかっていたわ。それからデイサンダー、見たところあなた、まだ、あきもせず反抗期？」

リンターはただ嫌がらせのためだけに、皮膚からただれの装いをひきはがし、床に落とした。ネアリイも遠慮なくまねをする。イリアは驚きからまだ立ちなおっていない。逃げ道をさがしてきょろきょろしている。ザナザは吐息をついて天を仰ぎ、デイサンダーとビュリアンは顎をあげてにらみかえした。

ヤエリは床に落ちた汚物に身を震わせた。

「ああ、やめてちょうだい、ここを汚さないで、お嬢さん。あとでしつけをしなおしてあげるから覚悟しておきなさい。それから――、そちらにおいではなにやら懐かしいお顔ですこと。どういう風のふきまわし？　イスリルの魔道師がどうして一緒なの？　信じられないわ、あなたたちに節操というものはないの？　ナハティを倒すのに、ミルディを殺した男の手を借りるわけ？　それでそっちのおまけは何。デイサンダーの飼い犬かしら」

なんだと、と身を乗りだすビュリアンを手で制してデイサンダーは言いかえす。

「ちょっと会わないうちに姉上は姑息《こそく》になったね。イリアを使わなきゃぼくたちを捕まえられないって思ったんだ」

リンターが背筋をすっとのばした。デイサンダーにかぶせてはなった一言《ひとこと》。

「老《ふ》けたな、ヤエリ。わたしより年上に見える……はるかに」

ヤエリの白い頬に朱が散った。こめかみがひきつる。

「死にかけているあなたに言われたくないわ」

「ずいぶん好き勝手をやったようじゃないか」

とリンターが言ったのは〈神が峰〉と神官戦士軍団のことだ。

「この財源はナハティだったな。しかしなんという皮肉だ。裏切りの代価が、神殿とは！　清廉潔白な銀戦士どもの足元にあるのは魔女の財宝だと、ちゃんと教えているのか？」

「レイヴィ神の御ためとあらば、すべての不浄は清められ、赦《ゆる》される」

「……って、三百年、言い訳してきたんだろう」

とデイサンダーがすかさず口をはさむ。

「うるさい、デイサンダー」

彼の頭上で紫電が走り、八方に飛び散った。首を縮めてやりすごして、

「神様の結界の中では攻撃の魔法はなかなかね……。とはいうものの、姉上、ちょっと力、落ちたんじゃない？　――おおっと、彼らの前で魔道師に戻る？」

「あんたには昔っからいらいらする。あんたとイリアには！」

「姉上は頭固いから」

「でもごらん、今じゃあんたたちは何も持っていない。あたしは自分の理想をここに創りだした。強い戦士たち、神に最も近い完璧な、銀の輝き、穢れのなさ。四人の魔道師相手でも、その力は圧倒的だと保証できるわ」

ヤエリはゆっくりと輪の中に入ってきて、イリアの横にまわり、つと手をのばした。何もないと見える耳のそばから離れた指先には、孔雀石のついたピンがはさまっていた。小さなつむじ風が吹きすぎたあと、イリアはだぶつく銀戦士の衣装をまとった痩せぎすの魔道師に戻った。生来の白金の髪は背中まで波うち、逆三角形の輪郭《りんかく》の中で瞳が橙《だいだい》色にちかりと光った。

「口数が少ないのね、イリア。もしかして、驚いてる？」

「なぜ――？」

「目くらましがなぜわかったか？　幻影は完璧だったわ、安心なさい。あなたは国一番の風の魔道師よ。――で？　身代わりになったセンセダスの遺体はどこ？」

「遺体?」

「しらばっくれてもだめよ。ほら、ちゃんと答えなさい。あなたのことだから、この聖堂のどこかに押しこめて腐るに任せようとしてるんでしょ。汚いの、あたしが大嫌いだってわかってて、嫌がらせよね」

イリアは弱々しくどこかいびつな笑いを浮かべた。

「どうしてわかったか、そっちが先だ」

その物言いは、リンターにそっくりだった。借りてきたように。ヤエリは彼から一歩離れた。

「気づいた者がいるのよ。銀戦士はみな、ちょっとした狂いを正すように訓練されている。あるべきものをあるべきところに。あなたはセンセダスなら絶対にしないことをしたの。しかも何度も、それで、怪しまれたわけ。あたしの勘も、内部に誰かがまぎれていると告げていたし」

「センセダスならしないこと?」

「あなたの昔からのくせ。髪を両手でかきあげる仕草。前髪は後ろになでつけているにもかかわらず」

「う……」

イリアは身を乗りだして何か弁明しようとしたが、言葉をのみこんだ。デイスはその様子に、してはならないことをしようとした猿が、猿回しの引き綱によって首をひっぱられる光景を連想した。

「さて、今度はあなたの番よ。――遺体はどこ?」

イリアはうめいた。汗が頬を伝い、色を変える目には灰色が広がった。弱々しい偽りの笑いとともに。

「聖壇の地下……聖具をしまう小部屋の奥の戸棚の中――」

ヤエリが顔つきを険しくして、平手でその頬を打った。

「なんてこと！　最大の冒瀆《ぼうとく》！　よくも！」

さらなる数度の打擲《ちょうちゃく》のあと、肩で息をしながらヤエリは命じた。

「この者たちを塔の上に！　オブリウムを厳重に！　鎖でつないで十人の見張りをおきなさい！」

背中にオブリウムを押しあてられては、聖堂の横手にそびえる六角の塔にすごすごとひきたてられていくしかない。ネアリイをかばうようにそばを歩きつつ、デイスは先を行くイリアの背中を凝視していた。語られないさまざまの事柄を必死で思いめぐらせる。ビュリアンは後ろでザナザと二人、思いつく限りの悪態を銀戦士に浴びせている。よくもまあ、あれだけの罵詈《ばり》雑言《ぞうごん》、底がつきないものだ。

ぐるぐると階段をめぐってたどりついた先は、最上階なのに、塔の基部より広く、暗く、寒かった。蜘蛛《くも》の巣が松明《たいまつ》の灯りに森の羊歯《しだ》のようにたれさがっている。鳥の糞がただ一つ空いた東側の窓につもっている。悪臭は、何かの動物――たぶんネズミの死骸――の腐る臭いだろう。

銀戦士たちは吐き気をこらえた表情で、彼らを壁にくくりつけると、そそくさと出ていった。

デイサンダーがネアリイとビュリアンは普通の人間だからはなしてやってくれと懇願したが、無視された。扉が閉まる前に見えたのは、獄吏とおぼしき小男の、醜いにやにや笑いだった。

暗闇に閉ざされて、ビュリアンたちの悪態も次第に途切れ途切れになってきた。ネアリイはわりと平静な様子、イリアとリンターは一言も発せず。デイサンダーは役にたたない目を閉じて、イリアとのかつての日々を思いおこした。

クレモサスが紹介してくれと頼んできたとき、姉の器量好みを知っていたので、イリアは幻影の魔法をかけることを提案した。葡萄棚の下でクレモサスの細い目と唇が少し大きくなり、鼻がちょっと狭くなって高くなり、顎が心もち短くなるのをデイサンダーは感心してながめていた。クレモサスはイザーカトきょうだいに及ばないものの、魔道師仲間では一目置かれていた。ヤエリはその面立ちと地位にくらりときて——あの人、しばらく会わないうちにかっこよくなったんじゃない？——二月《ふたつき》ほど二人は互いに夢中になっていたが、そろそろ本来の自分でつきあいたいと言いだした彼の要求で目くらましを解くと、たちまち破局を迎えた。そしてその直後に、ヤエリはイリアのところに乗りこんできたのだった。

稲妻で身体中をばちばちいわせてあらわれたヤエリの怖ろしさは、二人を雁首そろえて焼き殺さんがほどの迫力で、デイサンダーが思わずイリアの陰に隠れ、身をすくめるほどだった。しかしイリアは悪びれもせず彼女の非難を平然と受けとめ、逆に彼女の価値観を非難した。どれだけうつくしい男の顔であろうとも、みな皮一枚の下は頭蓋骨、とイリアらしい揶揄《やゆ》を聞いたヤエリはますます怒り猛り、イリアの頬を何度か平手打ちしたが、その爪で赤い血の筋を刻まれてもイリアは動ずることがなかった。そうして最後に、しれっとして言ったのだ。

「姉上の雷は怖くない。ぼくらを本気で傷つけようとしても、それは無理だ。わかっているでしょう？　その理想主義、唯美主義をもっている限り、ぼくらを傷つけられないもんね」

自分たちはヤエリの理想の具現化だとほのめかしたあまりにも図々しいその言葉に、ヤエリはしばし絶句し、かなりの空白の時間のあとにぽつりと吐いたのは、

——確かに、そのとおりだわ。

という一言。

そうして怒りをおさめ、しばらくあたりを見まわしていたが、やがて口をひらいて、でもあんたたち、年老いて醜くなったらこの借りを返してもらうから、とすごんだのだった。


それからあのときのことがある。ナハティが元老院の議場を破壊し、長兄と長姉を追放し、堂々近衛魔道師長におさまったあとのこと。みなしばらくはナハティに従っていた。追放された二人もそのうちけろりとして戻ってくるだろうとたかをくくり、ナハティの、権力におぼれて横暴をつくしていく姿をおもしろがって高みの見物としゃれこんでいた。しかし次第にその言動は常軌を逸していった。世界中で最も力をもつ自分が最も偉大であると勘違いをし、すべてが自分の足元にひれ伏すべきだと思いこんだナハティは、意にそぐわぬものを片端から切りすてはじめた。

はじめは小さなことだった。気に食わない奴隷を鞭《むち》打ったり、生意気な若い士官をののしったり。それが次第に異常な色を帯びてきたのは、酒場で彼女を嘲った近衛隊長や、私邸の宴会の席でぽろりと本音を漏らした元老院議員を自裁に追いこんだあたりからか。賄賂《わいろ》を持ってくる者は拒まず、その路《まいない》で居住区《インスル》を三つも買収した。欲望はいったん胸に芽生えると根をはり枝を広げ、さらなる養分を要求する。諫言《かんげん》や忠告は耳に入れぬばかりか、逆恨みに転じて、呪殺される者、事故にあう者が続出した。政《まつりごと》にも玉座の後ろから口を出し、反論しようものならば不敬罪で処刑も免れないとなれば、あまたの元老院議員もトーガの中に首を縮めるしかなかった。やがて、首を縮めるだけでは身を護れなくなっていく。皇帝の酒宴に招かれた貴族たちは、彼女の爪先に額をつける挨拶を強要され、その屈辱を避けんがために出席を断れば、翌朝には財産没収の上追放などという暴挙までおこなわれるようになっていった。そうした財産はおろか、本来なら国庫におさめられるはずの税収や貿易品の数々までも、ナハティの三つの屋敷にあたりはばかることなく運び入れられるようになった。神々を祀る神殿から神官や巫女《みこ》を引きずり出し、衆人の面前で衣服をはぎ、髪を切る辱《はずかし》めを与え、神などおわさぬと叫ばせたこともあった。皇帝は耳も目も口もとざし、歯を食いしばって耐え忍ぶしかなかった。

ナハティ排除の動きのあった軍部でさえ、彼女のまわりに周遊するコバンザメもどきの取りまきたちの密告で、たちまち火災にみまわれ、陰謀どころではなくなったのだった。

叛乱が頻発し、地方では飢える者が多くなったが、ナハティは省みることをしなかった。国中にひずみが生まれ、きしみをあげていくに及び、さすがに残ったきょうだいたちも青くなった。

「ナハティは歯止めがきかなくなってきている」

と真っ先に口に出したのは意外にもイリアだった。

そうして、いくら待っても、頼るべきゲイルとテシアが戻ってくることがないとようやく悟ったとき、残ったきょうだいたちの心に生じたのは、自責と悔恨の念だった。何しろ彼らはまだ若かった。世界がなんたるかを知るには。カサンドラは二十四歳、リンターはその一つ下、この二人はもうおとなではあったが、デイサンダーにいたっては十四にすぎなかった。しかしさすがに、ナハティが議事堂を「ぶっ壊した」とき、イリアと二人で大笑いしたことは浅はかだったと深く反省していた。

時を同じくして、このままでは傾いて久しい帝国の基盤がさらに崩れ、回復不可能になる、と危惧した数人の大貴族たちがカサンドラに泣きついてきた。

大貴族たちの嘆願を前にして黙りこむイザーカトきょうだいの中で、イリアだけは毅然と頭をあげ、潔《いさぎよ》い態度でみなに語ったのだった。

「きょうだいのことはきょうだいで始末をつけなきゃ。ゲイルとテシアが戻らないのなら、ぼくらでやらなきゃ。ナハティは怖いけど、ぼくら五人が力を合わせればなんとかなる。ぼくらはまちがった。正す責任はぼくらにあると思うよ」

闇の中で頭をあげたデイサンダーは、イリアの名を呼んだ。かえってきたのは弱々しい声。

窮地《きゅうち》に追いこまれたとき、誰よりも毅然として常に頭をあげていた兄はどこへ行った？　三百年のあいだ、物陰に隠れつづけ、逃げまどううちに、これほど兄を変えてしまったものはなんなのだろう。あのあとのナハティとの魔道戦はカサンドラを死なせ、リンターを闇に染め、ヤエリをねじまげてしまった。

イリアとデイサンダーは彼らより若かったがために、最悪の衝撃をもろにかぶることはなく、傷もさほど深く受けずにすんだと、今ならわかる。しかも、イリアとデイサンダーの正義感と善良さが粉々に砕けちって、漆黒《しっこく》の憎悪が彼を占領したときでさえ、イリアとデイサンダーは彼に護られていたのだ。それでも、あのなすすべのない無力感、大いなる苦痛と悲しみと深い淵にひきこまれていく感覚、あれを味わっても生き抜いた者が、ヤエリの打擲一つに膝を屈するだろうか。

そう、思いおこせ。聖堂で銀戦士に囲まれたときのイリアのうろたえよう。逃げ道をさがしてあわてていた姿、ヤエリに糾弾《きゅうだん》されたときも口数少なく、笑いもいびつで醜悪だった。卑屈さがにじみ出て。あれではヤエリはためらいなく彼を殺すだろう。彼女にとってうつくしくないものは無価値なのだから。

イリアはまだ何か隠している。

そう確信したとき、階段を登ってくる複数の足音がした。扉がひらき、松明の光が目を射る。まぶしさでそむけた顔を戻すと、五人の銀戦士を従えたヤエリがひきつった顔でつかつかと、イリアの前に立った。顎をつかんで噛みつかんばかりにうなった。

「遺体はどこ？　センセダスをどこに押しこめたの？」

イリアはみっともなく震えあがっていた。泣き声をあげた。

「だからさっき言ったとおり——」

「あなたの白状したところはきれいだったわ。この不信心者！　さあ、正直に言いなさい。嘘ついて時間稼ぎをしようったってそれは許さない。さあ、言うのよ！」

イリアは言おうとした。まただ。目をつぶってあえぐ。首輪をぎゅっとひっぱられた猿。

ヤエリは手をはなし、数歩退いた。

「ヤークス！」

「へい！　やっとお呼びで」

「手早くして。さっさと。ここの臭いには我慢ならない。こうしているうちにもセンセダスも臭いはじめているかもしれない。汚らしい。鳥肌がたつわ。さあ、早く！」

へいへいと進みでてきたのは、さっきちらりと顔を見せた小男だった。はすかいに肩にさげた二本の帯にはさまざまな鞭がぶらさがっている。鉤爪《かぎづめ》のついたもの、先が分かれているもの、重い分銅のついているもの、幅広いもの、細いもの。

「手早く、とおっしゃるね」

と拷問専門の獄吏はにたつき、大きなナイフを取りだした。松明にぎらついたのは、刃がぎざぎざになっている。それをイリアの鼻先にもっていってささやく。

「おめえさんは運がいいぜ。女王さまは手早くと言いなさる。おれさまとしたら、ゆっくりゆっくり楽しみたいところだけど、これで我慢してやらあ。どうだい？　きれいだろ？　おれさまのビアンカは刃がミソなんだぜ。ぎざぎざってな。それだけじゃない。ほうら、わざと切れ味を鈍く研いであるのさ。なんでかわかるかなあ。これをこう動かすと――」

イリアの頬に当ててゆっくりと下に引いた。イリアの絶叫が響く。ヤークスは松明に刃をかざす。なまくらな刻み目に、頬の肉片がからめとられている。顔をしかめる銀戦士たち、後ろをむいて見ないようにするヤエリ。彼らをも嘲笑《あざわら》いつつ、ヤークスは刃から手首に伝わっていくイリアの血をうっとりとながめている。

「白状しろよ……といっても、ねえ、ヤエリ、それは無理かもなあ」

手首から肘、肘から床にしたたる血に諧謔のきらめく視線を注いでいる。そしてその声。デイサンダーは皮をはがされたイリアから、血の落ちた床に目を落とし、対角線上の東の窓に首を動かした。西に血液、東に鳥の汚物。この符牒はどこかで――ずっと昔、イリアがやってみせていた。あのとき、イリアは練習中で――西に血液、東に鳥の汚物、北には蜘蛛の巣、南にはリスの死骸。なければネズミでも。そうして呪文を唱える。嵐を呼び、解放を導く二節の呪文。そうだ、あの呪文……あれは、魔法封じの結界を、内側からなら破ることのできる呪文。これだけたくさんのオブリウムに封じられているこの場所では、なかなか難しいかもしれない。しかし、二人の魔道師の力が同時に加わったならどうだろう。デイサンダーはヤークスを見つめた。ヤークスはその視線に気がついたかのようにゆっくりと首をまわし、にやりとした。幻影が極光をまとってゆらめき、その下から孔雀石が輝いた。デイサンダーは音をたてて息を吸いこんだ。一人では心もとなくても、二人の力が合わされば――!

「来よ！　そして解き放て！」

彼が叫ぶのと一緒に、ヤークスの口からもほとばしった同じ呪文は、ちゃちなオブリウムを次々に粉々にしていった。押さえつけられていた力が地の底からほとばしった。大地から壁を伝って駆けあがってきた突風が、ひと呼吸する間も与えずに、塔のてっぺんを打ち砕いた。地響きがとどろき、壁にひびが走ったかと思うや、大きな亀裂が次々にできていく。すると塔全体が一気にかしいでいった。床が斜めになり、次々に石材が浮きあがる。壁が崩れ落ち、天井から屋根の石やらへし折られた梁やらが落下しては砕け、跳ねかえっていく。

身軽なビュリアンがなんとか鎖をほどいて自由になった。這っていってネアリイを助け、デイスのところに転がってきて縛《いまし》めをむしりとる。反対側では幻影をかなぐり捨てた本物のイリアが、リンターとザナザを解放している。ヤエリと銀戦士たちは傾いた床の隅っこに押しやられ、互いにからまりあってもがいている。デイサンダーはさらにかしいでいく床から足を離し、壊れた壁の端にぶらさがりながら歓声をあげた。大波に上下する船の甲板にあるかのような興奮が背骨を駆けぬけていく。大声で笑いつつ見あげた天井には、ヤークスの刃のようなぎざぎざの穴があき、夕焼けの赤が見えた。吹きこんできた突風から〈神が峰〉の山の気を吸いこむと、よみがえったのは自由な風の歓喜だった。

イリアの嵐風と同様、デイサンダーの緑の魔法も、いきなり姿をあらわした。青ブナの木の枝が聖堂をつきやぶり、塔の壁や床を粉々にしてのびてきたのだ。主《あるじ》を助けるかのようにさしのべられた枝にそれぞれがすがったあと、彼らが目にしたのは、赤い残照の中、塔が沈みこむように崩れ落ち、聖堂もまた青ブナの高くのびた幹に屋根を食い破られ、柱を倒され、ゆっくりと左に傾いていく様子だった。

山峰《やまお》に地響きが伝わっていく。銀戦士の兵舎も巡礼の宿舎や食堂もあおりをくらった。屋根がすべりおち、壁がずれ、石の階も浮きあがり、沈みこみ、畑は陥没し、用水路が決壊し、周囲の山々がざわめいた。木々の葉が渦巻きをつくりながら真紅や黄金を散らしていく。あまたの宝玉が世界中に散らばっていくようにも見える。

みなが、土煙おさまらぬ地面になんとかおりたったとき、デイサンダーとイリアは昔のように腹をかかえて笑いころげていた。

「見てよ、デイサンダー、ヤエリの大切なものがみんなぐちゃぐちゃだ！」

「地面がまだ揺れてるよ、イリア、リンゴが大収穫だ！」

二人は手のひらと手のひらを打ち合わせた。

「ざまあみろ、ヤエリ、上品ぶりやがって」

「まあ、デイサンダー、なんて言葉遣い。お下品ですわよ」

そうしてまたひとしきり大笑いする。リンターがそばに来て、二人の頭をかきまわした。かすかな笑みが浮かんでいる。

「軽薄な風伯は陰謀家に変身したか」

とザナザが少し離れたところで感慨深そうに独白し、ビュリアンはへたりこんで声もない。ネアリイが目を丸くして何かを追っている。視線の先では、彼らを救った青ブナの枝がどんどん

縮こまっていき、穴のあいた聖堂の中に消え去るところだった。デイスはネアリイのそばに行って助け起こしながら、

「あれはね、ヤエリが雷を落として殺した青ブナだよ」

と説明した。ザナザが隣に来て聞いた。

「イリアのふりをさせられていたのがヤークスか？」

デイスは首をふった。

「違うと思う。たぶん、センセダス」

「うん、はじめのうちは銀戦士にまぎれこんでたんだけどさ、なんかヤエリの勘って鋭いんだ、百年のうち何十回も変身すんのもいやになってきて、それに、銀戦士って退屈なんだよな。そこへヤークスが雇われただろ。ヤエリはああいうのには目もくれないから、安全かなって思いついたんだ。ただ、いきなりぼくの気配がなくなってもかえって怪しまれるから、センセダスに二重の目くらましと操りの魔法をかけた。入れ子人形みたいに、一番下にご本人、その上にぼく、さらにその上にまたご本人ってね。でもよかったよ、さっさとみんなが来てくれて。ヤークスになって拷問するのって、意外と体力いるんだぜ？」

とイリアは得意そうに胸を張る。ザナザは顎をさすりながらさらに尋ねた。

「じゃあ、本物のヤークスは、どこにいるんだ？」

イリアは目玉をくるっと動かしただけだった。ザナザの顔が自分のほうにむけられたので、デイサンダーは肩をすくめて答えた。

「イリアはヤークスみたいな変態、生かしておかないよ」

その無慈悲な物言いに、ザナザはふうむと納得顔だったが、ネアリイは、

「デイス？　その言い方、なに？」

と聞きとがめる。とっさにその肩を抱きしめ、なだめるように言った。

「あとでちゃんと説明するよ。だからへそ曲げるのは今はなし」

戸惑いが伝わってくる。でもおびえてはいない。それにしても、ネアリイはこんなに小さかったか？

「リンター」

とデイサンダーは上の兄を呼んだ。そしてはからずもイリアと一緒に口にした言葉は、

「お腹すいた。巡礼の食いもんじゃ、ぜんぜん足りないよ」

だった。

8

夜を待たずに山をおりた。聖堂の屋根に穴があき、塔が吹きとんだことで、立ち去ろうとする巡礼たちに埋めつくされて、石段は夜光草の光の川となった。ザナザは先に行くように言い残して、しばらくどこかへ消えていたが、五合めの休憩所で水を飲んでいるうちに追いついてきた。

「どこ行ってたの？」

水を渡しながら尋ねると、肩をすくめて、

「ヤエリがもしつかまるんならと思ったのさ」

と石に腰をおろした。ビュリアンがげえと吐くまねをした。

「あの人にまだ用事があるっての？」

それには答えず、喉を鳴らしてうまそうに水を飲み干してから、

「葡萄《ぶどう》酒とか、麦酒とかないのか」

と文句を言い、

「石にでも押しつぶされていたらとね」

と、少しも心配していない口調でそうつぶやくので、真意をはかりかねた若者三人はおしだま

ってしまった。イリアがにやついて、

「見つかりゃしないよ」

と言い、かぶせるようにリンターが、

「そう簡単にはな」

と言った。ザナザは追いうちをかけるとか、傷口に塩とかつぶやく。ビュリアンが首をかしげた。

「なに、どういうこと？」

「ザナザはね、もしヤエリが半死半生か無抵抗だったら、彼女の魔力をいただこうとしたんですよ。つまり死体荒らし」

と、イリアが両手で髪をかきあげながら笑い、ザナザは憮然として言った。

「おい、それは言いすぎだ。死体からは盗めん」

「魔法って……盗めるもんなのか？」

声が大きかった。デイスはビュリアンの膝を蹴って黙らせた。二人が久しぶりに鼻をつき合わせていると、リンターが、行くぞ、と立ちあがったので、つかみあった互いの胸倉をしぶしぶはなした。並んで歩きながらネアリイが興味津々にザナザをふりかえりふりかえり、聞いてくる。

「ねえ、デイス。魔道師にもいろいろいるんだね。人から魔力を盗むなんてはじめて聞いた。みんなできることなのかな」

「よくわかんないな。あとでザナザに聞いてみたら」

すると、すぐ後ろにいたイリアが口をはさんできた。

「デイサンダーはね、そういうのはほとんど経験がないからね。ぼくらの魔法は護衛や戦闘に特化されてきているけど、この子のは創造の力だから」

「イリア」

姉の前ではやめてほしかった。横目で姉を見ると、視線を落としてむっとしている。気まずい沈黙がしばらくつづいた。そのままつづらおりを何回か曲がってから、ぽつりとネアリイが言った。

「本当の兄さんたちを見つけたんだね」

なんと答えたらいいのだろう。困惑してまた沈黙。

「本当の名前もわかってよかったね。デイサンダーっていうんだ」

「……ネアリイ、もっと落ち着いてから話そう。こんな、歩きながらじゃなくて」

「小さいころのこと、思いだしたの？」

「まあ、ところどころ……」

静かで淡々とした口調のネアリイだったが、怒ってすねて悲しんでいるのが伝わってくる。

「いつ思いだしたの？」

「ネアリイ……」

「すぐに教えてくれなかったのは、わたしが怒ると思ったからだ。泣くかもしれないって」

そんなことないよと言うのはもっと怒らせることになる。真っ正直に、そうだよ、と答えた。

「もう怒ってるし、泣いてるじゃん」

ネアリイの厄介なところだ。何をしても絶対に動じないものを持っているくせに、すぐ泣くし、へそを曲げる。魔道師デイサンダーなら面倒くさくなって返事もしないだろう。そもそもどんな恩義があろうとも、ネアリイを護っていこうとは思わないだろう。

「姉さんは泣き虫で意地っぱりだから、話したらどうなるかわかんなかったし」

「あなたは自分勝手で冷たい」

イリアがまた後ろから口を出してきた。

「お二人さん、それ、痴話喧嘩？」

「イリア――！」

「目、つぶって聞くと、新婚夫婦のはじめての喧嘩に聞こえるんだけどなあ」

二人は同時に投げかえす。

「あなたは黙ってて」

「余計なお世話だよ」

ふりむかなくてもイリアがにやついているのがわかる。

姉をすごいと思うのはこういうときだ。心配性ですぐ涙ぐむくせに、こうと思ったら断じて引かず、相手が誰であろうと、ときとして嚙みつく。魔道師に平気で黙れと命じられる人なんて、そうそういるものではない。

夜光草の光の川の一部となって階《きざはし》をおり、風も冷たい絶壁のそばの道を通り、真昼と勘違いして一声鳴くソライロツグミの声に頭をめぐらせつつ橋を渡った。ときおり休憩しながら夜通し歩きつづけ、夜明けもすぎるころに登り口の番所をくぐった。銀戦士の見習いたちは、持ち場を離れて心もとなげにうろついている。おりてきた巡礼たちから聖所におきたことを聞いたのだろうが、原因がわからず指図もなく、さりとてこの人の川に逆らって登っていくのも至難の業と、ほとんど呆然としてなすすべがない様子だった。

一行は街道に出たものの、馬や荷を預けた四つ先の村まで行くほどの体力も気力もなかった。ほかの巡礼たちに倣《なら》って、道端の木の根元に陣取り、仮眠をとることにした。曇天の一日で、風は冷たく、秋も終わりに近いことを教えていた。

眠りながらデイサンダーは昔のことを思いだしていた。昔は寝床の隣にいつもイリアがいた。幼い二人を寝かしつけようと、カサンドラが寝床のそばにひざまずいて、歌をうたったり御伽《おとぎ》噺《ばなし》をしたりしてくれた。カサンドラの赤銅《しゃくどう》色の髪からは薔薇《ばら》の香りがしていた。カサンドラの赤銅色のまなざしは、沈みゆく太陽のようにやわらかく温かく二人をつつんだ。カサンドラのぬくもりのある手が、二人の額や頬にふれ、穏やかな夢路に誘ってくれるのだった。ときにはリンターも一緒だった。二人はいつもくっつきあっていた。デイサンダーとイリアがいつも一緒であるのと同じように。ゲイルとテシア、ミルディとヤエリ。ああ、だけどナハティはいつも一人だったな。

銀のナハティが、窓から射しこむ一筋の光に手元を照らして刺繍《ししゅう》をしている。八歳のデイサンダーの長外套《セオル》を縫ってくれたのだが、デイサンダーはそのウサギの模様が気に入らないと言ってそっぽをむいた。ナハティは黙って彼が投げだしたのを拾い、手間のかかった刺繡をほどいた。ゲイルが、わがままを言うんじゃない、とデイサンダーをたしなめると、ナハティはいいのよ、頭をふった。そして、どんな意匠ならいいのかと聞き、デイサンダーが口先をとがらせて答えると、ナハティは糸をあれこれ選んでからやりなおしはじめたのだった。

ネアリイの頭を肩に感じながら、あれは悪いことしたな、と思った。刺繡をしたことはないが、見ていれば根気のいる仕事だとわかる。ぼくにはとうていあんな細かい手先のことはできない。一針一針、ナハティは神経を遣って鷹を布地の上に描きだしていった。鋭い嘴《くちばし》と、どこまでも見通すことのできる瞳を持った鷹が、今しも飛びたとうと翼を広げている図柄が示されると、デイサンダーは歓声をあげてセオルを羽織り、〈太陽の石《オルヴァン》〉で留めてふんぞりかえったのだった。

ネアリイの髪に鼻面をつっこんでうとうとしながら、あのときナハティが怒らなかったのはなぜだろうと考えた。セオルを投げだしたとき、ナハティの目に浮かんだのは、怒りよりも哀しみだった。ああ、そうか、ナハティも最初からあのナハティではなかったということか。ぼくに拒否されて哀しかったのか。そうだな、どんなに年上でもおとなでも、拒否されれば傷つくに決まっている。

――人を傷つけてはだめなの、デイス。

ネアリイのやさしい手が、泥まみれの彼の額を洗ってくれている。でも、ビュリアンだって悪いんだ、あいつ、おれをつき飛ばしたんだ。だから頭突きをくらわしてやった。

——頭突きして、自分の頭も痛かったでしょ？

痛くなんかないさ、とつぶやきながらも歯を食いしばったのは、ネアリイの手がたんこぶにふれたからだ。このときも八歳だった。痛みを知りながら育ってきた八歳。ネアリイの手は盥《たらい》と彼の額を往復する。

——ほら、こんなに泥だらけ。でも、大した怪我もしないでよかった。

その声は途中からナハティの声に変わり、デイサンダーは洗濯桶に裸ですわりこんでいた。腰まで湯に浸かっている彼の顔や首をごしごし洗ってくれているのがナハティの白い手だ。隣にはやはり幼いイリアがいて、二人してくすぐったいだの熱いだのと文句を言いながらも、中庭で鶏の群れと戦争ごっこをした顚末《てんまつ》を、身ぶり手ぶりまじえての再現に夢中である。ナハティは気難しい表情ながらも、水を跳ねかして桶ごとひっくりかえりそうな弟たちのやんちゃぶりに、ヤエリのように文句を言ったりもせず、黙って手際よく泥を洗い落とし、くるりとふりむかせて頭をごしごしとこすり、背中や尻もふいてくれる。それを無罪放免の合図にして、デイサンダーは桶から飛びだし階段を走り登る。イリアの声と足音が追ってくる。……ナハティの手は冷たかったけれど、決して邪険《じゃけん》ではなかったのだ。ぼくらは忘れてしまっていたのか。もしかしたら、忘れてしまったことが、ナハティを変えてしまったのかもしれない……。

——ほら、見てごらん、デイス。あれが〈狩人〉。四つ星が四角をつくっているでしょ？

とネアリイが指さす空は夜の青を広げている。ゴルツ山の煙が星々をかすませるが、それでも姉の示す星座を認めることができる。黄色の大きな四角の枠。

――狩人はね、王さまに言ってはいけないことを言ったので、追放されて永遠に天の荒野をさまようのよ。

たった一言《ひとこと》で？　それって、罰が重すぎるね。

――デイス、言葉は簡単に人を傷つけることができる。心ない言葉をその口から出したら取りかえしがつかない。王さまは狩人を決して許せないほどに傷ついたの。

ふうん。なんて言ったの？

――あなたの妃はあなたを愛してなどいなかった、だから自分で自分を殺しちゃったんだって。

――おれがビュリアンに言ったのとほとんど同じだ……。

――デイスはなんて言ったの？

おまえのかあちゃんが死んだのは、おまえを大嫌いだったからだって……。

――わたしが死んだのはデイスを大嫌いだったからって言われたら、デイスはどう思う？

ネアリイはおれを嫌いじゃないもん！　と叫んだあとで、はっとする。そうか。それが本当のことじゃないってわかっていても、言葉にされればナイフで切りつけられたように感じるんだ。そういうことなのか。

――狩人みたいになる、デイス？

ううん……わかったよ、ごめん、ネアリイ、明日ビュリアンに謝るよ、とうなずくのは、九つのデイス、星々の連なりが、青い夜空の広がりが、ネアリイのしみじみとした口調が、いつになく彼を素直にした。

現実にろくなものを食べていないせいなのか、ひもじい思いをしている夢も見た。

寒さに縮こまって椅子の脚を暖炉で燃やしている冬。きょうだいたちが身をよせあっていると、ようやくゲイルが帰ってきた。雪を払いおとしたセオルの下からカラン麦の香ばしい匂いとともに、いくつものパンがキノコのように顔を出した。

歓声をあげる弟妹たちに、ゲイルは公平に一個ずつパンを手渡す。食べ盛りのリンター以下五人はろくに噛みもしないでたちまちのみこんでしまう。もっとないの、とイリア。我慢しなきゃ、とヤエリ。泣きべそをかくデイサンダーをミルディが抱きしめる。すると、つい、と手がのびてきて下の弟二人の前にパンがさしだされる。二口ほどしかかじっていないのに、ナハティは銀の目を二人にむけて、ちゃんと同じように分けるのよ、と短く言う。それをひったくるようにして受けとったのは、イリアなのかデイサンダーなのか。

はっとして目覚め、厚い雲の切れ間から射しこんできた一筋の陽光が、木漏れ陽となって地面にいくつもの太陽を映しだしているのを見た。夢か、でも確かに、あのようなことがあった。ナハティがぼくらにしてくれたたくさんのことに、姉としての愛情はちゃんとあったのだ。それを感じられず、受けとめもせず、忘れ去ってしまっていた。今ならわかる。ナハティが感じていた孤独感、むなしさ、哀しみ。胸を絞られるほどに。

やがてみなが起きだしてきた。露店で腹ごしらえをした。古くなったカラン麦のパン、くず野菜のスープ。ビュリアンとイリアがぶつくさ言うと、リンターが二人の頭を小突いた。何もないよりまし、戦時はネズミの尻尾さえ食べるんだ。

午後遅く、次の村に出発した。雲は重くたれこめ、雨のふらぬうちに宿につこうと歩を進める。デイスは先に立とうとしたネアリイの腕をひっぱった。

「ねえ、姉さん、デイサンダーに戻りかけてることでわかったことがあるんだ」

十歩進んでからネアリイはしぶしぶ、なによ、と尋ねてきた。デイスは少しほっとした。仮眠して姉の強情もいくらかやわらいだようだ。

「昔と今との違い」

「……」

「魔道師ってさ、みんな自分勝手で冷たい。姉さんが言ったとおりなんだ。みんな自分の魔力を一番だと思ってるし、特にぼくらイザーカトきょうだいはさ、近衛魔道師をつとめたっていう自負心が大きい。それに、戦時には敵を平然と焼き殺したり、血まみれにしなけりゃならない。汚れ仕事をひきうけて、なおかつ平然としていなけりゃならない。それが魔道師の強さなんだ」

「……」

「でもデイスとして育てられて――姉さんが育ててくれたんだよ？　――それからデイサンダーを思いだして、それではじめて世界が丸くなった。というか、世界が起伏……じゃないな、ええと、……うん、色彩、っていうの？　とにかく闇だけじゃないって気づいた」

「……魔道師だって人間だもの、光も持ってるよ」

「夜光草みたいにちっちゃくて温かみのないのをね。デイスの奥のほうにはさ、それとは違うものがある。蜜蠟《みつろう》の光みたいな、香草で飾られた香り蠟燭《ろうそく》みたいな。金色でちゃんと炎の燃えているのが。それは絶対に消えない。イリアのおこす魔法の大風にも、カサンドラの地下からくみ出す魔法の水でも。そうしてそれがある限り、ぼくはナハティのようにはならないし、たとえなったとしてもちゃんと戻ってこられるってわかる。ねえ、姉さん、その光は、はじめて会ったときからずっと姉さんが灯してくれている灯りなんだ。デイスだけだったらあたりまえだと省みることもしなかったと思うよ。……デイサンダーに戻ってはじめて、それがどんなに貴重なものなのか、気づけたんだよ。……感謝してるんだ」

ネアリイは大きく息を吸って吐きだした。それから腕にかかっていたデイスの手をはずし、自分の手とつないだ。笑顔はなかったが、への字に曲がった口元に少しやわらかさが戻ってきていた。

「いいでしょ。仕方ない」

「やっぱり姉さんだ」

「言ってなさい」

雨粒を額に感じたとき、ちょうど宿についた。部屋は満杯で廊下にも食堂にも人があふれていた。納屋にもぎゅうづめで、かまびすしく語るのは〈神が峰〉の崩壊の顚末、敬虔だった巡礼者が、今では憤懣《ふんまん》やるかたない狂信者か、神をも打ち砕いた悪の力に興奮する暴徒寸前と化している。厨房《ちゅうぼう》からなんとか人数分の食事を調達して、六人は結局納屋の裏の軒下にすわりこんだ。暗さを増してきた夕べの空から遠慮がちに雨が落ちてくる。

若い男三人は、頭大のカラン麦のパン、椀一杯の豆のスープ、薄めた葡萄酒をあっというまにのみこんで、まだ物足らなげだった。まずイリアが、山をおりたらもう少しましなものが食えると思ったのに、とこぼすと、つられてビュリアンがぶつぶつ言いはじめ、デイスもこんなんじゃ明日途中で飢え死にする、と訴えた。ネアリイが分けてくれたパンの半分も、この三人にかかってはふた呼吸しないうちになくなってしまった。見るに見かねたのか、隣で身をよせあっていた老夫婦が一人前のスープをそっくり渡してくれる。イリアは遠慮せずに受けとり、おばあちゃんの額にお礼の口づけをする。目をまん丸にしたビュリアンがそっと耳打ちしてくる。

「デイス、おまえの兄ちゃん、どういうの?」

「女の子が大好き。女の子のほうもイリアが大好き。ナハティやカサンドラがいやがるのを見るためだけに、耳飾りやピンやネックレスや指輪して着飾るのも大好き」

「なんで、いやがる?」

「自分よりきれいに見える弟なんて、気色悪いだけだろ」

「へええ。おまえの兄ちゃんって、相当——」

目の前に椀をつきだされて、あわてて口を閉じる。イリアはにやにやして、

「相当にいかれてる? 挨拶が遅れた。ぼくはイリア、よろしくビュリアン。そしてこちらが

「ネアリイ、お嬢さん」

と手を取り口づける。ネアリイは愛想笑いを浮かべつつ、辛辣《しんらつ》に返事した。

「お嬢さん？　わたしのほうが年上だよ」

イリアは両手を腰に当てて、へええ、と首をかしげた。貴族の姫君に対するがごときうやうやしいふるまいであれば、たいていの女性は頬を赤らめるか照れ隠しにつっぱねるか怒るかする。小さい子でもお年寄りでも。ネアリイはそのいずれでもなく、ただ冷淡だった。

「ぼくのほうが余計に生きてるんだけど？」

「デイスはわたしの弟だし、あなたはわたしより若い」

「見かけと違うってデイスから聞かなかった？」

「見かけと同じであなたはわたしより若い。気持ちがね、子どもっぽい」

椀に口をつけていたデイスは思わず噴きだした。ザナザと並んで雨をながめていたリンターもにやりとした。

翌日はそぼふる雨の中を寝不足でとぼとぼ歩き、やっと目当ての村にたどりつく。道中ずっとイリアは、ネアリイにあれこれちょっかいをかけていた。しかしそれはどう欲目に見ても、金剛石の塔にネコジャラシで突撃しているような感じだった。そう、ネアリイはゆるぎのない何かをもっている。そうして、三百年、姉の魔道師相手に忍耐強くおのれを隠しつづけてきたイリアもまた、硬質の何かを宿している。だからネアリイに惹かれるのだろう。

その晩はやっと一部屋を確保できた。六人一緒くただが、屋根の下で暖かい思いができるだけましと言わねばなるまい。とはいえ、寝台が二つしかないので、一つはネアリイが使うことになった。もう一つは誰もいると言わず、自然にそれを背もたれにして床にすわった。三人の食べ盛りは久しぶりに腹をいっぱいにし、どこでも寝られる気分だった。巡礼の服をぬぎすて、自分の服に戻ってすっかり落ち着いたところへ、リンターが階下から葡萄酒の瓶《アンフォラ》と杯を調達してきた。三百年ぶりの再会に、みなで乾杯する。

「あの、もしよろしければ、教えてもらっていいですか？」

快い沈黙のあと、遠慮がちにネアリイがきりだした。

「なんでしょう、お嬢さん」

イリアのからかいを受け流し、

「魔道師の性質というか――種類？　かな？　ええと、――コンスルのあなた方とイスリルのザナザさんでは、どう違うんですか？　ずっと考えていたんですけれど」

と質問する。

「あれれ。ぼくの話をずっと上の空で聞いていると思ったら、そんなこと考えていたんだ」

とイリアががっかりしてみせる。ネアリイは横目で冷たく一瞥《いちべつ》し、

「女の人みんなが、服とか宝石とかにだけ興味があるのだと思っていたら、研究が足りない」

とひとりごち、リンターとザナザに答えを求めて視線を移した。ビュリアンも背中を起こし、

「おれも聞きたい。ほら、あの、魔法を盗むってやつ。ひょっとしてそれでおれでも魔道師になれる？」

といきおいこんだ。

「イスリルの皇帝陛下に拝謁して、見所があると思われれば、なれるかもな」

「皇帝陛下？　なんで？」

「われらイスリルの魔道師は、その力を皇帝陛下から与えられるからだ。皇帝は人に魔力を授ける力を持つ——というより、それがあるから皇帝になれる」

「ええと、すみませんねえ、ザナザさん、田舎の若僧にもわかるように説明してくれませんか」

イリアが身を乗りだして口をはさもうとするのを、ネアリイが肘で小突いて黙らせる。ザナザは顎をなでて考えをまとめてからようやく答えた。

「まず、だな。宮廷専属の老魔道師十二人が国中を精査して、次代皇帝になる子どもをさがしあてるんだ。子どもは宮廷につれてこられて、力を持っているか、どの程度の力なのかを調べられ、合格すれば皇太子になる。力というのは魔道師の力ではなく、人を魔道師にする力だ。イスリル皇帝は為政者である前に魔道師を生みだす者、なんだな。まあ、普通には一生に一人か二人、見こみのある者を魔道師にする。わしの知っている歴代の皇帝での最高は九人だった。質はどうだか知らんがな」

「あなたもそうやって魔道師になったの？」

「そうだ。先代の——いや、三百年前の、か、皇帝がわしを火と遠見の魔道師にした。コンスル帝国大侵攻の二年前だ。火と遠見は便利だぞ。まず焦点がはっきりする。そこに、ずどん！　火の玉を落とす。相手は一瞬で真っ黒焦げで——」

ミルディを殺されたイザーカトきょうだいの剣呑《けんのん》な視線に気づいて、ザナザはあわてて方向転換した。

「あうう、いや、それで、皇帝はそうやって魔道師をつくるが、そのたびに自身の中にある創出の力を失っていき、しまいには力をなくして代替わりする。あとは不自由のない安穏な暮らしが待っている。まあ、なかには、権力を手ばなしたくなくて陰で政治能力を生かすのもいるが」

「コンスルの魔道師は生まれつきなんだよな」

とビュリアンの質問は、ザナザをにらみつけているイザーカトきょうだいに移った。ぼくは知らない、と肩をすくめるデイサンダーと口の堅いリンターに代わって、イリアが身を乗りだした。

「ぼくらはそう。ほら、大工にむくのと魔道師にむくのと、いろいろあるだろ？　そんな感じ。魔道師の資質を多くもって生まれた者が、魔道師から手ほどきを受ける。ぼくらきょうだいはみな大地の魔道師で、天性の力をもっている。それぞれに、大地の力から分岐した得意な分野がある」

「デイスは緑の魔道師だって言ってたよな」

「リンターとナハティは火と大地を動かす力、ぼくは風と嵐。ヤエリは雷、それに少しばかり勘がいい。ミルディは風と水と土、カサンドラも水だった。ぼくらの魔法に血の力を加えてもっと強力にしたやつもあるけど、これはあんまり褒められたもんじゃない。陰湿で汚らしく、呪《のろ》いの分野が多いから、評判を落とすんだ。エクサリアナの呪法と聞いたら用心して、とっと逃げだすことだな。あれは人から奪い取る魔法だ。命でも、力でも、才能でも。盗人だよ」

「あとはウィダチスの魔道師とか、ケーヒーナの魔道師とかいるんだよね」

とネアリイがうなずくと、イリアはうれしそうに両手を広げた。

「ウィダチスは動物を操り、動物に化身し、ほかのものも動物に変えることができる。ケーヒーナは鳥の声を発してものを変質させたり、壊したりする」

「小さかったとき、村に来た魔女がそうだったのかも。金切り声をあげて歩きまわったからおとなたちが追い出した。いなくなってから野菜が腐ったし、やさしかった隣のおじいさんが人が変わったように乱暴になって……、大変だった」

「そのぐらいですんでよかったよ。家が泥に変わったり、井戸の水が飲めなくなったらもっと大変だったね」

それを聞いたデイスとビュリアンがにやりとした。

「井戸からうじゃうじゃ蛙が出てきたり――」

「木の枝が全部蛇になってたれさがったりしたら――」

ネアリイがデイスの肩を押した。それからザナザにむかって尋ねる。

「エクサリアナを使ってヤエリから盗もうとしたの?」

「違う違う。あいつらと一緒にしないでくれ。おれのは我流だ。皇帝が魔力を授けられるんなら、逆にひっぺがすのも可能だろうと。もらったときのことを思いだして何回か試しただけだ」

「魔道師の追いはぎ」

とイリアが揶揄《やゆ》した。ザナザは少し気色ばんだ。

「そりゃ言いすぎだぜ。いつもってわけじゃない。成功したのは一回きりだし」

「それが遠見の魔法だったんだろう」

とリンターが容赦なく暴いた。ビュリアンが笑いだした。

「なんだ、おっさん、嘘ついたな」

イリアとデイサンダーが同時にザナザを蹴った。

「盗んだ魔法でミルディを殺したのか！」

「なにが皇帝から賜《たまわ》った、だよ！」

こらこら、年長者に何をする、そもそれを戦《いくさ》で使ったとしても、卑怯《ひきよう》でもなんでもなかろうに、もし同じ立場だったらきさまらとて同じようにしたであろうが、と逃げ腰になりながらもザナザは理屈をこねる。ビュリアンは頭の後ろに手を組んでひっくりかえった。

「なんだ、じゃ、おれでも魔道師になれるってのは夢のまた夢ってことか」

「コンスルではその汚いエクサリアナのほかに、人の魔法をもらうことはできないわけ？」

とネアリイの好奇心は衰えない。みながしばらく沈黙した。意味ありげな静寂に顔をあげたデイスは、リンターがまっすぐに彼を見ているのに気がついた。

「遺産としてなら」

「遺産？」

ネアリイが問いかえし、イリアがああ、そうか、と記憶をゆさぶられたように身じろぎした。

「自らすすんでゆずり渡す。死ぬときに。しかもそれは、物質のように分けて渡すことも可能だ」

「どういうこと？」

「たとえばぼくが虫の息で、そばにいるデイサンダーとリンターに力をゆずりたいと思えば、風をデイサンダーに、嵐をリンターにと指定できる」

リンターは目をそらさない。デイスはそわそわした。どうして遺産なんて言いだしたんだろう。まるでぼくに関係があるみたいなあのまなざしはなんだろう。

「じゃ、それをもらったデイスが死にかけたとして、普通の人間のネアリイに渡したいと思ったら、ネアリイは受けとることができるのか？」

とビュリアンが身体を起こした。イリアが首をふる。

「それはわからないよ。そもそもそういうのってあんまりないことだし」

「大体魔道師ってのは自分さえよければいいっていう人種だ。その最たるものがこのイザーカトきょうだい。死んだって人にゆずりわたす輩《やから》じゃない」

「それはナハティだよ。ぼくらと一緒にしないでくれる」

「いいや。程度の差はありこそすれ、きさまらは似ている。そっくりだ」

それから少しのあいだ、イリアとザナザが応酬しあう。みな脇でにやついてそれを聞いていた。やがて葡萄酒もまわって言葉数が少なくなり、まずザナザがひっくりかえって高鼾《いびき》をかきはじめ、ネアリイがごそごそと寝台にもぐりこみ、イリアはリンターの肩に頭を乗せてうとうとしだす。デイスはザナザのすねを枕に転がる。かろうじてまだ撃沈しないビュリアンが、酔眼をむけ、杯をかかげ、リンターに話しかけた。

「あんたが村に来たとき、おれら二人を指名したよな。デイスが弟だって、あんときにはわかってたんだろ？　じゃ、おれは？　たまたま隣にいたからか？　巻き添えをくらっただけか？いや、責めてんじゃねえよ。あの辛気臭い村から出られてこんな遠くまで来れたんだ、大変だったけどそれなりにおもしろかったしな。でも、おれは自由なのか、それともまだ井戸の件で縛られてんのか、それが知りたい。それからだな、魔力の受けわたしはできねえって話だったけどよ、そんならあの船の一件はどうなんだ？　あんたはデイスの力を吸いとったんじゃないのか？　なんか、あんたらの言うことって嘘くせえ。ひょっとして、おれたちが簡単にだまされると馬鹿にしてないか」

デイスは片目をあけて二人をうかがった。ビュリアンはかなり酔っていて饒舌《じょうぜつ》だった。対するリンターのかすかな笑みは、ゆらめく蠟燭の見せる幻のようだ。

「そなたには嘘がないな」

「なんだよ、それ」

「氷山にも穴をあけるほどに直截《ちょくせつ》だ」

「答えになってねえぞ。ごまかされないからな」

「あのときしたことは、魔力のゆずりわたしではないな。魔力を借りたというほうが近い。デイサンダーの力を借りたほうが消耗が少なかったのだ。あくまで一時的なもので、自分のものにすることとはまったく違う」

「わかんねえ」

「この杯を魔法を生みだす器と見たてよう」

葡萄酒を注ぐ音がした。デイスは目を閉じた。半分眠りかけて半分起きている。

「――この葡萄酒は、器の力によってデイサンダーの魔力に満ちている。これをわたしの杯に移し――それをわたしが飲む、そういうことだ……」

「……まだわかんねえ……」

「遺産を渡すというのは、この杯ごとわたしの手からはがして――そなたの手に――杯ごと渡す――」

「ははあ……わかってきたぞ――つまり――魔法をもっという能力そのものを……」

「そういうことだ」

「……そんならおれの――は？　どんな意味が――ってんだ――？」

デイスは眠りにひきこまれながら、リンターが何か低い声で答えたのがすごく大事なことだとわかっていたものの、つかんだのかつかみそこねたのか判然としないままに深みに落ちていった。

巡礼から騎馬の一行に戻り、しのつく雨の中を〈砂金の町〉方向にひきかえした。全員頭巾を目深にかぶり、馬を軽く走らせながらときどき背後をふりかえった。瓦礫《がれき》の下から這いだしたヤエリが、怒り心頭に発して、銀戦士たちに命令するしゃがれ声が聞こえてきそうだった。泥をはねあげ、増水した川を押しわたり、狐が立ちどまってこちらを見つめている草原を縦断し、落葉をはじめた黒ブナの森を駆けぬける。

雨はしとしとと三日間ふりつづいた。追っ手を避けて野宿を重ねた。イリアとデイサンダーは昔のように軽口をたたきあった。それはあたかも火打ち石で陰鬱《いんうつ》な薄闇に虹色の火花を散らすかのように、逃避行に小さな彩《いろどり》を与えた。

こんなにふりつづけると、風呂に入らなくてもいいな。牢の臭いなんかすっかり落ちちゃったよ。ああ、でも、耳から黴《かび》が生えてきそうだ。

いつもならそこでビュリアンの茶々が入るはずだった。おまえの頭だろ、黴と苔が生えてんのは、とかなんとか。しかしビュリアンはいつになく難しい顔をして自分の巣の中にもぐりこみ、話しかけても上の空の返事しかかえってこない。塩気のないスープを飲んでいるようになんだか物足りなかった。

翌日になると、朝方まで残っていた雨は、太陽におしわけられた雲と一緒に東へ去った。水蒸気のたちのぼる森のはずれから川に沿って南下し、沢をおりているとき、とうとう背後に馬蹄のとどろきが追いついてきた。低い稜線の上にあらわれた三人の銀戦士がなにやら叫び、剣をぬくのが見えた。

「あれあれ、連中、伝家の宝刀までもちだしてきたぞ」

と鞍の上で背伸びしていたザナザがうなった。

「伝家の宝刀？」

「魔法封じの剣。黒風石《オブリウム》と黒水晶を砕いて鉄にとかしこんである。あいつで切られると傷口が絶対にふさがらない。あれを持ってる者には魔法はなかなかきかないんだ」

　そう説明しているあいだにも、銀戦士は勢いよく駆けおりてくる。先頭の鬼の形相の男の頬には、縦に走る新しい傷が生々しい。

　幻影と操りの魔法の解けたセンセダス。恥辱をぬぐうべく、イリアの名を吼《ほ》えて一直線につっこんでくる。対してイリアは平然と馬の背にあった。髪をかきあげただけで、つむじ風がぬかるみの泥をまきあげる。センセダスの馬は、鼻先でぴしゃりと飛び散った泥に驚き、後足で立ちあがった。センセダスは束の間もちこたえていた。間髪をいれずにおしよせた突風で馬はあとずさり、身をよじった。彼はたまらず地面に投げだされる。すぐ背後につっこんできた一人が巻きこまれて転倒し、最後の一人はかろうじて手綱を絞った。イリアが叫んだ。

「みんな、走れっ！」

　瀬音の大きくなるほうに駆けくだりながら、デイスが叫びかえした。

「どうすんの！　すぐに追いつかれるよ！」

「水浴びしてもらうさ！」

　それで何をするのか見当がついた。いくら頭に血がのぼっていても、川を渡るときにはセンセダスも剣をおさめるだろう。そのときに川の水を暴れさせればいい。イザーカト兄弟は三人とも水を操るのはあまり得意ではないが、力を合わせればなんとかなりそうだ。

沢は狭かった。石がごろごろしており、少し上流は両端が崖になっており、つきあたりには小さな滝が水しぶきをあげている。一行は馬からおりて大急ぎで谷底に走りこむ。馬たちをなだめつつ、腰まで水に浸かり、おぼつかない足元に気をくばって渡りきろうとした。銀戦士が躍りこんできた。馬を叱咤《しった》してそのまま水に入ってくる。

ザナザが最初に岸にあがった。次いでネアリイ、ビュリアン、リンターとつづく。イリアがあがり、最後がデイスだった。ふりむくと彼らはちょうど川の真ん中あたり、今から水の呪文を唱えても間にあうかどうか。と、そのとき、耳ざわりな甲高い叫び声が沢中に響いた。獣の声でも鳥の声でも人の声でもない。金属的な、剣と剣を打ち合わせたときの音を長くひきのばしたような、思わず耳をおおいたくなるような響き。

水しぶきをあげる滝の上方に、漆黒《しっこく》の点が突然あらわれた。槍がふってくる、とデイスは思った。その槍は、群れをなして沢沿いに滑空する漆黒の影だった。銀戦士たちの頭上をたちまち飛び去っていく。大鷲の五倍はあろうか。なめらかで直線的な動きをする。全部で十数体、巨大な翼は羽ばたくことなく、風を効率よく受けて速さを増す。銀戦士も川岸の魔道師たちも、動くことができなかった。デイスは今まで感じたことのない感覚におそわれた。目に見えないナイフで腰から首筋へと肉を削られていくような感覚。なんと呼べばいいのだろう。戦慄、恐怖、ナハティと戦うときでさえ、こんな総毛だつような感覚はなかった。

「嘘じゃなかったんだ……、あれ、ソルプスジンターだよな……」

呆然とビュリアンがつぶやく、その視線の先で、遠ざかっていくと思われた黒い影の一つが、むきを変えてひきかえしてきた。

「うわ……、なんで……？」

「みんな森の中へ入れ！　早く！」

リンターの号令で木々のあいだに身をすべりこませる。デイスはそれでも幹のあいだから頭を出してのぞいてみた。

川の中央で立ちすくんでいる銀戦士の前に、一体のソルプスジンターが直立して浮いていた。その距離十数馬身。

てっぺんが垂直の兜《かぶと》になっている。頭から眉間につづくそれは、鳥の鶏冠を彷彿《ほうふつ》とさせる。それが人工のものではないとわかるのは、瞬時に瞬《まばた》きするアーモンド状の白い両目に切れ目なくつづいているからだ。中央部分の削りあげられたような鋭角のもりあがりは、鼻であるのか。三角に尖った顎から下は、いかなる生き物の形状も模していない。胴体は幅広の剣を立てたような形をして、切っ先は蜂の針さながらに、漆黒の鋭く細い槍となっている。浮いているにもかかわらず、背中の大きな翼は、たたまれてこれもナイフのようだ。翼の付け根から生えている左手らしきものは鉤爪《かぎづめ》をのぞかせ、右手は騎士の使う長い槍になっている。垂直に空中に立つその姿は、全身黒い金属か御影石でできたかのような、見ようによってはまったく無駄のないうつくしさをたたえている。

直後に何があったのか見てとれたのは、戦慣れしたかつての視力があったからだ。

ソルプスジンターの右手らしきものが槍を放った。それは縦に弧を描きながら先頭のセンセダスの右脇をかすめ、左後方にいた二人めの、馬の腹から入って銀戦士の腰をつきやぶり、腹から胸に斜めに通って先端を喉元に光らせた。左右に自在に走りぬける豹《ひょう》、獲物を襲う蛇のしなり。槍の石突きにあたる部分は右手とつながっていて、肩をひとゆすりすると、銀戦士は鞭《むち》の先にからめとられたかのように馬もろともはねあがり、空中にふりまわされ、むこう岸にたたきつけられた。地響きがとどろき、木々が折れ、枝が飛び散った。悲鳴すらあげる暇もなかった。ただ、肉体のぐしゃりとつぶれる音がかすかに聞こえた。

センセダスともう一人は踏みとどまった。その勇気、胆力には敬意を覚える。しかし、オブリウムの剣ではとうていかなわないだろう。敵をにらみつけながら二人はそろそろと馬をおり、手綱をはなした。獣は本能的に恐怖から遠ざかろうとして、必死にこちら岸に逃げてくる。二人は水の中で腰を落として身構えた。その姿にデイサンダーは手を貸したくなった。そうしてわれ知らず、しがみついている黒ブナの幹に呪文を注ぎこんでいた。

ソルプスジンターの槍腕が、犠牲者の身体からひきぬかれて戻った。そいつは直線になっている口をあけ、二重に並んだ黄色い牙を見せて槍先をなめた。こぼれた肉片が水面に落ち、真紅の渦巻きをつくった。

腕の付け根の筋肉がわずかに動くのが見てとれた。槍腕が再び宙を走るのと、両岸の木々から百本もの枝が稲妻のようにのびていくのと、どちらが早かっただろうか。センセダスが水中にもぐり、槍は水面をかすめてのびきる、ちょうどその瞬間、ソルプスジンターの身体を枝々がからめとった。ソルプスジンターは身体をよじって束縛をふりほどこうとした。木々が数本、根こそぎに宙に浮いた。土くれが矢のように飛び散り、森がきしみをあげる。

兄さん、頼む、と口にしたわけではない。しかしともに戦火をくぐりぬけてきたリンターとイリアの援護は完璧だった。二人の手が同時に大地にふれ、二人の口が同時に同じ呪文を叫んだ。一瞬ずれたが、ザナザの声が別の呪文を唱えるのも聞こえた。

天が裂け、火の玉のまとわりついた稲妻がソルプスジンターの鶏冠にたてつづけに落ちた。鈍い衝撃音がとどろき、川の水が森の二倍の高さまで噴きあがった。その水柱のあいまから炎が飛び散った。もうもうと水蒸気がたちこめ、紫電がぱちぱちと四方八方を切り裂き、渓谷を地響きが二度三度とゆさぶった。水蒸気の真上に風の渦がうなりをあげ、川底の石や岩が、雷のような音をたてて転がっていった。木々の枝がはじけ、折れ、倒れていった。

銀戦士二人は、浅瀬に尻餅をついていた。地響きが遠ざかっていき、海鳴りのような梢《こずえ》の揺れも次第に静かになっていく。紫電がおさまり、水蒸気も晴れていく。

ソルプスジンターは鶏冠と額の境目から黒い煙をあげていた。しばしの不動の末に、断末魔の獣の叫びを長く響かせつつ、墜落した。巻きついていた枝や緑の蔓《つる》がばねのように巻き戻っていく。半ば干上がった川床にたたきつけられたソルプスジンターの身体は、鍛冶のような音をたてながらも次々にはねとびつつ、ばらばらになっていった。断片が石や岩にはねかえり、うつろなこだまがしばらくつづいた。

最後の残骸が滝の近くまで飛んで水しぶきをあげ、沈んでいく。

それから数呼吸してから、ようやくみながそろそろと動きだした。デイスとイリアは膝の高さまである水をかきわけ、まだくすぶっている頭に近づいた。ザナザが注意した。

「気をつけろ。まだ生きているかもしれないぞ」

近よってみてその大きさにあらためて息をのむ。鶏冠を含めなくても、その頭は人の数倍はあろうか。鶏冠にいたっては、腕一本分の長さを誇っている。瞬きをしなくなった白い目には、網状の虹彩が黒く刻まれ、瞳は三つもある。目一つで掌《たなごころ》の大きさ。牙がのぞく幅広の口から銀戦士の肉片がたれさがって流れに洗われている。

ざぶざぶと水音がして、ふりかえるとセンセダスたちが近づいてくるところだった。その頬にはイリアに切られた生傷が痛々しく走っている。美丈夫だっただけに、あとあとひきつったら気の毒なことだと思っていると、彼ははたと立ちどまり、震える声で、これは一体なんだ、とつぶやいた。イリアが教えてやると、それに反応したのか、三つの瞳のうち一つが収縮した。まだ生きている、とセンセダスがあとずさるのと、彼がまだ手にしていた抜き身の剣をリンターがもぎ取って容赦なく突き刺すのが、ほぼ同時だった。深々と柄まで突き刺さると、ソルプスジンターの口から図体に似合わぬ悲鳴が漏れた。獲物を屠《ほふ》るシャチの声に似ていた。センセダスはさらに後退して、またもや尻餅をつきそうになった。イリアがおもしろそうに言った。

「おい、今ので仲間が戻ってくるかもな」

センセダスはさらに蒼白になり、もう一人とともによろめきつつ逃げだした。その背中にデイスがお土産でも背負わせるかのような口調で叫んだ。

「おおい、ちゃんと報告しろよ！　ソルプスジンターだぞ！」

ソルプスジンターは戻ってこなかった。そのまま沢を下れば、彼らに出合うか、彼らの食べ残しに出合うだろうというので、進路を変えて森の中を進むことにした。四人の魔道師が呪文を重ねれば、やっつけることはできるだろう。それでも、十数体を同時に相手にしたくはなかった。

9

はるかかなたで大地が震え、ナハティはうっそりと目をあけた。〈不動山〉の根の、かつて灼熱の溶岩が暴れまわり、岩々をとかして流れ下っていったその奥に、あまたの財宝を褥《しとね》に眠る彼女は、闇と完全にとけあってもはや人とはいえない存在に変化してしまっていたが、本人は少しもそのようなことを気にかけてはいなかった。

気にかかったのは、北東の大地が震動し、それで目覚めたことだった。血筋に関する何かが彼女を起こした。意識の触手を岩盤の根に沿って這わせ、気配を探る。〈神が峰〉。ヤエリの聖域が崩れたのか。

ナハティは寝返りをうった。どうでもいい。きょうだいたちとの戦いで、ヤエリに裏切らせることに成功し、カサンドラを屠《ほふ》ることができた。その代償にくれてやったひとにぎりの財宝で、妹が何をしようと興味はなかったし、その城が崩れようが火に包まれようが、どうでもよかった。岩盤の根を通して、彼女の悲鳴と怨嗟《えんさ》のうめきも伝わってくるが、うっとうしいとしか思わなかった。

かつての栄光がよみがえってくる。帝国中を震撼《しんかん》させ、貴族たちをひざまずかせ、皇帝をさえ黙らせて、幾多もの属州の部族民を殺戮《さつりく》し、その阿鼻叫喚《あびきようかん》、怨嗟と絶望の悲鳴、大地に流れこむ大量の血に、財宝のもたらす輝き、帝国一の富豪となって君臨する栄誉があいまってえもいわれぬ芳香をはなったあの日々。太古の闇の欲望と彼女自身の野望とが血管の中でまざりあい、愉悦の声をあげたあの日々。足の下でうごめく者たちの苦痛の声の、なんと心地よいことか。絶望のもたらす恨みの思いが彼女の活力となることを知らぬのか。運命の轍《わだち》が狂えば狂うほど、彼女は力を得、天にむかって哄笑《こうしょう》した。帝国にひびを入れ、崩し、瓦解《がかい》させていく心地よさ。すべてを支配し、思いどおりにし、黒い輝きで身を満たしていったあの恍惚《こうこつ》。

そうして、ああ、そう、あのとき、カサンドラを捕らえたとき、あのときの歓喜はまた格別だった。ナハティはぶるっと身体を震わせた。生意気なカサンドラの懇願を聞き、悲鳴をあげさせ、命乞いを引き出した。あのときわたしはカサンドラの主《あるじ》であり女王であり支配者だった。カサンドラを苦しめることで、リンターをも苦しめることがわかっていたから。いびつな笑いが浮かんだ。七色の闇が頬の上を這いずりまわり、漆黒《しっこく》の血があのときの喜悦を思いだしてざわめく。さいなんで転げまわらせ、絶望させた。希望という希望を踏みつぶし、おとしめ、滅ぼしてやった。ああ、そうしてそれから——。

いくら反芻《はんすう》しても飽きることはない。リンターを苦しめてやった。カサンドラの死で、リンターの中の青金石《ラピスラズリ》を粉々に砕いてやった。それでもまだ何か残っている。それが彼をこの世にとどめおいている。ナハティに復讐したくて憎悪をたぎらせてはいるが、彼の中にまだ残っているその何かのせいで完全に闇に堕《お》ちてはいない。闇に堕ちてしまえばこちらのもの、彼という存在をわが血の中にとりこんで、それこそ血の一滴、髪の毛の一本までわたしが支配してしまえるのに。

まだ背中の筋がつる。折れた背骨はつながったが、鈍痛はあいかわらずだ。もう少し、今少し、待たねばならない。歓喜の夢を見ながらもうしばらく休まねばならない。

そのとき、ヤエリのかすかな声が、左のこめかみから右のこめかみに鋭い錐《きり》のようにこだました。

——デイサンダー……。

ナハティは瞠目した。なんですって？

意識の触角をさらに大地の奥深くへとのばす。溶岩の流れ出る音、地殻のきしむ音にまじって、消え去ろうとするそのこだまの尾をかろうじてとらえた。

——デイサンダー……。

まさか。

ナハティは黒い血が逆流するのを感じた。まさかまさかまさか。

両腕をついて上半身をもちあげ、どっとふきだしてきた冷や汗をしたたらせながら、なおもこだまのあとを追おうとするが、こだまは拡散して地下水に、岩に、木々の根に吸収されたのか、もはやとらえるべくもない。

ナハティは必死に最後の戦いの記憶をかきまわした。リンターとイリアとデイサンダー、男兄弟三人がはむかってきたとき、イリアを風に乗せて吹きとばしたあと、リンターとは火と大地の力の比べあいになった。炎を呼び、岩を飛ばし、山を削り、あの最中に確かに非力なデイそれを稲妻に練りこんでぶつけてやった。それは、大きな衝撃となって末弟に襲いかかり、骨も残らないほどにばらばらにし、土くれと化したはずだった。手応えはあったのだ。なのに、なぜ？　デイサンダーが生きている？

ナハティは答えのない疑問に癇癪《かんしゃく》をおこして、財宝を身体の最も長い部分で蹴散らした。紅玉、青玉、金剛石といった宝石が岩々にはねかえって硬質の音をたてる。怒りが伝わったのか、山の根の溶岩が沸騰し、〈不動山〉が地鳴りをおこした。

デイサンダーへのそこはかとない怖れが恐怖に変質したのは、太古の闇と契りを結んだあとだった。闇の強さを得た自分が、なぜあの末弟の鮮緑の瞳を怖れるのか、自分でもわからなかった。それまでは心のどこかで怖ろしさを感じながらも、やんちゃなあの子を受けとめることができていたのに。太古の闇を身体にめぐらせてのちは、あの子の目どころか額すら見ることができなくなった。

それから、肩留め《フィブラ》の〈太陽の石《オルヴァアン》〉。あれがやたらにまぶしかった。あの中に入っている無数ともいえる星々が、彼女の闇をさいなむのだった。

消し去ってしまえ、と闇がけしかけた。それゆえ彼を滅ぼそうと思った。輝かしいものはすべて闇に冒されてしまっていた。その手で長外套《セオル》に鷹の刺繡《ししゅう》をしてやり、風呂に入れてやり、パンを分けてやり、そのたびに返ってきた無垢なる幼子の笑顔など、ナハティの中には微塵《みじん》も残っていなかった。

確かにあのとき手応えを感じたのに。滅ぼしたと確信していたのに。

リンターか。リンターが彼をかばった。それから、あの〈太陽の石《オルヴァン》〉、あれが彼を護りきった。星々の輝きで、わが闇を退けたということか。

なんとかしなければ。本当に生きのびたのか、確かめなくては。確かめて、もし生きているのなら――今度こそ。ああ、そうだ、今一度ヤエリを使ってもいいかもしれない。崩れた神殿の修復やらレイヴィ神の威信の回復に力を貸してやると言って。

10

〈砂金の町〉の方角に煙が立ち昇っている。丘と森にはばまれているが、ソルプスジンターの襲撃があったのだとわかる。しかし一行は足を止めず、ひきかえしもせず、街道から離れた杣《そま》道《みち》を進む。

ビュリアンとデイスにイリアが加わったことで、にぎやかな一行となり、ネアリイは終始微笑み、ザナザはしょっちゅう天を仰いで、誰かこのオウムどもを黙らせてくれと祈っていた。

毎日野宿だった。雨が霙《みぞれ》に変わり、落葉樹の葉が梢《こずえ》についたまま白茶けていくにつれて一行の口数もさすがに少なくなり、歩みも遅くなったが、とにかく進んだ。唯一うれしいのは食料に困らなかったことだ。デイスの弓が役にたった。ビュリアンは漁の腕前を発揮した。ネアリイが野生の玉葱《たまねぎ》や香草を見つけ、鹿や猪や鮭鱒《ます》のつけあわせにした。リンターのおこした火とザナザのイスリル譚が夜を暖めた。

「イスリルの歴史は長いぞ。コンスル帝国もいろいろあったが、イスリルにはその二倍の歴史がある。大地の東端、山の洞窟からわしらの祖先は太陽と一緒に生まれた。はじめは七人いた。二十年で八十八人になり、百年で九千九百九十九人まで増えた。二千年後、百万人に達したとき、大地の西端で闇の生まれる場所から生まれた二十二人と戦《いくさ》になった」

「大地は丸いんだよ。球になってるんだ。天の星と同じ」

とデイスは抗議したが、いいから黙ってろ、とビュリアンに後ろ襟をつかまれ、口を押さえられた。ザナザは声をあげて笑い、

「これは神話だ。誇張されている。それに真実とは異なる——コンスルにもあるだろう？　丘の上に都を築いた最初の男は鷹に育てられたっていう伝説……あれと同じだ」

と断る。

「その戦、どうなった？」

とリンターが先をうながす。ザナザはうなずいた。

「勝ったのは闇の息子たちのほうだった。だが、無傷というわけにもいかなかった。七人が生き残っただけだった。その七人と太陽の兄弟たちは和解し、ともに住むことにした。そうしてその大地——平原と森と高い山並みのある広い広い土地には、太陽に祝福されながらも闇を宿した魔道師の血筋の者が散らばったのさ」

焚き火が風にあおられ、戦の炎となって草原をのみつくしていく。陽が昇り、彼らは焦げた大地を横一列になって歩く。闇の子どもたちの骸《むくろ》、太陽の兄弟たちの亡骸《なきがら》を踏みつけないようにして。風は死の臭いを彼らにたたきつけ、運び去っていく。雲が切れ切れに走る。狼に追いたてられた鹿の群れさながらに。

次の晩、再びザナザは語る。

「いくつもの部族が生まれては消えていった。やがて英雄ノーランノールが天に昇って星にな

ると、その血を引く者たちの王国ができた。国はどんどん大きくなっていき、繁栄がつづいた」

しかし世代が下るにつれて、魔道師の血は次第に薄まっていってしまったのだ。

「二百年たったときには、魔道師と呼べる者はたった三人になってしまっていた。そのうちの一人、大魔道師エグザルテが王となって長いあいだ王国を治め、自分のあとを継ぐ者をさがさせたが、いくらさがしても、彼に匹敵する者はおろか、その半分の力を持つ者さえ見つからなかった。彼はとうとうある決断をした。おのれの魔力のほとんどを注ぎこんで、煙水晶に子どもの像を彫刻して命を与え、最初の皇帝にしたのだ」

足元の竈《かまど》の中で茶色のごろ石がちかりとまたたく。するとそれは大きく膨れあがり、少年の姿をとったかと思うや、皇帝の上衣を羽織って玉座の前を行き来する。大卓に広げられた三枚の地図の上で煙水晶のさざれ石を転がし、石が散らばった土地土地を精査すべく老いた魔道師たちが杖を手に旅だっていく。やがて彼らは杖を持たないほうの手に、農夫や農夫の息子、漁師や漁師の妻、織り師や織り師の娘、仕立て屋、羊飼い、ただの幼子などの手を引いて帰ってくる。皇帝は彼らの中に眠る闇の血を、火をかきたてるようにかきたて、自らの力の一部を薪《たきぎ》として与え、大いなる篝火《かがりび》となす。そのようにして次々に新しい魔道師が生まれていく。

「初代皇帝は百年その座にあって国を護りつづけたが、とうとう彼の力も枯渇するときがやってきた。最後の一人を石の魔道師にしたあと、彼は粉々に砕け散ってしまった」

突風に震えながら稜線を渡り、霧のたつ川辺をのろのろと進む一行の目蓋《まぶた》の裏で、イスリル皇帝だった石の破片がちかちか光る。

また別の夜、暖かくて穏やかな晩、ザナザの話はもう百年の時を進む。

「石の魔道師が二代目の皇帝となった。だが彼には、二人しか新しい魔道師をつくることができなかった。彼は老魔道師たちの杖に先代の煙水晶の欠片《かけら》をはめこみ、野に放った。杖は闇の血の最も濃い者を見つけ、それからはそのようにして皇帝が選ばれることになり、皇帝は魔道師をつくりつづけ、また百年がたった。だからイスリルには、今では大勢の魔道師がいて、軍団を組織できるほどになったのだ。まあ、わしのように強い力を持つ者はそうそういないが、数で勝負ってこともあるからな」

ザナザの話は実際の歴史と異なっているかもしれない。時間の幅も、実際の十年が百年二百年に誇張されていると思われた。それでも、その話は彼らの前にまったく別の国、文化や習慣の異なる、今まで考えもしなかった未知の世界の入り口を示して、闇のかなたに射しこむ光のようなものを感じとらせたのだった。

葉が落ちたころ、ナポール川にさしかかった。渡るのに難儀した。岸辺を行き来してようやく舟と船頭を見つけたものの、交渉に手間取った。通貨はすでに価値を失っていた。イリアの耳飾りでさえ二束三文の扱いだった。布、毛布、野菜、カラン麦、長外套《セオル》、そうしたもののほうがはるかに値打ちがあった。通りすぎる村々の囲いは破れ、柱は傾き、堅牢に築かれたはずの水道にも水が通わず、用水路も落ち葉だらけの有様では、畑もスゲやススキに席巻されるというものだ。飢えて目だけ大きい子どもたち、生気のない農夫の姿を横目に通りすぎながら、デイスは頭上にたれこめる雪雲さながらに、全土をおおう滅びの運命を肌に感じていた。山賊、強盗の類に何度か煩わされもした。イリアのつむじ風で煙に巻き、ザナザの火の玉で脅かすと、散り散りに逃げていった。日に日にデイスとビュリアンは暗澹《あんたん》とした気分におちいっていった。あれやこれや全部くって考えると、普通の人間が生き残ること自体、ひどく難しい時代になりつつあった。

ナポール川を渡ってさらに南下すること十数日、ひらけた谷を冬告げの風とともに進み、遠い山並みをはるかな青い影と見たときには、飢えた村人とさほど変わらぬ姿になりはてていた。食料はなんとかなるものの、食欲旺盛な若者三人をかかえていては、満足というわけにもいかない。ザナザも酒がないことを始終こぼしていた。

「なあ、おっさん、ちょっと聞いていいか」

と半壊した農家の土間に身をよせあうある晩、赤々と燃える焚き火に両足を投げだしたビュリアンが口をひらいた。

「あんたはナハティの財宝が目当てだって言ってるけど、そのお宝、手に入れたとしてどうすんのさ。もうこの国じゃ宝の持ち腐れだ、文字どおり。碧玉《へきぎょく》一個よりカラン麦一粒のほうが価値があるってのに」

「なあに、よその国にもっていくさ。イスリルでも、エズキウムでも、フォトでも」

「ナハティのお宝全部ってわけにはいかねえよな」

とビュリアンは皮算用でものを言う。ザナザもしれっとして、

「むろん。もっていくのは見せ金になる」

「見せ金?」

「こうした宝がコンスル帝国にまだまだ山ほど眠っている、とな」

「ふん、それで?」

「こういうことはな、小僧、ここを使うんだ」

とザナザは口と頭の両方を指さしてみせた。

「王侯貴族相手にな。情報を流して、まあ、ちっと宝さがしをしてもらう。苦労していくらさがしてもだめだとなったころにわしの登場。案内役の報酬として半分を山分けだ」

「ふうん。で、そのあとは?」

「そのあと?」

「おっさん、三百年生きてるわりに賢くねえな。まさか、それでめでたしめでたしとなるなんて考えちゃいねえよな」

「なんで? なんの心配もいらない暮らし、贅沢三昧、どこが悪い?」

ビュリアンは猿のような悲鳴をあげた。

「うぎゃああ、だめだこりゃ。それじゃナハティと変わんねえじゃん。むっなしい生き方だぜ」

デイスが苦笑いした。

「それよりも、ナハティと対決する前にそのあとのことを考えるなんて。麦を植える前に翌年の作柄を心配するようなもんだよ」

ビュリアンは膝のあいだに顎を埋めた。

「おまえたちはいいさ。復讐？　決着をつける？　それさえなせばそのあとのことはどうでもいいんだから。だけど――おれと、おれとネアリイはどうすればいいんだ？　おまえたちが死んだら……いや、勝ったとしても……」

安穏な暮らしなど望むべくもない時代だ。ディスは三百年前と今を比べてみた。内乱と権力争いであけくれていたとはいえ、帝国にかかる影はまだ薄かった。今は大地にさえ闇がしみこんでいるかのようだ。陰湿な植物が好き勝手に繁茂しているがごとく。生きのびることが毎日の優先事項。そうして日々それは高まっていく。さらに、ソルプスジンターの脅威が拍車をかけている。

耳の下から首筋になにやら冷たいものを感じた。ネアリイが、両親が、そうした日々を送る？　ビュリアンもこの世からいなくなるかもしれない？

思わずビュリアンの肩に手を置いた。彼のいぶかるようなまなざしを受けて、ディスはかすれた声で言った。

「これが終わったら、一緒に考えるよ」

葉の落ちた黒ブナの森を二日間歩きつづけた。梢のあいだに、高台に建つ古い砦《とりで》が見えてきた。寒さが増してきた夜の厳しさに、決断を下したリンターは、一行を砦へと導いた。頑丈な石造りの、規模の小さい城といった趣《おもむき》の、

「イスリルの侵攻に備えて建てられた防衛線の一つだ」

と説明のあったそれは、かつて濠《ほり》であったところに腐った水と落ち葉と朽木《くちき》がたまり、跳ね橋

の代わりの土盛りされた連絡通路は森の延長となりはてて、門の内側になだれこんでいる有様だった。だが、それが逆に、戸口を護る自然の防壁となっている。一見どこが入り口か、鬱蒼《うっそう》と茂る木々やはびこる宿木《やどりぎ》や蔦《つた》で判然としない。さらに周囲を囲む石垣は堅牢さを誇り、どこにも崩れた箇所が見当たらない。このあたりまで他国の侵入を許すことは当時としてほとんど確率的に低かったはずだが、それでもこれだけのものを造りあげる資力と組織力、専門的知識と余裕があったのだ。強情に口を閉じた老兵《つわもの》の姿を砦に重ねて見たとき、デイスが感じたのはまたしても、畏怖《いふ》を通りこして、むしろ現状に対する薄ら寒い危機感だった。ビュリアンに約束した、何ができるか考える、という言葉が、腹の底に沈んでいき、ひそやかな緑の熾《おき》となって燃えはじめた。

門の戸口にたたずむリンターの無言の要請に応えてデイサンダーが一本の蔓《つる》にふれると、わずかに人が通り抜けられるだけの隙間がひらいた。

門の内側には厩《うまや》、倉庫、菜園、家畜小屋の残骸が散らばり、ところどころに骸骨さえ転がっていた。ぬかるむ中庭を慎重に徘徊しながら、使われなくなってからそう時がたっているわけではないと判断した。木造の建物の柱や屋根はまだ形状をとどめていたし、菜園では野生化した玉葱や蕪《かぶ》の枯茎が霜にしおれている。骸骨には布切れがまとわりついて、色あせた模様には精巧そうな機《はた》の技術を垣間見ることができる。せいぜい七十年か。

「地方の小貴族が逃げこんでいたって感じだな」

とイリアが骸骨の一つを蹴飛ばして言った。首からはずれたどくろが転がって泥の中で斜めに

なり、はすかいに雪空を仰いだ。リンターが本館の最初の石段に足をかけながらイリアをふりかえり、

「ウエンドウエンを覚えているか」

と尋ねた。イリアは髪をかきあげて一瞬うつむき、それからぱっと顔をあげた。

「思いだした！　あの偏屈婆あ！」

デイスたちはイリアが女性のことを悪く言うのを聞いて顔を見合わせる。リンターがかすかに笑った。

「ここで余生を送った」

「余生？　あいつにそんなものがあったのか？　イスリル大戦のときにはもう百歳くらいだったよ」

「そのあとすぐにここに引っ越してきて、それっきり音信不通だ」

リンターが待っているので、デイサンダーは石段を登って青銅の扉にからみついている太い蔦にふれながら聞いた。

「それ、誰？」

片手でさわっただけで蔓は身をくねらせつつ四方八方に退き、扉がきしみをあげてゆっくりとひらいていく。イリアが忌々しげに答えた。

「人呼んでセヴェンニアの偏屈婆あ、骨は鉄でできてて、玉の肌は黒曜石、頭から爪先まで嵐の海みたいな女だった」

そう説明したすぐあとの息で呪文をつぶやくと、戸口から風が内部へと走っていった。けたたましく物同士がぶつかりあう音がしたかと思うや、二階のすべての窓が同時にひらき、ごみやら埃《ほこり》やら使いものにならなくなったものが飛びだしてきて、ぬかるみに泥をはねかえす。さらに三階、最上階とつづき、屋上から投石器の残骸が壁にぶちあたりながら落ちてきて、石段で粉々にはじけるのを見とどけてから、デイサンダーはまた尋ねた。

「ぼくは知らないよ、それ誰？　まだここにいるの？」

イリアの代わりにリンターが答えた。

「昔の文筆家だ。イリアが何度もいいよったが落ちなかったただ一人の女性」

「って、それ？　百歳？」

ビュリアンがイリアを妙な目つきで見た。デイサンダーも吹きだしそうになりながらさらに尋ねる。

「魔道師？」

「普通の人間だ。だからまだここにいるとしたら、墓の下だろう。だが彼女は消えても彼女の財産は残る」

ザナザのよだれをたらしそうな顔を横目で見つつ、リンターは意地悪く言った。

「財産といっても金銀財宝ではない」

そしてネアリイに告げた。

「そなたの喜びそうなものが残っているやも。本が好きなのだろう？」

ネアリイの顔が輝く。リンターはそれにかすかにうなずき、うなずくと同時に砦中のしけった松明《たいまつ》に火を灯した。

「さがす暇は冬中ある。イリア、彼女の墓もさがせる」

嫌味だな、兄さんは、とぶつぶつ言いつつ、まずイリアが中に入った。四人があとにつづき、最後にリンターが扉を閉めた。狭い廊下の両側に階段と部屋が交互にあらわれた。一階の部屋はすべてが備蓄用の倉庫だったらしく、折れた槍の柄や壊れた弓矢が転がっていたり、割れた素焼きの瓶《アンフオラ》の欠片が山となっていたり、風化した織物やタペストリーがたたんであったりした。

一番奥の階段が二階に通じていた。そこからは三つの部屋に行けるようになっているが、三階には進めないようだった。大きい暖炉のしつらえてある広間を居間と決めて、ひとまず休むことにする。おとといデイスがしとめた猪の肉を火であぶり、水筒の水で香茶を淹れ、青ブナの実を分けあう。一冬すごすために必要なものを話し合い、しなければならない仕事を列挙し、それぞれに分担した。

黒ブナと青ブナに囲まれたこのあたりの冬は雪深く、厳しい。そして内陸にあるせいか、北の海沿いより寒い。それゆえに銀戦士にもソルプスジンターの群れにも、おいそれと発見はされぬだろう。何ヶ月かつづいた旅の疲れを癒し、新たな旅の準備をし、英気を養うにはいい機会だった。とはいえ、冬をのりきるのは容易なことではない。霧岬に十数年暮らした三人にはあたりまえの生活であっても、生来贅沢好みのイリアと、閉じこめられていたとはいえ安楽な暮らしをしてきたザナザには、忍耐を強いる日々となるだろう。

「退屈になったら墓の前で口説いてくるんだな」

とザナザがイリアをからかい、

「そういうあんたも地下室でも掘りかえしたらいい。金の指輪の一つもめっかるかもね」

とイリアが言いかえす。

リンターの判断は正しかった。その晩遅くから急にしんしんと冷えこみ、音もたてずに粉雪がふりつもって、翌朝には沈黙の白い毛布が砦をおおった。

それからは、それぞれにふりわけられた仕事をはたす日々が待っていた。デイスとビュリアンは嬉々として外に飛びだし、狩りに熱中した。二人には退屈する暇もなかった。人の入らない森は豊かだった。〈ぐるぐる角《セヴエンク》〉と呼ばれる鹿の仲間、狼、狐、テン、ウサギ、どこからか逃げてきたものが繁殖したらしい野生の牛、〈太足山羊〉、雉《きじ》の一種の〈しみったれ鳩〉など、食料と毛皮には困らなかった。唯一彼らも注意しなければならないのは、山中を闊歩するゴルディ虎で、これは逆にこちらが獲物になる可能性が高い。出くわしたらただひたすら見逃してくれることを祈るしかない。

ときおり自分の仕事に嫌気のさした誰かが、二人に加わることもあった。仲間のうちでも、イリアとビュリアンのつきあい方は奇妙だった。必要なことはしゃべるし、軽い冗談も交わすが、それだけだった。まるで種の異なる魚のように、あるいは両手のひらを見せて猛獣からあとじさる若い狩人のように、ぶつかりもしないがまったく無視しあっているわけでもなく、存在は認めるがただそれだけ。なんといっても片方は、三百年も陰にひそんで他人の人生をすごしてきた兄である。ビュリアンもそれはそれで受けいれているのだろう。だから互いにそういう態度になるのかもしれなかった。ビュリアンの横顔はひどくおとなっぽくなって、イリアのことより深刻な何かをかかえているのか、考えこんでいることも多かった。

一方、イリアとネアリイは急速に親しくなっていった。何度か一緒に森に入ったとき、二人は雪玉をぶつけあい、軽口をたたきあい、枝をゆすり、風をおこし、大騒ぎだった。

一月《ひとつき》も暮らすと、砦の中もだいぶ整ってきた。埃と蜘蛛《くも》の巣をとりはらった暖炉の部屋は厨《ちゅう》房《ぼう》兼食堂兼居間となり、常に食物の匂いが漂い、めいめいもちこんだもので乱雑になっていった。デイスはその乱雑さが気に入った。霧岬の家では一つ一つが置き場所を決められ、無用なものもなくよく整頓されていて気持ちはよかったが、貧困と帝国が破綻していく臭いがしみついていた。それに対してここの乱雑さは、それぞれの自由さと気楽さと豊かさへの叙唱の旋律がかすかに流れ、居心地がよかった。三日に一度はネアリイが、一番散らかすザナザに文句を言う。ネアリイも、言いたいことをのみこんでしまう少女から、きちんと自己主張するおとなの女になりかかっていた。

二階のほかの部屋は寝室となり、倉庫から取りだした寝具を中庭に広げて雪で洗い、イリアの風で乾かし、古いけれど汚くはないまともな寝床が整ったときには、さすがにみんなほっとした。ネアリイは最初の七日で、デイスのシャツを古い亜麻糸で織って縫いあげた。驚いたことにイリアが針と糸を持って手伝い、次々にみんなのシャツや下着ができあがっていった。ザナザがイリアに礼代わりに軽口をたたき、気色ばんだイリアが暖炉の煙を逆流させて、部屋を煤《すす》だらけにしてしまった。

「魔道師廃業して仕立て屋になれるぞ」

という言葉の責任をとらされて、ザナザが掃除をしたのは言うまでもない。

冬ごもりの生活は軌道に乗り、リンターとザナザが手がけた建物関係の修復もあらかた終わり、デイサンダーは砦全体を枯れた蔦でおおいかくして、上空からの鷹の目でも見つけにくくした。

雪はどっさりとふってては小休止することをくりかえした。イリアは件《くだん》の文筆家の墓をさがして庭をさまよったが、ついぞ発見には至らなかった。ネアリイは各人の冬のセオル、帽子、手袋、靴を毛皮で縫ってくれた。

ある早朝、デイスとビュリアンはうきうきとそれらを身につけ、蔓を編んでつくったかんじきをはいて出かけた。その日は、これまで行かなかった北の森のはずれあたりまで遠出する予定だった。二人で前になったり後ろになったりして登りおりをくりかえし、ナポール川の瀬音の聞こえる木立まで進んだ。見おろせば、川に落ちこむ斜面を〈太足山羊〉が軽々と横切っていくところだった。二人は身をかがめてあとを追った。しばらく追いかけていくうちに、このまま行けば、帝国時代の街道に出ると気がついた。〈逃亡者の町〉から〈砂金の町〉をぬけ、ずっと南西の〈栄えの町〉に通じる大街道である。さすがにこのご時世にそれを使うまぬけはいない。山賊盗賊がまず狙うのが街道筋だろうし、ソルプスジンターの狩場になっている危険性もある。

　さっさとけりをつけようと弓を引きしぼった。狩りの腕前はめきめきあがって、めったに仕損じることなどなかったのだが、このときは、山羊が別の何かに反応したのか、突然身体をひねって進路を変え、むなしく矢の軌跡を残して跳ねていってしまった。へたくそ、とビュリアンが毒づき、立ちあがろうとした。その腕をひっぱって木立のあいだに身をひそめ、目を凝らす。

「なんだよ――！」

「しっ！　何かいる！」

　雪の上にたれさがる黒ブナの枝の隙間をすかして数呼吸、小さな谷間にちらりと赤がひらめいたと見えたのは、思いこみによるものだろうか。息を凝らしてそろそろと近よるにつれて、赤はまちがいなくそこにあった。同時にせわしい呼吸、うめき声も伝わってくる。

「手負いの猪か？」

とビュリアンがささやく。

「別の狩人がいるかもしれない。気をつけろ」

　砦の武器庫から失敬してきた短剣をそろそろとぬく。黒ブナの枝から雪がどさっと落ち、ノスリかハイタカの甲高い鳴き声がこだまする。二人はウサギと化した。じっと身をひそめ、あらん限りの音と肌に感じる風を収集する。うめき声は少しもあたりをはばからないようだった。どうやら獣の類ではない、人、それも二人、一方が苦しみ、一方が励ましの声をかけている。

まずビュリアン、次いでデイスが飛びだした。もしかしたら罠かもしれない。あるいは山賊が深手を負ったのかも。走りながらその可能性に思いあたったが、もうとどまるには遅い。雪に腿まで埋まりながら進んでいくと、雪瘤《ゆきこぶ》のできている斜面の下に、セオルの端とおぼしき赤と青がちらついた。上下しているのは頭だろうか。二人の物音を耳にしたのだろう、ぴたりと動きを止めた。

デイスは斜面の上から叫んだ。不意をついて、剣でもふりまわされたらたまらない。

「誰かいる？　怪我してるのか？」

ビュリアンも幹を盾に呼びかける。

「何か手伝うこと、あるかい？　邪魔なら行くけど？」

すると頭が少しあがった。若い声に警戒をといたのか、男のしゃがれ声が、助けてくれ、と返してよこす。二人は一気に斜面をおりていった。

雪瘤の裏にいたのは一組の男女だった。破けたセオルを身にまとった農夫のようだ。消耗しつくし、痩せこけ、目は恐怖で飛びだして、髭ものび放題。横たわった妻のほうは顔が真っ赤だ。熱で朦朧《もうろう》としているのが一目《ひとめ》でわかった。

「助けてくれ、〈乳谷〉の者だ」

デイスとビュリアンはそれぞれのセオルを手早くぬいだ。

「どうしたんだい？　この傷は？」

押さえていた布をそっと取りよけると、ぎざぎざに切れた衣服の裂け目に血がにじんだ。臭いがひどい。膿《う》んでいるのだろう。携帯袋から薬と包帯を取りだし、一応の処置をする。

「襲われたんだ……食い物を争って……」

錆びついた鎌か三叉で切りつけられたようだった。デイサンダーが黒ブナにちょっとさわっただけで、黒ブナは進んで手ごろな枝を二本、提供してくれた。男はごくりと喉を鳴らした。

「あんたら――あんたら、魔道師か？」

「安心しろ、こいつは人をとって食ったりしないから」

とビュリアンがなだめ、枝にセオルを通す作業にとりかかった。デイスも手を動かしながら、

「で？　あなた方は？　〈乳谷〉ってここから遠いの？」

と尋ねた。

「ずっと東のほうにある。秋の終わりに襲われた……黒い化け物に。羊も山羊も牛も全滅した。やつら――やつら、ただ殺すだけで……」

ぶるっと身震いする。

「ソルプスジンターか」

「地下の穴倉に逃げたんだ。あいつら、人は食うんだ。山羊は殺すだけで。おれたちは三日間、穴倉にひそんでいた。……やつらが行ってしまって、絶対に戻ってこないってわかるまで……生き残ったのは十二人だけだった。みなで食われた人たちを弔った。誰が誰だかわからなかった。……ちぎれた手足や……腹からはみ出した――」

「うええ」

ビュリアンが手をふって、もういい、と止めた。デイスはセオルの裾をほどけないように結んだ。二人のセオルで急ごしらえの担架《たんか》ができあがった。

「それから谷を出て、街道を南に……強盗に襲われて持ち物をほとんど奪われて、仲間も散り散りに……。それでも冬のはじめに、壊れた宿駅跡までたどりついて、四人でなんとかやっていた……」

「で、食料が底をついた？」

「妻は護ろうとしたが奪われた。腐りかけたたった一つの蕪だった……。それを食ったあとのスルパとメンドの妻を見る目つき、それでおれたちは逃げてきた」

男が何を言わんとしているのかわかって、二人は顔を見合わせた。ソルプスジンターの犠牲者を葬ったあとなら、どんな凄惨《せいさん》なことでも考えられるようになるだろう。血と肉の破片に何も感じなくなるにちがいない。空腹がきわまれば、血の臭いをさせた弱った女は恰好の獲物に見えるのかもしれない。

「それ、いつのこと？」

「おとといか、その前か……よく覚えていない。逃げるのに必死だったから」

凍え死にしないでここまで来られただけ運がよかった。

「ぼくたちの砦はここからまだしばらくあるんだけど、がんばって歩いてもらわなけりゃ。それもできるだけ速く。夕方にはまた雪になる」

よろめきつつ立ちあがった男の手に、ビュリアンが干し肉と水を押しつけた。

「歩きながら、ゆっくり少しずつ食べるといい。葡萄《ぶどう》酒でもあればもっと元気が出るんだけど」

二人は女を担架に移し、前後を持って出発した。思ったより軽く感じた。それでも長い行程なので、できるだけ消耗を抑える起伏の少ない回り道を選んだ。陽の落ちかかるころ、ふりはじめた雪の中、ようやく砦に帰りついた。

三人の魔道師は案の定、いい顔をしなかった。それでもデイスがとりあわず、ネアリイもまじえて治療と男の世話にとりかかると、意外にも最初に折れたのはリンターだった。隣の物置をあけて寝台を置き、鹿の肉と香茶を淹れて男に手渡し、

「奥さんのことはデイスに任せておくがいい。そなたはとにかく休め」

と静かに告げた。

吹雪《ふぶき》は四日つづいた。風がおさまった五日めの昼すぎに、妻の熱がさがりはじめた。そのあいだにザナザが昔の水道を見つけて整備し、イリアが水源をよびもどした。さらに別棟につながる廊下を発見したイリアが風呂場も見つけ、手のあいている者全員で枯葉やごみを掃きだした。みなは久しぶりに風呂を使ってきれいさっぱりとなった。

男は髭をそり、髪を短く切ると、三十代半ばくらいだった。妻が快方にむかいはじめると、涙を流して喜び、ザナザやイリアにまで腕にふれて感謝をあらわした。

彼はとたんに生き生きと働きだし、階下の蜘蛛の巣だらけの厨房を使えるようにし、菜園あとからキャベツや玉葱を掘りだしてきて、田舎風だが温かい、料理らしい料理をふるまったので、しかめっ面をしていたイリアの表情もとうとうやわらいだ。ネアリイがくすくす笑った。

「食べ物で懐柔できるんだ」

夫婦はよく働いた。若者三人と魔道師三人ではなんともできなかった事柄が少しずつ整えられていき、暮らしらしい暮らしが形になっていった。足りないものもたくさんあったものの、食料は倉庫の梁《はり》にぶらさがり、二階三階はどこへ行っても暖かく暖炉が燃え、色彩鮮やかな寝具が部屋部屋を彩《いろど》った。

原野をさまよっていたのは、夫婦二人だけではなかった。そのあと、二月《ふたつき》ほどのあいだに、デイスとビュリアンは森で人々を拾ってきた。雪穴や洞窟に、あるいは行き倒れて、道に迷って、狼に追われて、十七人。両親にかかえられた、痩せこけて五歳くらいに見えた男の子が実は九歳だと知ったあと、イリアは何も文句を言わなくなった。

やってきた者たちの中に、なんでもこなす器用な男がいた。顎のまわりは鬚《ひげ》だらけの、黒い目の生き生きとした若い石工で、ネアリイやほかの女たちにまじって仕立て屋まがいのこともでき、歌もうまかった。かすれを帯びた声で叙情歌や伝統歌、地方のはやり歌などを歌った。吹雪に閉ざされた気持ちを雪の下から掘りおこし、夜にはしのびよる寒さと暗さを追いはらい、子どもたちには子守唄で夢の国に案内する。

そうした幾多の晩、みなが笑いさざめき、踊りの拍子をとり、ステップを踏む中で、一番に踊りだすはずのイリアがむっつりと壁ぎわに腕を組んで数日、デイスがどうしたのか問いかけても返事もしない。その視線をたどっていくと、石工の隣にはネアリイが腰をおろしてともに歌を口ずさんでいる。ビュリアンがこっそり教えてくれたことには、イリアが何度かネアリイに手をさしのべたにもかかわらず、ネアリイは微笑んで首をふり、歌を歌いつづけたという話。

「姉さんは踊るの得意じゃないから」

「ありゃ、やきもちだぜ」

「やきもちって……、誰が？」

「何言ってんだか。おまえの兄ちゃんのことだろが」

「イリアが？　……なんで？」

「普通、ふられたらほかの女の子さがすだろ。それがないってのは、姉ちゃんに、……本気？」

「まさか！　イリアに限ってそんなことないよ」

かなり離れているにもかかわらず、二人の会話はなぜかイリアの耳に届いたようだった。ぎろりと一瞥《いちべつ》されてあわてて首をすくめると、イリアは大股ながら優雅に歩みでてすんなりと輪の中に入り、農夫の娘オルナの手をとって踊りはじめた。何をささやいたのか、オルナの笑みは小花をまきちらす。

「ほらね、イリアだよ」

それから十日あまり、イリアのいるところにオルナ、オルナのいるところにイリアがいて、親しげに肩をよせあい、鼻と鼻をくっつけあわんばかり、オルナの額にイリアの唇が、などという場面も幾度か。ネアリイはネアリイで石工の隣が定位置になったようだった。ところが不思議なことに、それぞれ一人で仕事をしているときは、イリアもネアリイも不機嫌でぶっきらぼう、手を動かしているものの、その瞳は何も映していないようだった。

「あの二人、おかしいよ」

とデイスが言うと、だからそれを言ったんだよ、このあいだ、とビュリアンは顎をしゃくり、

「なんとかしろよ」

と言った。そうはいっても、なんともならないことは二人とも承知している。

尖った岩の上に置いた板に乗っているような均衡が崩れたのは、それからさらに数日後、朝から陽が射して、雪がゆるんだある日の昼すぎだった。

物置にあった農具を、直したり調整したりの悪戦苦闘をしているところに、件の石工が駆けこんできた。鍬《くわ》の刃がなかなか柄にはまらなくて困っていたデイスは、ちょうどいいところに来たと顔をあげた。ところが石工は目をひん剝いて、

「イリアさん、来てくだせえ！」

と叫んだ。イリアは仏頂面で鎌を研いでいた。

「ネアリイさんが大変だ、あんたを呼んできてくれって言ってる！」

「ネアリイが？　どうしたんだ？」

頰をひきしめて立ちあがった拍子に、鎌は床に落ちて火花を散らした。

「ともかく、来てくだせえ。西側のはずれで、穴におっこっちまって！」

イリアは大股の一歩で石工に迫り、襟をしめあげた。

「穴に落ちただって？　おまえ、ちゃんと見ててやらなかったのか？」

息せき切って走ってきた赤い顔がますます赤くなる。デイスはとんでいってイリアの手をは

ずそうとした。

「イリア。イリア。とにかく今は、急いで行かなけりゃ」

イリアの目に緑と黒の光が斑《まだら》に散っていた。

「イリア！」

イリアは音をたてて息を吸いこむと、どこだ、早く案内しろ、とうなった。石工は今度は青ざめながらうなずいた。よろめくように飛びだしていくそのあとを二人は追いかけた。

南勝手口から庭に出る。踏み荒らされた階段を三段登って雪の中につけられた細道を西側にまわっていく。牡牛の背中のようないくつもの吹きだまりが行く手をさえぎる。そのあいだをうねってつづく三組の足跡が、無謀な冒険を物語っていた。石工とネアリイが進み、石工だけが戻ってきたその足跡をたどっていく。厚い氷の張った池のそばを通って、西に面した勝手口の前をすぎ、張り出した塔のさらに先、壁が退いている窓の下で、なだれた雪が大きな穴をつくっていた。

二人は穴をのぞきこんだ。身長の二倍ほどの深さに落ちこんでいる底には、崩れた雪の塊が転がっているが、ネアリイの姿はない。名前を叫ぶと、こだまのようにかすかな返事が聞こえた。さらに首をのばすと、左手奥に黒っぽい金属のような端が見えた。それが扉の一部だと気づいたのは、ぎいっと蝶番《ちょうつがい》の音がして、ネアリイの顔が白くのぞいたからだった。

「イリア、デイス、灯りをつけて！　魔法でもなんでもいいから」

珍しく興奮した口調で叫んでよこす。二人はほっと顔を見合わせた。どうやら怪我はしていないらしい。そうとわかって同時に穴の底へ飛び降りる。

青銅の扉が目の前にそびえていた。ふりむくと、雪のあいだに階段が見える。屋根から落ちてきた雪で埋もれていた地下室への入り口をネアリイが踏みぬき、穴ができたのだとわかった。

肝心のネアリイはといえば、扉の陰から手をのばしてきて、灯りは？　と尋ねる。イリアはいささかむっとしながら歩みより、手のひらに蠟燭《ろうそく》のような小さな光を生みだした。ふりむいたネアリイはちらりとイリアを見あげた。イザーカトきょうだいのつくれるカンテラは、そんなものなの、無言ではあったがそう聞こえた。イリアは風をおこして灯を大きくした。

浮かびあがったのは五人も入れば身動きならなくなるような小さな部屋だった。三方の壁の作りつけの棚に、びっしりと書物がつめこまれている。両袖の広い書き物机の上では、さまざまな物が雑然と、埃をかぶっている。数個のインク壺、羊皮紙の重なり、ペン、ナイフ、燭台《しょくだい》、書き散らした布の切れ端、ウサギや猫をかたどった素焼きの置物、小冊子が何冊か、木製のクリップ、ぐちゃぐちゃに丸められた油紙。そのくらいならまだわかる。酒瓶、杯、髪留め、干からびたリンゴの芯、焼き菓子とおぼしきものの欠片、鳥の足の骨、靴下の片方、蓋のあいた軟膏《なんこう》の壜《びん》と見て、デイスとイリアは鼻と口をかばい、なるべく息をしないようにして、目も細める。ネアリイはそんなことにはおかまいなし、嬉々として灯りが照らしだす本の背表紙をなで、一つ一つの題名をはずんだ声で読みあげていく。

「ここは一体何？」

とデイスが尋ねると、イリアは眉をしかめて袖のあいだから答えた。

「ほら、リンターが言ってたろ？　偏屈婆あウエンドウエンの書斎なんだろさ」

「これが？　このきったないのが？」

「嵐のような女だったからな。これだけ散らかすのにどのくらいかかったかわかるか？　せいぜい四半刻だろうな。あいつのどくろが転がっていないほうが、ぼくとしちゃ驚きだね」

「イリア！　来て！　こっち！『荒城の剣』がある！『ミドサイトラントの星花草』も！

ネウデネウ著の『イスリル大戦記』も！」

とネアリイのはずんだ声がとどろいた。イリアが顔から袖を離した。

「ネウデネウだって？　それはウエンドウエンのもう一つの名前だ。『イスリル大戦記』？」

「すごく有名なのよ。読んでみたかったんだ！」

一冊の本の上に二人が額をよせあうのを見とどけると、デイスは溜息をついて部屋から出た。

それからの一月《ひとつき》あまり、イリアとネアリイはウエンドウエンの書斎をきれいにしたあと、次々に古書をひっぱり出してきては読みあさった。ようやくおこもりから這いだしてきたかと思うや、本の中身についての二人にしかわからない冗談を交わしあって笑いころげていた。

石工もオルナもデイスも相手にされなかった。重ねあう手が目につくようになり、やがて奔流のようだったおしゃべりがめっきり少なくなり、互いの目の中をのぞきこむ姿ばかりが目撃されるようになると、ビュリアンがぼそっと聞いてきた。

「おい、あの二人、あれでいいのか？」

「いいも悪いも……。わかんないよ」

「弟としては、さびしくないか？」

「余計なお世話だ。黙ってろよ」

それからまた一月《ひとつき》、風にかすかな雪解けの匂いがまじるようになったよく晴れた朝、魔道師たちは再び旅だつことにした。空気が水晶が鳴るような音をたてていた。斜めに射しこむ朝陽に、虹のように大気の欠片が輝いた。足元は堅雪となり、荷橇《ぞり》を引いていくのに絶好の日和だった。

砦に残ったらと提案したデイスに、珍しく昔の剣幕でビュリアンが噛みついた。

「おまえに指図されたくはないね。おれがいないと困るくせに」

ネアリイは、

「このごろずっとしっかりしてきたから、わたしくらい護れるよね」

と妙なおだて方をして、議論をきっぱりと遮断した。その援護にまわったのはイリアで、

「デイサンダーが護りきれない分はぼくが護ってあげるよ」

と赤面もののせりふを平然と言ってのけた。

門を出るとすぐ、デイサンダーは雪の大地に手をつき、土の中で春を待っている緑の子どもたちに頼みごとをした。それは古い呪文に形を変えて広がっていった。やがてかすかなこだまとなって返事がきた。

——雪がとけたらね……。

「なんだ、今の?」

とビュリアンが白い息を吐いて首をまわし、イリアは微笑んでネアリイを抱きしめた。

「ソルプスジンターに見つけられないよう、森が砦を隠してくれるって。あいつらがこっちに戻ってくることはないだろうけどね。……あの人たちにまた同じ思いはさせたくないから」

と説明する。ビュリアンは一息冷たい空気を吸ってから、黙ってデイスの肩をつかんだ。

「では、行くか」

リンターの静かな声とともに、一行は山懐を大きく迂回しながら、西へとむかって歩きだした。

11

吹雪《ふぶき》のつづくこともあった。しかし暖かさは着実に増してきていた。せせらぎや渓谷がひそやかな春を歌いはじめていた。表雪のゆるむ日中に野営をした。崩れた小屋に身をよせて休み、夕方から朝方にかけて歩いた。半月もすると、橇《そり》を森の中に隠し、荷物をめいめいが背負った。夜間の旅は辛く陰鬱《いんうつ》ではあったものの、ソルプスジンターや銀戦士の目にとまることのない安心感が大きく、雪がざらめに変わり、やがてぬかるみになってもそのまま進んだ。

さらに半月、まだ雪の残る道端に、オドリコソウやオオイヌノフグリやハコベが揺れるようになると、行く手に灰色の低い山が見え隠れするようになった。

〈死者の丘〉。

昼に見あげれば、吹きすさぶ西風に砂が舞いあがって、輪郭《りんかく》さえ定かではない。夜に見あげれば、無数の狐火が青く燃えあがってはふっと消える。

大地母神にして冥府の神イルモアは道標の神でもあり、死者の魂をいったんすべてこの丘に集め、それからふりわけるという。次の世に送りだすか、大地の底に休ませておくか、丘にとどめて待たせるか。あるいは自身の中にとりこんでしまうか。どれがよいということではない。それぞれの魂に必要なことらしい。そうした意味では死は悪いものではない。やりなおす機会であり、救済であった。

手前の森で夕刻の食事の焚き火を囲んで、イリアはザナザにそうしたことをざっと教えた。小枝がはじけ、小さな火の粉が散った。青ブナの銀の梢《こずえ》は風にざわめいて、ひいてはよせる波の音をくりかえしていた。

「確かに、長生きすりゃいいってもんじゃないかもな」

と聞き終えたザナザはうなずいた。イリアが神妙に、

「取りかえしのつかないことをしたとして、それを全部チャラにできるんなら、……死もまた救い、なのかもね」

その珍しくしみじみとしたつぶやきに、デイスはどきりとした。

「ああ、パンが食いてえなあ」

ビュリアンの能天気な声が、死の灰に埋もれかかっていたデイスをひきもどした。

「毎日毎日肉ばっかり、パンが食いたい。中身のみっしりつまっているやつ。皮がぱりぱりなのに。こってりしたチーズも。それから酸っぱくても薄くてもいいから、葡萄《ぶどう》酒か麦酒が飲みてえ」

「この丘を越えれば小さい町があるって。それまでの我慢我慢」

ネアリイの軽やかな笑いが、輝く星々の連なりをよびもどす。

火を埋めて荷を背負い、いよいよ〈死者の丘〉の麓《ふもと》に足を踏み入れる。しばらくすると、森が突然切れて草地に変わった。草地は急斜面の荒地となって丘につづいていた。わずかな残照

に丘は黒々と浮かびあがり、頂上では砂が霧のように舞いあがっているのが見える。斜面にはつづら折りの細い道が刻まれていて、入り口の西側には冥府の神の道標、双頭の牛の石像が通る者をにらみつけていた。

六人は荷物をおろし、一列になって登っていった。ふと頭をあげると夕暮れは夜に変わり、頭をさげると爪先が見えない。西風でときおり長外套《セオル》がはためき、砂埃《すなぼこり》が息を奪う。真っ暗闇を進むことしばらく、不意に、渦を巻く砂がちりちりと音をたてて輝いたかと思うや、突然行く手に青い火がぼっと灯った。みな立ちつくして火を凝視する。狐火は縦に長くのびてゆらめいた。いつまでも変化がないので、ビュリアンが杖代わりにしていた枝でつついてみる。枝は燃えないし、火にも変化はない。顔を近づけて、ちっとも熱くないぜ、と首をかしげた。その声に反応したかのように、次々と道なりに灯っていく。

明るくなった隘路《あいろ》をさらに登っていくと、ザナザがときどき立ちどまって息を整える。ビュリアンがからかう。年寄りには山登りはきついかもな。馬鹿を言え、野育ちのガキと比べられてたまるか、と言いかえしても、膝を押さえている。

頂上についたとき、西の山際にひっかき傷のような三日月がかかっていた。すぐ足元には紫紺に沈む〈禊《みそぎ》の湖〉が横たわり、さらに南の山裾の奥にかすかな灯火とおぼしき灯がまたたくのは〈栄えの町〉だろう。東には苦労してたどってきた樹海が黒々と、北には山々の連なりが影となっている。

平らにならした丘の上には小さな東屋《あずまや》が建っていた。朝顔形の屋根の下中央には、石の香炉台がしつらえてある。リンターが灰の中に残っていた炭香をかきよせて火をつけた。花の香りとともに白い筋のような煙があがった。リンターはその煙に両手をかざし、つつみこむように動かしながら呼びかけた。

「ミルディ……」

洞窟で響くがごとくこだまし、リンターの丸く合わせた指のあいだから、煙が漏れだして東屋中をくるくるとまわった。かすむ視界の中で、リンターは再びミルディを呼んだ。イリアが進みでて彼と和した。這いだした煙は昇っていきもしないであたりをめぐっている。デイサンダーは自分も加わらなければならないと悟った。ミルディが戦死したとき、彼は幼かったが、彼女の防護の魔法は肌で覚えている。池に落ちてもおぼれぬよう、庭にあっても蜂に刺されぬよう、護ってくれた温かい波動を。

デイサンダーは低い階《きざはし》に足をかけた。別の領域に一歩踏みこんだと感じたとたん、東屋は天にとけ、砂岩の足元は木の床となり、細い柱は土壁となって、古くて窮屈な部屋に変わった。

窓の外には森の霧がたちこめている。寒さが小屋の四隅でひそやかな呪文を唱えている。暖炉はあったが、蜘蛛《くも》の巣がはっている。震えながら立っているのは、イザーカトきょうだい。赤銅《しゃくどう》色の髪のカサンドラ、背の高いリンター、黒髪黒い目のヤエリ、痩せっぽっちのイリア、そして鮮緑の目のデイサンダー。さらに扉から一人また一人と霧にまぎれてやってきた大貴族たちが七人、そうしてとうとう扉が閉まると、部屋は中央にわずかな余地しか残さない。

短い挨拶のあと、次々に大貴族たちがささやくのはナハティの横暴についての嘆願だった。もう手をこまねいている状態ではない。ナハティの力はいまや、皇帝陛下をはるかにしのぐ。国政を牛耳っているだけではない、否、もはやあれは国政とはいえない、ただみな命が惜しくて言いなりになっているだけ。ナハティはどんな小さなことも許さない、肌の色のことでちらりと皮肉を漏らした皇帝の姪をさえ呪い殺す始末。冗談の類だったろうに、翌朝には宮廷の池に浮かんでいた。全身の血を失って、真っ白な裸体となって。宮廷内で邪魔者をかたづけるには、ナハティに告げ口すればいい。誰それがあなたさまのこれこれを批判しておりました、と。ただし虫の居所が悪ければ、告げ口した本人も粛清される。それでも危険を承知で近づいていく者はあとをたたない。しかも代償として巨額の金が動く。金銀財宝をさしだせば、ナハティの力を借りられるとあっては、大貴族とて安心できない。逆に利益を生むことのできない貧しい地域は見すてられ、足枷《あしかせ》になるとして葬り去られる。先だっては東の属州の一部族をまるまる殺戮《さつりく》した。五千人が叛乱の濡れ衣《きぬ》を着せられ粛清された。万事この調子では、恐怖と混乱はきわまり、かろうじてもちこたえていた帝国の基盤もすでにあやうい。帝国はナハティの欲望を満たす泉となりはてた。やがてはそれも枯渇しよう。ナハティに対抗できるのはそなたたち以外にはいない、いかなナハティとて、カサンドラとリンターを敵にまわしてはかなわないだろう。ナハティが国政から、宮廷から退いてくれるように、「説得」してほしい。

黙りこんだきょうだいたちの中で、イリアが頭をあげた。

「ゲイルとテシアのときにぼくらはまちがった。正す責任はぼくらにある」

するとカサンドラが一つ大きく溜息をついた。

「わたしが行って説得してみるわ」

反対しようとする弟たちを両手で制して、

「あのナハティが、わたしたちにぞろぞろと並ばれては、認めるものも認めなくなるでしょう。わたし一人で内々に、であれば、聞く耳も持つかもしれない」

「しかしカサンドラ、危険だ」

カサンドラは赤銅色の目を細めてリンターに微笑み、背筋をのばした。

「イリアの言うとおり、正す責任はわたしたちにある。だからリンター、もしわたしが戻ってこなかったら、あなたが決断するのよ。みんな、命がけの覚悟をして。たくさんの人々がナハティに殺された。家族として、わたしたちもその責めを逃れることはできないのだから」

その言葉に、全員の頰がひきしまり、紫電が小屋の右から左へと走った。そう、つまるところそうなのだ。同じ血をもつ者としての、世の中への責任というものがある。ナハティを説得できなければ、その重く大きな荷をきょうだい全員が背負わねばならないだろう。

リンターはむろんのこと、軽薄なイリアも、イリアの腰巾着のデイサンダーも、ぱりぱりと小さな稲妻を頭のまわりにはじけさせて唇をひき結ぶ。

ところがヤエリは戸口まであとずさりした。

「あたしはごめんだわ。あたしはいやよ」

あっけにとられたきょうだいたちの視線を一身に集めて、ヤエリは扉にぴったりと背をつけ、前かがみになった。それは野生の猫が、毛を逆だてて威嚇《いかく》する姿を彷彿《ほうふつ》とさせた。

「大体まちがってるのよ、きょうだいで争うなんて。ナハティにはナハティのしたいようにさせればいいじゃない。みんなそれぞれにやりたいことをやれば、それでみんな丸くおさまるわ」

「ヤエリ……今はもうそのような段階ではないのだが……」

とリンターがつぶやき、

「ヤエリがそれを言うのか」

とイリアが失笑し、

「犠牲者が大勢出ているの、もうそんなことを言っている場合ではないのよ、ヤエリ」

とカサンドラがたしなめるようにやさしく言ったが、

「だからなに？　なんであたしたちが手を汚さなければならないわけ？　イザーカトの責任？　だったらカサンドラとリンターで背負えばいい。あたしたち下のきょうだいまで巻きこまないで。二人の力足らずをあたしにまで背負わせないでよ」

カサンドラとリンターの同じ形の眉が同じようにひそめられた。デイサンダーの声がその一瞬の静寂に響く。

「なんで？　ぼくにだって責任はあると思ってるよ、ヤエリ」

するとヤエリの黒い目、黒曜石のように底光りする目がデイサンダーをねめつけた。

「やっと良心に目覚めたってわけ？　はっ、いまさら」

「ヤエリ……」

「あんたたちはいつも意地悪よね、イリア、デイス、いつも二人くっついて。あたしをからかって。カサンドラもリンターもいつも二人一緒。あたしはずっと一人だったのに。ミルディを亡くしてからずっと、誰もあたしに目をむけてくれなかった。でもナハティは違ったわ」

ちょっと待ってよ、ヤエリ、今そんなこと言ってる場合じゃないだろう、とイリアがつぶやく。ヤエリはそれにかぶせるようにさらに言いつのった。ミルディは自分の半身だったのに、あのあと誰も自分を支えてくれなかったこと、八人もきょうだいがいたのに孤独感は癒されなかったこと。だが、ここにいたってようやく、ナハティがあたしに目をかけてくれるようになった。

「ナハティもずっと一人だったって。あたしのことがよくわかるって言ってくれた。だからあたしが望むなら、〈神が峰〉をくれるって」

呆れはてたような小さな一声をあげたのはイリアだった。〈神が峰〉ではレイヴィ神を至高神として祀っていた。コンスル帝国に根づいている神々の上にレイヴィ神なる存在を置いた新興宗教だった。レイヴィ神は、ほかの神々と違い、祈れば罪を清めてくれ、死んだときには〈死者の丘〉に素早く魂を導いてくれると信じられていた。だが、

「なんで、いきなり……」

とイリアがつぶやくのは、ヤエリの思考の軌跡をたどっていけないからだった。

「いきなりじゃないわ、あたしはずっと思っていた。イザーカトの血なんて、いらない。こん

な、魔道師の汚れた血なんていらない。あたしはきれいになりたい」

どういうこと、とデイサンダーがイリアを見あげ、イリアは首をふってリンターを見あげる。

数呼吸の沈黙のあとでリンターがようやく口をひらいた。

「つまりは、魔道師の戦いや世間の汚濁《おだく》に自分の生活をかきまわされたくない、というわけか？」

「そう。きょうだい喧嘩やつまらない馬鹿騒ぎや権謀術数うずまく宮廷やらはもうたくさん。あたしは静かに暮らしていきたいの。静謐《せいひつ》で清らかに。光に満ちて、闇なんか見なくてもいいように」

そんなのあるの、とデイサンダーが尋ね、あるわけないだろ、とイリアが首をふる。ヤエリは横目で二人をにらんだ。

「そらね、そうやって、二人してあたしを馬鹿にする。〈神が峰〉をもらったら、あたしは大きな神殿を建てて、あたしを馬鹿にしない立派な騎士団をつくってレイヴィ神に祈る暮らしを送るの。だから邪魔しないで。そろそろ、あたしのやりたいようにやってもいいはずよ」

「目をさませ、ヤエリ。ナハティはそなたをわたしたちからひきはなそうとしているだけだ。〈神が峰〉に行ったとしても、その孤独感は癒されることはないと思うぞ」

「そんなことにはならないし、ナハティはあたしを大事だと言ってくれたわ。〈神が峰〉のことも、あとあとまで支援してくれるって。姉さんは、あたしのことをちゃんとわかってくれる。ミルディが死んだとき、イスリルの魔道師に復讐するって真っ先に言ってくれたのもナハティだった。あんたたちと大違いよ、イリア、デイス」

名指しで非難されても二人にはヤエリの気持ちを理解することができなかった。リンターがあきらめずに説得しようと一歩踏みだしたのを止めたのはカサンドラだった。

「もういいわ、リンター。行かせてやりましょう」

「カサンドラ……」

「ヤエリはまだ夢を見ているのよ。女の子が必ず抱く幻想が、現実と重なって互いに折り合いをつけられるには、もう少し時間がいるんだと思うわ。だから、それまで待ちましょう。自分で納得したら戻ってくるわ」

そうしてヤエリにうなずいた。

「いつでも戻ってきなさい。どこでどうしていようとあなたはわたしの大事な妹よ」

いくらヤエリでも、幼いときから自分の面倒を見てくれたカサンドラに対してだけは悪態をつくことはできないようだった。感謝のまなざしを少しばかりうるませて後ろ手に扉をあけると、ゆっくりとあとずさって敷居をまたぎ、姿を消した。

四人になってしまったきょうだいたちはとぼとぼと都の居住区《インスル》に帰った。外回りをめぐるコンセロを横断し、ケーナ通りを東へ曲がろうとすると、なにやら騒々しい空気が路上に流れ、パン屋や仕立て屋の店先には人々がより集まってひそひそと、肩をすくめたり溜息をついたり。きょうだいたちが近づくと、彼らはおもむろに口を閉ざし、さりげなく離れていって商売のかけひきに戻った。

さらに進めば、人だかりは大きくなるばかりで、どうやら宮廷のあるイリオンの丘方面で何か事件があったらしい。それでも彼らが近づいていくと、それぞれにそっぽをむいたりそそくさと離れていくので、とうとうイリアが女の人たちの多くかたまっている一角に三人を従えるようにして突進した。花売りから花を買い、隣のおばさんの耳飾りを褒め、その脇でしゃべりたくてうずうずしてる様子の行商のおかみさんに、無邪気を装って何があったの、と尋ねた。

一部始終を怖いもの見たさでのぞいていた彼女から聞いた話では、宮廷を出たところで、宮廷魔道師たちがナハティを捕らえようとしたということだった。数々の罪状を半刻に及んでのべたて、そのあとおもむろに縛せんとしたそうだ。敷石や屋根瓦が蝙蝠《こうもり》や蛇になり、大気が真っ黒くなるほど呪文が唱えられ、剣が雨のように宙を飛び、当たれば石になる鞭《むち》やら毒の花粉やら縛《いまし》めの光やらが襲いかかった。しかしナハティは、

「防護魔法と攻撃魔法を同時に発動する余裕があったな」

「罪状読みあげなんて悠長なこと、してるから」

「ナハティにそんなもの、通用するはずないわ」

「問答無用で奇襲しなけりゃ」

とイザーカトきょうだいの厳しい意見が示すように、大した打撃は与えられなかった。対してナハティの反撃は一瞬だったが、すさまじいものだったらしい。魔道師たちの髪や服に突然火がついたという。転げまわる者、水を呼びだして消そうとする者、噴水に飛びこむ者、走りだして遠巻きにしていた市民のあいだにつっこみ、露店の天幕を焼く者。ナハティは指一本動か

さなかった、と行商のおかみさんは唾を飛ばして話した。なのに、あっというまに、二十人はいた魔道師を黒焦げにしちまったんだよ。

話を聞き終わって再びのろのろと歩きだしたが、すぐにカサンドラがぴたりと足を止めて言った。

「ナハティは今どこにいるのかしら」

「たぶん、イリオンの丘の屋敷」

とイリアがうつむいて答える。ナハティが手に入れた三つのインスルのうちの最も宮殿に近い一つである。インスルまるまる一つがナハティの屋敷になっていて、空き部屋のほとんどは賂《まいない》として贈られたものではちきれそうになっている。彼女はここ一年、きょうだいたちのところには帰ってきていない。強欲な竜さながらに、財宝の上にすわりこんで専横の炎を吐き散らしている。

「あなたたちは帰って待っていて。わたし、これからナハティと話してくるわ」

すがりつくような目をした下の弟二人ににっこりと笑いかけ、それぞれの肩に手を置いて大丈夫よ、と言ったカサンドラは、沈みゆく太陽のようにまばゆかった。リンターは唇を厳しく引き結んで気をつけろ、とつぶやいた。みな、これがどれほど危険な賭けか、よくわかっていた。ナハティのことだ、そうやすやすとカサンドラの説得に応じるわけがない。それでもカサンドラは行くと言う。ならば三人は、待つしかない。今生《こんじょう》の別れになるかもしれないという予感は、みなの胸の内にあった。が、どうしても避けてはいけない道というものがあることもわかっていた。

「この二人をお願いね、リンター」

「カサンドラが帰ってくるまで、手綱をつけておくよ」

カサンドラは沈みゆく太陽の瞳でもう一度弟たちの顔を順々にながめわたし、ゆっくりとふりむくといまだわずかに騒々しい空気の漂う大通りのほうに歩いていった。

一晩中カサンドラを待った。カサンドラは戻ってこなかった。翌日も一日待った。さらに次の日も。兄弟三人はカサンドラの運命を思った。都のおしゃべりスズメどもの噂には、イザーカト姉妹の名前は含まれておらず、それゆえなおさら確信が深いものに変わっていく。カサンドラはナハティに捕らえられた。あるいはもう殺されてしまったか。説得は無意味だった。たぶん、ナハティは残り三人に服従を迫ってくるだろう。あるいは、不意をついて穏やかならざる方法でインスルの一つや二つは吹きとばしてしまおうと思っているのかもしれない。半端ではないだろう魔法攻撃に備え、ありったけの護りを敷いた。敷地の八箇所に呪文を刻んだ陶片を埋め、第一の結界とし、さらに内側に二重、三重と護符を置き、防護の繭《まゆ》をつくった。三人は屋敷の中心の父の書斎だった部屋に閉じこもり、ナハティを待った。

四日めの陽が落ちるころ、なんの前触れもなく、一番外側の結界が破れた。埋めておいた陶片のすべてが空中ではじけた。次々に防護が突破された。三人は息をはずませたナハティが書斎の扉をおしあけるのを待った。

だが、次なる気配はなかった。油断なくさらに待ったが、それっきり静まりかえっている。

とうとうイリアが進みでて、隙間から糸のように細い風を送り、ナハティの存在を探った。しばらくしてふりむいた彼は、首をふった。

「ナハティはいない。いなくなった」

そろそろと部屋を出て、中庭まで進んだ。陶片がこれ見よがしに山となっている。その前方になにやら黒い塊が置かれている。ナハティが何かを置いていった、魔法のかかった何か、呪《まじな》いの道具か、それとも罠か。

近づいたイリアが、絶句して立ちすくんだ。その顔からたちまち血の気が引いていく。後ろからついていったリンターがよろめく。うめき声を発して両膝をついた。そんなリンターをデイサンダーは見たことがなかった。どんな敵を相手にしても、両膝をつくリンターなど考えられない。一体あの塊はなんなのだ？

イリアの隣まで歩を進めてかがみこみ、凝視してようやくそれが、半ば炭化した人の亡骸《なきがら》だとわかった。頬が裂けて頬骨がはっきり見えていた。片目がくりぬかれ、顎が砕かれ、舌もぬかれていた。全身の皮膚はずたずたに裂かれ、指はすべてあらぬほうに折られていた。長く苦しむように、低温の火で全身をあぶった形跡もあった。

カサンドラだとわかったのは、むしられ、あぶられた髪の残りが赤銅色だったから、そしてちぎれかかっている手首に、高温の火にめくれかえった銅の腕輪がかろうじてひっかかっていたから。彼女から奪われなかった唯一のものだった。

デイサンダーはようやく理解した。理解したとたんに、全身の力がぬけていき、腰が砕けて尻餅をついた。

激昂《げっこう》したナハティが何をするかわからない、とは思っていた、しかし、こんな――こんなことをするなんて。いかに嫉妬や憎しみがあっても、きょうだいだったはずだ。同じ血の流れる肉親ゆえに、断ち切れない愛や絆《きずな》もあったはずだ。肉親ゆえの憎悪と愛のからまりあった根が深くそれぞれの心をがんじがらめにし、生命のやりとりさえ覚悟はしていた。だが、これは。妹をいかに憎んでいたとしても、このような苦しみを与えつづけて――三日？　四日のあいだか？　指の爪一枚はがすのにかけた時間はどれほどだ？　ほんの十呼吸かそこらだろう。それを、――四日も？

おのれ自身の肉を氷の欠片《かけら》で削られていくようだった。氷河に押しつぶされて流されていく。背骨を冷たい水が這いあがってくる。髪も凍るような風が目の中から頭蓋骨の中に入りこんで吹き荒れている。歯が鳴るのを止めることができなくなっている。

リンターは震える手でカサンドラの頬にふれた。彼の内側で、最も輝かしいものが砕け散っていく。竪琴《たてごと》の弦が次々に切れていく。血の一滴一滴が沸騰し、凍りつく。陽がかげり、永遠に雲に閉ざされる。月は闇の地平線に没し、二度と昇ることはない。潮が渦巻き、雷がはじけ、大地の下で芽吹いていたものが枯れていく。イリアが制御できなくなった風の中で何かを叫び、デイサンダーは緑が焼かれるのを護ろうと身を縮こめる。轟音《ごうおん》とともにインスルがすべて崩れ落ち、土煙がもうもうとたちこめた。

粉塵が晴れ、いまだ大気が紫電を発しているさなか、リンターは立ちあがっていた。粉々になった青金石《ラピスラズリ》の欠片を闇の目に宿して、漆黒《しっこく》に染まった霊気をまとって。彼は二人の弟をふりむき、無言で問いかけた。ついてくるか？

四つん這いになっていたイリアはゆっくりと起きあがり、わななく両手で髪をかきあげた。デイサンダーはまだ震えていた。しっかりと奥歯を嚙みしめる。そうしなければ、かちかちと鳴って止まらない。意を決して二本の足を踏みしめる。ナハティをこのままにしてはおけない。彼女は闇のさらに奥深くの、魔の領域に入っていったのだ。ほうってはおけない。力の入らない膝に手を添えて、そろそろと立ちあがった。

幻は破れた。デイサンダーは東屋に戻っていた。思わずあえいで肺に空気を満たす。〈死者の丘〉の頂上、外縁に青い狐火がかしずき、リンターはうつむき、イリアは唇をゆがめている。ほかの三人の蒼白な顔も浮きあがっている。それで全員が同じ幻を見たのだと知った。

子どもの声が上からふってきた。

――あたしは護る者。

ミルディが天井近くに浮いていた。肩までの姿は白い靄《もや》につつまれてはっきりしないが、声はまごうことなくミルディだった。

――死者を護り、丘を護る。何かご用？

「ミルディ、ぼくだ。イリアだよ。やっぱりここにいたんだ。……カサンドラは？　カサンドラはどこ？」

——イリア……。カサンドラはここにはいない。傷つきすぎて、カサンドラではいられなくなってしまったから。

リンターのこめかみで火花が散り、かすかに丘が揺れた。

——リンター。お兄ちゃん。それから……デイサンダー。大きくなったね。

「カサンドラがいないって、どういうこと？」

——ナハティはカサンドラの内側まで壊しちゃった。入ってはいけないところまで入り、ふれてはいけないものにふれ、してはいけないことをした。でもお兄ちゃん、お兄ちゃんもそこにはまりかけている。今つかんでいるものを手ばなさないと、お兄ちゃんまで壊れちゃう。

リンターは凄みのある笑いを浮かべてミルディを見あげた。

「ナハティを許すことはできない。カサンドラが消えてしまったのなら、なおさら」

——人の心をとるのは人の仕事にないのに。

「説教はいらない」

ミルディの輪郭がゆらいだ。どうやら溜息をついたのだろう。悲哀の微風が吹いてきた。それからミルディは視線を転じた。

——思いだした……、あたしを殺したイスリルの魔道師……。

ザナザはあわてて咳ばらいをした。

「ああ、その、許してくれるかな？　あれは……戦《いくさ》だった……とは言っても、人殺しにはちがいない」

――長い時間がたったね。もう、許すも許さないも、あたしにはないの。でも、デイサンダーがあなたを護ったんだ。それはよかったと思うよ。デイスのしたことはいいこと。デイスは戦の道具にならなかった唯一の魔道師。

「ヤエリは今もぼくを、役たたずって言ってる」

と本人は微笑む。

――イリアが風をおこし、雨をふらせ、デイサンダーは緑を育《はぐく》む。大事なのはそういうこと。

……お兄ちゃん、リンター、どうしても戦うの？

「けりをつけなければならない。わたしを滅ぼすとそなたは言うが、前へ進んで淵に落ちるのなら、それはそれで意味があると思っている」

――ナハティは待ちかまえているよ。あなたたちが目覚めたかどうかを知るために、こそ泥をわざと逃がしたんだもの。

げげっとビュリアンが目をむき、ザナザがうめいた。

「あの石を取ったりするから」

――避けられない衝突なんだろね。こうなるしかないのかな。

「そなたには悪いが」

――ナハティへの道が聞きたいんだね。

ミルディは空中にぼんやりした地図を描きだした。

――〈栄えの町〉は知ってるよね。その南東に〈黒蝶湖〉がある。お兄ちゃんとナハティが最後に戦って吹きとばした山のあとだよ。一緒に戦った魔道師たちがみんな魚になっちゃって、その水を飲んだり魚を食べたりすると竜になる。

「嘘。まじ？」

ビュリアンのつぶやきが耳に入ったらしく、ミルディがむきを変えた。

——試してみた者はいないけど、たぶん嘘。わけのわかんないのが棲んでるから、そう言われてきたんだと思うよ。

「わけのわかんないの？」

イリアとデイスが声をそろえてオウム返しに尋ねる。

——人の形してるけど、人じゃない。白い竜になることもあるけど竜でもない。大昔からいて、山々の峰をまわっているけどここ百年くらいは湖周辺に出没している。イリアの風の力に関わっているし、カサンドラの水の力とは深いつながりがあって、デイサンダーの緑の力とも縁があるみたい。よくわからないの。でも、彼にうまく会えて、機嫌がよければ、ナハティの寝床に通じる道を教えてくれると思う。

一行は互いに顔を見合わせた。イリアがつぶやく。

「本当にわけわかんないの、だな」

「湖に行けば、それに会えるということだな」

——たぶんね。気をつけて。近づけば近づくほど、ナハティの力が大地を縛っているからね。

花の香りが薄れ、香の煙がかすかになった。ミルディの姿も水面をゆらしたかのようにうつろって、まもなく消えていった。

地面近くにとどまっていた青い狐火が二つ三つ、縦にのびたかと思うやちぎれてシャボン玉のようにいくつもの球になり、かすかな閃光とともにはじけて消えた。デイスはあとに残った暗闇の深さに、ぶるっと身震いした。

12

湖にむかって〈死者の丘〉をおり、低い尾根をいくつかこえていく。空は浅黄色に広がり、野は鮮緑をいだき、山々は生まれたばかりの子羊のようにそこここでくつろいで、産毛を陽射しにあたためている。世界には六人の旅人しかいないのではないかと思わせるような、一人の人とも出会わない日々、稜線に沿ってつづらおりの獣道《けものみち》をたどり、どこからか飛んできた野生のリンゴの花びらを肩に受け、遠くの森から漂ってくる青ブナの新芽の香りにつつまれれば、カサンドラの死を再体験したあとのやるせない冷たさも少しずつとけていく。自然に足取りはゆるやかに、眉間を険しくしていたデイスとイリアにも軽口が徐々によみがえってくる。

冬のあいだから口数少なく、蚕《かいこ》の繭《まゆ》のようであったビュリアンの表情にも、明るさが戻ってきていた。ただ以前のような嘲《あざけ》りやののしりの言葉は影をひそめ、その瞳の奥に沈んだ深い色は色濃い紫水晶、何かを思い定めたようでもあった。

陽炎《かげろう》のたつ眼下の岩場に、長い尻尾をたらしてだらしなく身体をのばしている山猫を目にしたり、狐の母親が毛玉のような子どもたちをまとわりつかせながら草間をゆっくり散歩しているのをながめたりしながら、耳はさえずりながら空を横切るヒワやシジュウカラの声を心地よく受けとめ、弧を描く鷹の偵察を風に感じて進んでいく。

夜も湿り気を帯びた暖かい空気につつまれ、躍る朱色の炎を囲んで星々の伝承語りや昔話が楽の音のように流れていく。とどめおくことのできないこうした日々が何よりも貴重なものだったとは、誰しもがすぎさってしまったあとで思いおこすこと。

とある宵、湖にあと数日という疎林《そりん》のはずれを宿と決めた。青ブナの新芽はひらいて銀の縁取りの青い葉に変わりつつあり、幹は薄闇に浮かんで大理石の柱のようだった。竈《かまど》をつくるリンター、しとめた雉《きじ》の羽根をむしるデイス、ナイフを研ぐビュリアン、イリアは枯れ枝を集めに林の奥へ、ネアリイとザナザは革袋を持って少し離れたせせらぎへと水を汲みにいった。

赤い炎が燃えあがり、小枝がぱちぱちとかわいらしい音をたてはじめた。リンターはもう一羽の雉に手をのばした。二人で羽根をむしり終えるとビュリアンがさばきはじめる。イリアが戻ってきて両手いっぱいにかかえていた枝をおろし、合財袋《がっさいぶくろ》から昼につんでおいた野生の香草を取りだした。あたりに薄荷《はっか》の匂いが漂った。

「ねえ、水はまだかな」

鍋に薄荷をちぎりながらイリアは尋ね、そろそろ戻ってくるよ、とデイスがうけあう。

しかし二人は戻ってこなかった。鳥をビュリアンがさばき終え、リンターが薪《たきぎ》を足してもネアリイとザナザはあらわれず、弟二人は顔を見合わせた。

「おぼれたりしていないよね」

「まさか。たかだかくるぶしまでの小川だぞ」

それでも、うつ伏せに倒れているネアリイの姿を想像した二人はぱっと立ちあがって駆けだした。

　疎林をぬけ、斜面をおり、小川に駆けこんでネアリイを呼んだ。どこかで耳ざわりな鳥の声がした。二人は耳をすませて、せせらぎの音と声を聞き分けようと立ちどまった。

「あれだ！」

とイリアが左手で叫び、デイスは闇の中に水をはねかしながらあとを追う。

　岸辺の砂利の上に倒れているザナザがうめいていた。デイサンダーがようやく芽吹いたばかりの夜光草に呪文をつぶやくと、たちまち草丈がのび、つぼみをつけ、花ひらいて光りだした。

イリアはザナザをかかえ起こしながら、

「ネアリイは？　ザナザ、ネアリイはどこ？」

と叫ぶ。

「すまん、油断した」

　ザナザの後頭部から血が流れ出ているのがわかった。

「銀戦士が二人、いきなり襲ってきた。あの野良犬どもめ」

「銀戦士？　じゃ、ネアリイは」

　毒づくザナザを起こしながらようやく聞き出したのは、銀戦士が突然背後からあらわれ、一人がザナザの頭を剣の柄で殴り、ネアリイをさらっていったということだった。

「センセダス、だったか……、あいつが……」

「センセダスが」

イリアの頭の上で蛍火がはじけた。

「どこに行ったかわかる？　ザナザ、ネアリイはどこにつれていかれた？」

「〈栄えの町〉に来い、と。……デイサンダー、きさまへの伝言だ……」

デイスの髪の毛もぱちぱちいいはじめた。

「なんで？　なんでネアリイ？　ネアリイは関係ないのに……！」

そこへ、林のほうからビュリアンとリンターの声がした。夜光草が二人を導いたのだろう、ふた呼吸あとには二人がそばにいた。事情がわかったリンターは、音をたてて息を吸い、

「すぐに追いかけるぞ」

とうなった。

傷の手当をしてから荷物をまとめて追いかける、先に行け、とザナザがうめきまじりの声で言った。ビュリアンもザナザについていてくれるとうなずいたので、三人の兄弟はその場からすぐに追跡にかかった。

疎林の西側にうねうねと走る獣道が、やがて南下して湖へ達するものと、西進して大街道につきあたるものとに分かれた。三人は星明かりを頼りに、大街道を目ざす。足元にはヒナギクやユリのつぼみやらが揺れ、空には〈狩人〉が、先をめぐる〈ウサギ〉〈熊〉を追いかけ、春の夜の甘い夢を歌っていたが、デイスにはもはやそれらの営みを気にかける余裕など残っていなかった。

ネアリイに何かあったら、ヤエリを太い蔓《つる》でがんじがらめに縛りあげ、それこそ百年二百年

の牢獄ともなるべき大地の塚をつくって閉じこめてやる。あの潔癖症の驕慢な姉のまわりに虫を這わせ、モグラを呼び寄せ、ネズミにかじらせてやる。銀戦士どもも一緒に放りこんで。走りながらこちらを見たイリアの目が、狼のような燐光《りんこう》を放った。イリアも同じことを考えていたらしい。

「あいつら、みんなまとめて北風ですくいあげて、〈黒蝶湖〉にたたき落としてやるから」

夜通し走りつづけても追いつけなかったのは、銀戦士たちが騎馬だったからなのだろう、東の空がわずかに明るくなりはじめたころ、〈栄えの町〉を見おろす低い丘に立ったとき三人が目にしたのは、瓦礫《がれき》と化した町のあちこちから粉塵が巻きおこり、煙がたなびいている有様だった。

帝国第二の都市は、二、三日前に襲来したらしいソルプスジンターの群れによって壊滅していた。塔は折れ、軍功をあげた将軍たちの凱旋門は倒され、議事堂や皇帝の別宮は穴だらけになっていた。黒と灰色の煙ははるかな丘陵からも望むことができ、周辺の野や森林には生き残った人々が避難していた。

破壊された町並みはいまだ闇に沈んでいたが、それでもぎざぎざの壊れた鐘楼の影がくっきりと浮かびあがっているのが見えた。破壊は西に進むほどひどくなっているようだった。

粉塵が空気中を漂い、火に巻かれた人の肉の焼け焦げる臭い、ソルプスジンターが食い散らかした人々の血の臭いが鼻をついた。それはどうしてもカサンドラの最期に重なり、デイサンダーは傷口をこじあけられたような痛みを覚えた。リンターは黙してはいたが、身体中から火の粉を噴きだしていた。イリアの横顔がついぞなくこわばっていた。

ソルプスジンターの群れはなぶるだけなぶって去ったようだった。大通りの両側の損傷が特に激しかった。

大通りを西へ、惨禍《さんか》の漏斗《ろうと》を下っていく。朝方の冷えこみがきつくなってきたので、臭いはさっきほどではない。しかしいまだ煙がたちこめ、肉片と血の散らばりようはますますひどくなっている。

ソルプスジンターの姿はない。彼らは夜は飛べない。ということは、鳥目なのか。蝙蝠《こうもり》のように逆さにぶらさがっているとは思えないが、どこかでかたまっていることは想像できる。朝陽が一番先に射す場所。よかった、今夜は闇夜だ。

町の最西端まで来たとき、広場のあるなだらかな斜面の上に、神殿と貴族の霊廟《れいびょう》が一緒くたになった大きな建物が薄白く浮きあがった。神殿の幅広い屋根と霊廟の急角度の屋根が折り重なっている。その東向きの隙間隙間に、黒い巨体が禍々《まがまが》しい剣となって刺しこまれている。その数十あまり。

そして、その神殿の手前の半ば崩れた鐘楼に、ヤエリは待ちかまえていた。鐘楼は中ほどから折れて壁が崩れ、白々と明けそめてきた光に、螺旋《らせん》を描く石段を骨のようにさらけ出している。ヤエリはその最上階の踊り場に、灰色の影となって佇立《ちょりつ》していた。

三人は駆けのぼっていった。ヤエリの後ろには、今にも落下しそうな壁を背に、二人の銀戦士に押さえこまれているネアリイの姿があった。その胸元には魔法封じの剣、ヤエリが合図一つ送れば即座にネアリイをつらぬく構えだ。

ヤエリは腕組みをしている。頬がこけ、色艶《つや》をなくしたその顔は、この一季節で急激に老《ふ》けた様子。左右に銀戦士を並べてはいるが、こちらにもかつての勢いはない。着ている長上着は煤《すす》と埃《ほこり》にまみれ、繕《つくろ》うことももはや不可能なほどに破れている。

ネアリイは気丈にも背筋をのばして歯を食いしばって耐えていたが、デイスを目にするやたちまち涙を浮かべた。

「ネアリイをはなせ、ヤエリ。われらの確執に彼女は関係ない」

とリンターが凄みのある深い声で言った。

「そうでもないわ」

と答えてヤエリは恥とも感じていないようだった。

「ナハティが教えてくれた。デイサンダーの弱点をさがせってね。リンターのときにはカサンドラだった。今日はこのお嬢ちゃん。三人して駆けつけてきたところを見ると、やっぱりそうだったみたいね。動かないで！　魔法の一つでも使う素振りを見せたら、センセダスの剣も動くわよ。じっとしていなさい」

リンターの全身に紫電の網が走った。

「これはナハティの入れ知恵か」

「大地のこだまが聞こえなかった？　あたしにいろいろと教えてくれるナハティの声が。あんたたちを無力にしたら、あんたたちが破壊しつくしてくれた〈神が峰〉を直してくれるって。

卑怯《ひきょう》とかなんとかって言わないでよね。レイヴィ神の御ためならなんでもするわ。それに、魔道師三人をいっぺんに始末したら、あたしの罪もきれいに消えると思うの」

そう言うヤエリの口元に、狂気の欠片《かけら》のような皺《しわ》が浮かんだ。

「ヤエリ、話し合おう。でもその前にネアリイを返して。罪なんかないよ」

とデイサンダーがひきつった声で訴えるが、ヤエリはせせら笑うばかり。

「いまさら！　何を話し合うっていうの？　ずっとあたしを馬鹿にしていたくせに！　いつもカサンドラしか眼中になくて、あたしをないがしろにしていたくせに、いまさら理解したふりをしてみせようっていうの？」

ヤエリをないがしろにしていたつもりはない。ああ、だが、彼女がそう感じたとしたら、イリアとデイサンダー二人の浅はかさがそう思わせてしまったのかもしれない。昔は人の気持ちなど頓着しなかった。ただただおもしろいと思うことに飛びつき、後先考えず、しつけの足りないやんちゃな子犬同然に、親しみゆえの多くのからかいの一つ一つがヤエリを傷つけていたとしたら、謝罪するしかないのかもしれない。そう思う一方で、ヤエリの傷つき方を勝手な思いこみだとも感じ、「役たたず」とののしられたことも少なくなかったと反撥も頭をもたげる。

「ともかくネアリイをはなして。これはぼくらきょうだいの問題だろ？」

ヤエリは口角をわずかにもちあげた。

「いいわ、リンター、イリア、あなたたちはさがって。デイス、あんただけこっちへ。一歩ずつよ」

ゆっくりと三歩前進すると、ヤエリとの距離は半馬身まで縮まった。彼女は片手をさしだしてきた。

「その肩留め《フィブラ》をよこしなさい」

〈太陽の石《オルヴァアン》〉を？　こんなものがほしかったのか？

不審に思いながらも長外套《セオル》からはずして渡す。ヤエリは曙光《しょこう》に石をすかして中をのぞきこんだ。

「これが……デイサンダーを護った緑……」

デイサンダーはぎょっとした。なんだって、と問いかえすと、ヤエリの身体中から雷光がほとばしって、ぱちぱちと音をたてた。ヤエリの微笑みは勝利のひらめきから奸計の邪《よこしま》さをまとっていく。

「単純なデイス、教えてあげる。昔、ナハティはあんたを一度葬った。最後の戦いのときにね。ナハティが一番怖れていたのはあんたよ、デイス。なんでリンターじゃないかって？

リンターはナハティと同じ力を持っている。手の内がわかりすぎるくらいにわかっていた。けれど、デイス、あんたはきょうだいたちの中でただ一人、緑の力、生命に関わる力を持って生まれた。それがナハティには怖ろしかった。だから、この前の戦いのときに、リンターよりもあんたのほうを先に葬ろうとしたの。本当ならあんたはここにいないはずだった。だけどリンターがあんたをかばった、戦いながらね。リンターとナハティは互いを深く傷つけ、互いに大きな痛手を負った。それで二人とも山の根で傷を癒すことになってしまったのだけれど……、リンターにかばわれても、あんたは死んでいるはずだった。何があんたを生かしたか、ずっとナハティは考えていて、ようやく思いあたったのが、これ、〈太陽の石《オルヴァアン》〉。この石の力が、あんたを生かした。これがなければあんたは本当にただの役たたずになるのよ。そして……」

ヤエリが持ちかえたフィブラの石は、おりしも東から昇ってきた朝陽に鮮烈な緑の光を放った。朝陽は同時に神殿の間にも射しこみ、ざわざわと巨大な黒い翼がうごめきはじめる。ヤエリは邪な笑みを口元に刻みながら食いしばった歯のあいだからうなるように言った。

「これがあんたを打ちのめす」

ふりむきざまに、ヤエリはネアリイの首にフィブラの針を突き立てた。ソルプスジンターの叫びがしじまを切り裂いた。

デイスは息をのんだ。ヤエリが針をひきぬく。デイスが飛びだす。分厚いセオルを留めるのに使われる鋭く長いピンから、ネアリイの血がしたたり落ちる。ネアリイの両手がほとばしる血しぶきのあいだにさしのべられ、デイスの腕の中に落ちてくる。

イリアがヤエリに体当たりした。ヤエリの悲鳴とソルプスジンターの咆哮《ほうこう》が重なり、二人はからまりあい、壁を崩しながら、石段を転げ落ちていく。リンターの炎が銀戦士どもの正面で竜さながらの雄《お》叫《たけ》びをあげる。センセダスたちは思わず退いた。直後に、その背中をソルプスジンターの鉤爪《かぎづめ》が襲う。

ネアリイのぬくもりを胸の内に抱きとめつつ、天を仰いだデイスの耳に、銀戦士二人の絶叫がこだました。出血を止めようと傷をまさぐりながらそろそろと尻をつき、うわごとのようにネアリイを呼ぶ。これは嘘だ、と思いこもうとした。こんなこと、現実ではない。周囲でおきていることが透明な毛布一枚むこうにあるようだ。視点が定まらず、めまいがする。それなのに、温かいネアリイの血が、彼を容赦なく現実にひきもどす。

リンターは二人の前に仁王立ちになって、次々に目覚めるソルプスジンターに炎と雷の呪文を唱えている。ソルプスジンターの槍が頭上をかすめ、壁にぶち当たって鐘楼の残りの部分を崩していく。

鼓動に合わせて噴きだしてくる血は、指のあいだからほとばしり、したたり、あたりを真紅に染めていく。瓦礫とともに落下しつつ、ネアリイをきつく抱きしめながら、むなしく噴きだしていく赤い奔流を絶望のまなざしで見つめるしかできない。ネアリイ、ネアリイ、姉さん、逝《い》ってはだめだ、しっかりしろ、と震える声で呼びつづけるが、ネアリイの目はどんどん光を失っていく。落雷の衝撃が空気を震わせ、炎の柱があがる。

リンターが大地に手をつき、呪文を唱えた。それに応えたのは、大地の深く熱いところだった。すぐに鳴動が津波のように西からやってきたかと思うや、落雷さながらの轟音《ごうおん》とともに、地面が左右に裂けた。同時に噴きあがってきた炎の柱と水蒸気が、一気に空高くまで太い柱をつくりあげた。天まで達したと思ったその瞬間、大きな丸いかさとなって花ひらく。

数体が一瞬で焼けるのを見た。否、焼けたのではない、溶解した、蒸発した、消滅した。地面にひらいた裂け目が大地にとってはほんの針穴ほどだったとしても、その小さな噴出孔が大気に及ぼした影響には、すさまじいものがあった。大気は遠くの山腹まで押しやられ、峰々にぶつかってよじれ、木々を押し倒し、根こそぎにした。風と風が衝突して雲をつくり、たちまち稲妻が天空いっぱいにひらめき、数本の竜巻が天を支える柱となって出現した。

魔力の中心にあって、リンターは黒風石《オブリウム》の母岩さながらに泰然とたたずみ、吹きすさぶ爆風の中で額を星のように白く輝かせて、ひしゃげた球状の雲がもりあがり、逃れようと飛びたったソルプスジンターの残りを爆風にさらい、翻弄し、のみこんでいくのを見とどけていた。地底からわきあがった巨大な雲はさらに、茶金色から黒、赤銅《しやくどう》色とめまぐるしく変色し、醜い瘤《こぶ》を何百とつくり、星まで届くほどにふくれあがっていく。

デイサンダーは、瓦礫のあいだにうずもれてネアリイを抱きしめながら身震いした。これは、人の領域を超えたことだ。いかな魔道師の中の魔道師だとしても、この世を滅ぼすソルプスジンターを壊滅させる手段だとしても、してはならないことではないのか。大地が軋《きし》みをあげている。無理矢理ねじまげられて悲鳴をあげている。ふれられるはずのないものにふれられて絶叫している。リンターはわかっていて禁忌《きんき》を破ったのか？

復讐の亡霊さながらに町の上に立ちあがったその雲は、最後にまぶしい白銀に輝いたかと思うや、縦にのびて白い一筋となり、天と地のあいだでためらったかのように動きを止めた。あってはならないものを目にした、という畏怖《いふ》を彼らの心にしっかりと焼きつけたあと、湯気のように跡形もなくふっと消えさった。

山々の端で遠雷が戦いの名残をつぶやいていた。行ったり来たりしていた地鳴りも次第に小さくなっていく。

どれほど時がすぎたのか。やがて、空は清明に澄み、すっかり姿をあらわした太陽が輝きはじめた。イリアが瓦礫を吹きとばしてくれた。二人がうずくまっている場所に陽の光が射してきた。

ネアリイは血まみれのデイスの手に、ふるえる自分の手を重ねた。もう目は閉じていた。ほんのわずかに唇が動いた。耳をよせて聞いたのは、幼いころからよく言われていた言葉だった。

「……だめよ、デイス、そっちへ行っては……」

ネアリイ、とささやいたが、かすかな息を最後に、次の瞬間にはもう、ネアリイは逝ってしまったとわかった。重ねた手がずり落ちていく。

デイスのささやきは次第に大きくなり、やがて絶叫に変わった。それは鐘楼にわずかに残っていた基盤をも砕き、周囲に微塵《みじん》と吹きとばした。

イリアは倒れているヤエリの隣に両足を投げだしていたが、這ってきてデイスの肩を抱いた。二人の慟哭《どうこく》が遠雷のあとを追って山々まで響いていく。

こめかみから頬にかけて、鋭いナイフに削られていくようだ。身体中から熱が逃げていく。歯ががちがちとなった。髪の毛がソルプスジンターの鶏冠さながらに逆だった。両肩には天がのしかかってくる。頭の後ろで耳ざわりな鐘が鳴り、そのつど心臓に鎚がふりおろされる。

悲しみに浸っていられたのはどのくらいのあいだなのだろう、東門からザナザとビュリアンが駆けてくる姿が視界の隅に映ったと思ったとき、リンターがよろめいて膝をついた。彼の名を呼ぼうと口をあけたその直後、リンターはゆっくりと前のめりに昏倒していった。

デイスとイリアはネアリイの亡骸《なきがら》を抱きしめながら、リンターのほうに這っていった。ザナザとビュリアンの足音を背中に、イリアがリンターの肩にふれた。ゆっくりと身体を返したリンターの目の中で、最後の青金石《ラピスラズリ》の欠片が燃えつきていくのを見た。もはや彼の内側の闇をおしとどめるものはない。裂け目から噴出したあの雲同様に、急激な速さで広がっていく。

「リンター……」

リンターはイリアの肩をはずれて横たわった。彼を下からつきあげていたものが霧のように、瀝青《れきせい》のように、彼を冒していく。もはやそれをおしとどめる一点の光も、火花も、紫電もかき消えて、三百年来の怒りと憎しみだけが彼をおおっていく。カサンドラの復讐を誓った白い指がゆっくりともちあがった。イリアと二人でにぎりしめる。

「リンター、お願いだ、リンターまで逝かないでよ！」

とイリアが励ます。指先から伝わってくるものに、命の気配がなくなっていることに気づきつつも。

リンターの両目は空を見あげていたものの、すでに視力を失っていた。彼は少し咳きこみ、それからかすれた声でささやいた。

「あとは任せる、イリア、デイサンダー」

デイスは絶句した。リンターまでいなくなるなんて。そんな、嘘だ。

「二人にわたしのものを。イリア、そなたには炎と熱と火の力を。デイス、そなたには大地の力を」

「いやだ。……そんなもの、いらないよ。こんな急に……、いやだ！」

リンターが微笑んだ。ゴルツ山で目覚めて以来、はじめての笑顔らしい笑顔。

「時間がないことはわかっていたのだ……。憎しみは一度その味を知ってしまえば、紫芥子《むらさきげし》のごとくにやめられなくなる。黄金にもまして膝の下に敷いておきたくなる。手ばなせなくなり、手ばなしてはならぬと思いこむようになる。漆黒《しっこく》の霧が心臓まで満ちてきても、それこそが生きがいだと」

「リンター……」

「ああ、だが、無価値だったとは談じるまい。虚無よりははるかにいい。――そなたたちにはリンターの力をゆずるが、リンターの闇も一緒に渡ってしまうだろう。もうこれは、切り離せないものになってしまったゆえに。願わくば、わたしと同じ運命をたどらぬよう。ナハティと同類にはならぬよう。ビュリアンに頼んでおいた……デイサンダー、自分を責めるな。誇っていい。そなたは気づかぬうちにわたしを魔法にかけた……、そなたの緑の光を卑下するな……。わたしが最も欲するものを返してくれたではないか……。二人とも、復讐はもういい。好きなように生きよ――」

にぎりしめていた指先からリンターの力が流れこんできた。大地の鼓動。中心にありとあらゆるものをとりこんで熱くとけ、時を刻んでいく力。海の底深く、天に最も近く、沈みこみ、飛びあがり、凌駕《りょうが》する。ときに緩慢にときに性急に動き、気の遠くなるほどの時間をかけて育《はぐく》むと思うや、一瞬ですべてを変化させてしまう。月と太陽と星々との絶妙な均衡を保ちながら、生きとし生けるもののさだめを背負い、胸には生命の源であり死でもあるものをかかえ、太古に記憶した回転をつづけていく。満天にきらめく星座一つ一つの語り、さだめを歌いめぐる星の道筋が明らかになっていく。

圧倒的な勢いで流れこんでくるそれは、デイサンダーの緑の力をそこなうことなく、融合していく。大地が種と出合って発芽の褥《しとね》となるように。根とからみあって滋養の母となるように。ぬくもりを与え、陽の恵みを受けとり、虫けらにも棲まうことを許し、鳥にはさえずることをうながし、獣にも人にも生きて育めと命ずる。ときに大地を焦がす雷も、大地を削る大雨も、彼の理《ことわり》の一部となる。月の満ち欠け、星のめぐり、海原の潮が友となる。彼は無垢なるデイサンダーでありリンターでもあった。素直にすべてのものとつながり、相和し、わかちあっていく……。

しかし、その全き悦楽と歓喜の奔流のあとに、黒い霧がしみこんできた。底知れない喪失感と激痛。彼は闇にほうりだされた。身も心も凍りついた。小さな氷の欠片がぶつかり、鎚でたたかれたかのように粉々になった。サメに襲われたイワシの群れさながらに破砕されてなお、彼の核は激痛にのたうちまわり、寒さに泣き叫び、わが胸をかきむしって苦しみから逃れようとした。そうして、藁《わら》にもすがる思いでのばした手に与えられたのは、この痛み、苦しみ、哀しみ、この孤独感をもたらした霧そのものだった。霧ですべてをくるんでしまえば楽になれる。そうすれば痛みは加虐の喜びに、苦しみは嘲りに満ちた増上慢に、哀しみは鈍感に、孤独感は孤高の自尊心に変化し、しがらみから自由になれる。遠くきらめくあまたの星々、無限の銀河、闇の口をあける漏斗の漂うはてしない世界で、おのれだけが尊い存在、おのれだけが真の支配者、滅びぬ唯一のもの、あがめられるべき絶対者となりうる。そう、彼はナハティになる。

リンターの声が深くこだました。

だめだ。

だがどうしろというのか。ほかに方法はないのに。

胃がえぐられるような吐き気に、断末魔の獣の叫びを発した。リンターの断固とした声の響きで、星から星へと飛ばされていく。再びめぐってくることのない、軌道をはずれた彗星となって、太陽から太陽へ、暗黒星雲から暗黒星雲へ、寒冷と焦熱の狭間から狭間へと。ぐるぐると回る視界に映るのは、湖のような星雲、耳に聞こえぬ音を発する竪琴《たてごと》の形の老いた星の集まり、あるいは薔薇《ばら》の煙の一角、うごめく蜘蛛《くも》の巣のような漆黒の漏斗。幻影が幻影に重なり、無垢の薔薇が銀の風に引き裂かれ、竪琴が巨人の足に踏みつぶされる。ただ一つ残ったのは水晶の首飾りさながらの青く輝かしい若い星団、それは闇に透ける彼の心臓に揺れ動き、たゆとうている。その端の一個が鈴のような音をたてた。すると。銀の風はナハティの氷の目となり、無垢の薔薇はカサンドラの見るにたえない骸《むくろ》となり、死にゆくリンターとなっていく。

再び彼は吼《ほ》えた。痛みから、苦しみから、喪失感から、哀しみから、孤独感から、憎しみから。彼の核はそうして怒りの力を得た。紫電を発し、火花を散らし、黒く染まっていく。頭の中でひらめくのはカサンドラの最期。黒い霧が彼を支配しようと暴れるのを、その怒りの力で抑えつける。最も暗い隅っこに追いつめ、血の流れない暗黒の場所に押しやって、漆黒の両足の下に踏みつける。黒い霧はうごめきもがき反撃をもくろむが、怒りはそれを許さない。彼は命じる。そこに在れ、と。逃げ出すことも消滅することもぼくを支配することも許さない、と。

そうして……。

顎をあげ、鮮緑の目を鋭利な剣《つるぎ》の光できらめかせ、逆だつ髪から夜の闇に金と青に光る火花を散らし、足元には死者の塵《ちり》をまとわりつかせて立つ。

デイサンダー。

その横にはイリア。彼もまた風にちらつく金の極光をまとって立った。

イザーカトきょうだいの末の二人に遺産を渡し終えたリンターは、もはや息をしていない。しばらくののち、ようやくわれにかえったザナザが目蓋《まぶた》を閉じてやった。するとリンターは爪先から熾《おき》のように朱の輝きを発していき、あっというまに風に舞いあげられる火の粉となって宙に散っていった。

大気はいまだはじけている。埃同士が電気を帯びて騒いでいる。風もばりばりと音をたて、それにかぶさるのは四つん這いになって顔をゆがめつつも笑う、ヤエリの耳ざわりな嘲笑《ちょうしょう》。いや、笑いではない、あれは、慟哭か？

「……時間がないのはわかっていた……、それはわかっていたわ……でも、こんな、こんなふうに……ああ、リンター、兄さま……」

そしてヤエリは人差し指を二人につきつけた。

「……でも、ああ、なぜあんたたちが？　役たたずの二人が？」

指先が怒りに震え、首の骨が浮きあがり、ヤエリはしばし絶句した。それでもデイサンダーには言いたいことがわかった。リンターはなぜぼくたちに力を分け与えたのか。ヤエリではなくて。できそこないの弟二人に。穢《けが》れのないヤエリではなくて。

天から雷が次々にふってきた。あたりが白光でおおわれ、ものの輪郭《りんかく》が黒い線の残像となった。稲妻が大地を鞭《むち》のように打った。みな、仰向けに吹きとばされる。小石を嚙み、盲目となり、頭の中でも稲妻がはねまわる。

ヤエリ自身も雷に打たれて、地面につっぷした。それでもまだ、途切れることのない罵倒をつづけている。リンターへの恨み言、なぜあの二人が？　それからその憎たらしい弟二人をまちがいなく深く傷つけたおのが勝利を言いつのり、髪をふり乱し、すっかり、年老いた魔女だ。

ビュリアンがよろめきながら立ちあがった。途中で鳥さばき用のナイフを懐《ふところ》からようよう取りだし、じりじりとヤエリに近づいていく。デイサンダーは横倒しになった視線で、胃に氷の塊をかかえたまま、ただ見守ることしかできない。するとザナザがビュリアンを呼びとめ、彼がふりむいた直後、ヤエリの頭上に火の玉を落とした。

ミルディは一瞬で死んだが、ヤエリはしばらく地面をのたうちまわった。その顚末《てんまつ》を、デイサンダーもイリアも瞬《まばた》き一つせずに見つめつづけた。

ビュリアンは肩を落として大きく息をついた。雷音が遠のいていく。それからゆっくりと戻ってきた。その肩にザナザが手を置いて静かに言った。

「きさまがすることではない、人間の息子」

そう、その仕打ちこそまさに魔道師のもの。闇をのみこみ、それでも二本の足で立つ。

ヤエリの悲鳴が途切れ、あたりに微風の音が戻ってくると、ビュリアンはデイサンダーの後ろに背中合わせにすわりこみ、膝のあいだに頭を埋めた。やがて、しゃくりあげる声と背中の震えが伝わってきた。心のどこかにある小さな泉が彼の涙でうるおっていくのを感じたが、デイサンダー自身はもはや泣くことができなかった。

陽が高く昇ったころ、森や丘に避難していた〈栄えの町〉の住民たちが、そろそろと戻ってきた。いまだくすぶっているヤエリの骸に眉をひそめ、鼻をぼろきれでおおい、指さしたり大きく迂回したりしながら、瓦礫と化した家へとむかう。ネアリイをこのままにはしておけない、そう感じたデイサンダーは、よろめきつつなんとか立ちあがった。

イリアと二人、互いに身体をもたせかけ、一歩ずつゆっくりと近づき、ひざまずき、ネアリイの額から縮れた髪の毛をそっと払い、目をつぶっていることにせめてもの慰めを得ようとした。頬にやさしくふれたときになって、ようやくリンターの深い声が、デイサンダーに応えてきた。

——またしても。

カサンドラの亡骸が重なった。身体中の血液の一滴一滴が共鳴をおこす。

またしても。またしても。またしても。

リンターの怒りと憎しみがデイサンダーの血の流れない暗黒の場所、最も暗い隅っこに注ぎこまれ、膨れあがり、沸きたった。再び漆黒の霧となったそれは、抑制の蓋をもちあげて流れ出す。流れは次第に大きくなり、彼をひきずっていく。ネアリイに誓った言葉が、小さな緑の枝となってかろうじて彼をひっかけ、ひきとめる。ナハティにはならない。そうして、はじめて理解したことがあった。リンターの青金石《ラピスラズリ》が粉々になったわけが、カサンドラへの愛だけではなかったのだと。

ナハティも確かにぼくらの姉さんだったからだ。

ナハティはなるほどカサンドラほど寛容ではなかったが、デイサンダーやイリアやリンターが生まれたときから十数年のあいだずっと、そばにいてときには助けてくれもしたし、温かい言葉もあったのだ。髪の毛を洗い、手ぐしで整えてくれた。冷淡な態度の中に、かすかな笑みがあった。ああ、そしてまたよみがえってきたのは、セオルを投げたときの哀しそうな白い顔。何よりイスリル大戦においては、あの生死の狭間にともに身をおく戦友でもあった。固い結束と信頼感。イザーカトきょうだいの名を高めたのはまさにそれだった。世も彼らの絆《きずな》を認めた。強固な意思や突出した魔道師の力、そうしたものよりも、血のつながりに裏うちされた絶対的な信頼が大事なものだったのだ。それをナハティは自身の手で打ち壊した。いつからなのだろう、黒い自信と銀の傲慢《ごうまん》さと白い冷酷でおのれを鎧《よろ》い、意にそまぬものを切り離し、深い濠《ほり》を身のまわりにはりめぐらせ、近づくものすべてに毒矢を放ちはじめたのは。

赤の他人なら、まだ許せたのだ。ともに暮らし、ともに笑い、ともに戦い、ともに両親の死を嘆き悲しんだ姉だからこそ、これほどの憎悪、これほどの怒り、そして情けなさと哀しみと悔しさ、なぜ、姉さま、あなたが、なぜ、姉上、そんなことを、なぜ、そこまで闇に染まって平気でいられるか、ナハティ。彼女のふるった鞭は、鉤《かぎ》裂きの深い傷をもたらした。決して癒えることのないそれは、足元から黒い霧を吐きだしてデイサンダーを冒していく。

デイサンダーは歯を食いしばった。イリアもこめかみをひきつらせ、まなじりをつりあげる。

二人はネアリイとヤエリをかかえて東の門を出た。街道からはずれた青ブナの森のきわに、二人を埋葬した。

言葉もなく仕事を終えると、デイサンダーは青ブナの木の枝をそれぞれの埋葬場所にさした。ネアリイの墓の前にへたりこむように腰をおろし、そっと土にさわった。木の枝はたちまち腕をのばし、葉を茂らせ、根を張り、いまだ細く若い枝々で墓を護るように陰をつくった。

デイサンダーは口に出さずに語りかけた。

姉さん、ごめん。約束は守れない。ナハティにならないと言ったけれど、ナハティに復讐せずにはいられないようだよ。ぼくはデイスをここにおいていく。姉さんと一緒にここに眠らせる。ごめんよ。

その瞬間、漆黒の霧がデイサンダーの全身にしみこみ、デイサンダーにリンターが完全に重なった。

目の前に橙《だいだい》色の光が走るのを意識しながら立ちあがる。同じ道を選んだと一目《ひとめ》でわかるイリアが隣で待っていた。話す必要はなかった。視線を交わし、心で語った。

——行こう、デイサンダー、ぼくらには時間がない。

——うん、イリア、行こう、死が追いついてくる前に。

13

秋はミズナラやカエデの赤や橙、やがて朱金色のクヌギの長外套《セオル》をまとい、カラマツの黄金を冠に、王者の喇叭《らっぱ》を高らかに鳴らして後方へと退いていったが、デイサンダーとイリアの目には何も映らず、芳《かぐわ》しい森の気を吸うこともなく、暖かいそよ風にも、とろけてしまいそうな日没前の光にも気づくことはなかった。

吐き気をこらえて歩く。目の奥ではいつも橙と紫の光点が明滅している。それでも進まずにはいられないのは、一歩ごとに噴きあがってくる漆黒《しっこく》の憎しみのゆえだ。

兄弟は爪先と、地平線の陰にちらりと山頂を見せる〈不動山〉の銀の峰しか見ていなかった。夕刻になると二人の腕を取ってひきとめ、炉辺にすわらせて食べさせ、横にならせるのはビュリアンとザナザの仕事だった。不思議なことにそうした日々がつづいても、ビュリアンとザナザは兄弟の面倒を見つづけ、決して見すてようとも投げだそうともしなかった。

秋の裳裾《もすそ》がすぎさっていき、冬の予告の冷たく湿った風が北から吹きはじめたころ、一行はようやく〈黒蝶湖〉のほとりにたどりついた。黒い水面には風が吹いているにもかかわらず、波頭一つ見えない。まるで黒曜石を磨きあげて鏡となしたかのように静まりかえっている。岸辺に立っても爪先に当たるのは、わずかにひたひたとよせる水。波というのもはばかられる。

黒い礫岩《れきがん》の沈む湖底を細長い魚がすべるように泳いでいく。水を飲んだ者のなれのはてか、はたまたかつて戦いで犠牲になった者の魂か。

湖は南に台形に浮かぶ〈不動山〉を逆さに映している。裾野は薄茶にけぶり、中腹には厚い雲がたなびいている。銀の峰のあちこちから灰色の煙が噴きだしている。ときおりかすかな地底のうなりが伝わってくる。湖の水がこれほど黒くなければ、映る逆さの景色にも心うたれていたかもしれない。しかしこちら側の空にはかげり一つないというのに、黒い湖は青空の反映に冒されることすらなく、かつての戦いを呪うかのように静まりかえっている。

昔、大街道だった石畳は崩れて枯れた草むらに埋没し、灰色の岩と土は一歩進むたびに砂塵を舞いあげる。乾燥した空気は喉を痛め、皮膚を火傷《やけど》したように赤くただれさせる。デイサンダーは〈栄えの町〉でセオルも肩留め《フィブラ》もなくしてしまっていたので、父からもらった天文学者のセオルを羽織っていたが、見事な刺繍《ししゆう》でさえ埃《ほこり》にまみれて見る影もなくなっていた。

湖を渡る方法をさがして丸一日さまよったが、丸木舟の一艘も見当たらなかった。それでも憑《つ》かれたような目でかなたの山をにらみつつ、湖畔をうろついた。

その晩、湖から吹きつけてくる風に身を縮こまらせ、灌木《かんぼく》の陰で小さな野営の火をおこし、具の少ないスープをすすったあとで、ビュリアンがなあ、と話しかけた。小枝の上で躍る炎に、おとなびた彼の横顔は陰影を深くして、なにやら思い詰めたような厳しさが浮かんでいる。

「デイス、おまえに話がある。ずっと話そうと思ってたことなんだけど」

そう言いながらビュリアンはセオルの内ポケットから何かをゆっくりと取りだした。それははぜる火の粉に束の間、緑のきらめきを見せて彼の手の中で輝いた。デイスは思わず彼の腕をわしづかみにした。

「なんでおまえが、〈太陽の石《オルヴァン》〉を持っているんだ」

ビュリアンはそれを彼に返そうとはせず、拳《こぶし》をにぎりしめ、凶暴な憎悪の嵐をひらめかせているデイサンダーの目をまっすぐにのぞきこんだ。デイサンダーはほんの小さなきっかけさえあれば、ビュリアンの喉をしめあげかねないほどに怒っていたが、ビュリアンのまなざしの中にある何かと出合って一瞬ひるんだ。

「イリアとヤエリがぶつかりあって地面に落ちたとき、はじき飛ばされたのをおれが拾った」

「だったらなんでそのときぼくに返さない？　それは祖先から受け継いだぼくのものだ。おまえはこそ泥か？」

ビュリアンが飛びかかってきたら応戦しようと身構えたが、ビュリアンの顔には哀しみのようなあきらめのような得体の知れない表情が浮かんだ。

「デイス、気持ちをしずめて聞いてほしい」

何を都合のいいことを、と飛びかかろうとしたデイスの肩を、イリアがひきとめた。ザナザが無造作に薪《たきぎ》をくべて、

「わけがありそうだ。聞いてやろう」

と言った。ぱちん、とはじけた小枝の音が、聞け、とリンターの声に重なって腹の底を小さく

ゆらし、デイサンダーはしぶしぶ腰をおろした。なくしたと思い、もうどうでもいいとも思い、ろくにさがそうともしなかったのだ、その自省もあり、妥協の返事をなんとかしぼりだした。

「わかったよ。話せよ」

ビュリアンは頭をたれて瞑目《めいもく》してから、炎のほうに顔をむけた。そうして、低い声で話しはじめた。

「ずっと前、〈神が峰〉からおりてきて泊まった宿屋で、酒盛りをしたことを覚えているか？あのとき、リンターになんでおれをつれてきたのかと聞いたよな。おまえたちは酔いつぶれて寝ちまった、あのときだ」

「ああ、そういえばそんなこと、あったな」

としぶしぶうなずくと、イリアも息を大きく吸って、

「魔法の受け渡しがどうのこうのとリンターが説明したね」

と言った。リンターの名前に、あらためて心臓が絞られるようだ。

「あのとき、リンターはこの石の持つ力を教えてくれた。そしておれをつれてきた本当の理由も」

「本当の理由、だって？」

「この石は」

とビュリアンは再びフィブラをかかげて火にすかした。

「おまえの祖先、やはり大地の魔道師のものだった。亡くなる前に、九人きょうだいの九番めが生まれたら、遺産として渡すようにと遺言したんだって。〈太陽の石《オルヴァアン》〉というが、なんでそういうかおまえは知っていたか？」

「石の名前だろう？」

「うん。石の名前でもある。でもな、この緑の光の奥にたくさんの星が入ってるだろ？」

「ああ。それはわかってる」

「……おまえは天文学者の卵なんだろ？　星々が実は太陽だってこと、知ってるよな」

「それで、〈太陽の石《オルヴァアン》〉、なのか……！」

「なんで星々が入ってるかなんておれに聞くなよ。リンターにもわからなかったんだから。それでも、リンターはこの星の光に力が宿っているのを感じていた。デイス、おまえはもともと緑の魔道師で光に近いから、それほどではなかったろうけど、リンターやナハティは闇が濃かったから、星の光をひどくまぶしいと思っていたらしい。

リンターはこれが闇を退けるのに力を発揮するものだと確信していた。そしてもし、自分やナハティと同じようにおまえまで闇に喰われてしまいそうになることがあったら、これをおまえの中に押しこめろって言った。どういうことかわからないと返事したら、怪我をしていたらその傷口につっこむんだと、もし傷口がないんだったらつくってでも中に入れろって。それが、おれの役割なんだって。

おまえだけが、生命の魔道師、自分たちが滅びても——リンターはゴルツ山で目覚めたときから闇に喰いつくされそうなことを知っていたんだ。憎悪にとらわれて——だからおまえだけは、生きのびさせなければと思っていた。自分の闇がおまえやイリアに渡ったあとも、『気ままな風、自由な大気をまとっているイリアと、大地の恵みに結びついているデイサンダーを救うために』って。

『わたしの遺産には憎悪がからみついている。二人がナハティと対したとき、その憎しみによって滅ぼされるかもしれぬ。そのような運命におちいるのであれば、これを二人に押しこむよう。さすれば二人は助かるかもしれぬ。魔道師の力もともに失うことになるが、憎しみからは自由になれよう、もしかしたら命も永らえよう』

つまりはこれを使ったら、闇に堕《お》ちることだけは防げるだろうって。

『その石は暗黒をしずめる力を持っている。大地の底、奈落の深きところでうごめく太古の闇へと、二人の憎しみを力ずくでおし戻すことができよう。二人がわたしのように闇に喰われてしまう前に。……もっとも、命もともにとられるやもしれないが』

そうか。そういうことか。

二人の中のリンターが紫電をはじけさせた。それは血管に沿って身体中に走り、かすかな笑いをこだまさせた。デイサンダーは丸まっていた背中をのばした。骨が鳴った。その音がリンターの笑いと共鳴して、夜の闇の中に散っていく。

デイサンダーとイリアはほとんど同時にビュリアンの肩に手を置いた。

「ぼくからも頼んでおくよ」

「そのときはためらうな」

今にも泣きそうになりながら、

「おまえらは根っからの魔道師だよ、本当に。なんでそんな残酷なこと、おれに頼むかな」

と大きな溜息をついたビュリアンは、

「リンターの予測ははずれたな」

とつぶやいた。

「予測？」

「知られるな、とリンターは言ったよ。たとえ命が助かったとしても魔道師でなくなるってあんたらが知ったら、きっと拒否するからって。魔力を奪われるくらいなら、闇と一緒に霧散するほうを選ぶだろうって。……リンターはそうなっちまったし……」

そうか、リンターはそんなことまで、と胸を衝かれた思いがした。口にしたのはまたしても二人同時、

「……でも、ぼくはネアリイと暮らしたから……」

「他人の人生を、三百年、息をひそめて生きてきたんだよ」

さらに異口同音、

「ネアリイの分くらい、生きていかなきゃ」

と目の縁を赤くする。

魔道師でなくても生きられる。本当は、ナハティのことさえけりがつけば、生と死とは、そ

んなに変わりはない。たとえ命がなくなっても、ナハティのことが終わればそれで本望だ、それが本音だった。しかしそれをビュリアンに言うことはできなかった。

そのとき、闇の中から去年の落ち葉を踏む静かな足音が響いてきた。四人はさっと立ちあがって身構えると、灌木のあいだから一人の男が姿をあらわした。闇の中にもかかわらず、その姿はまるで天上の雲をまとっているかのように白い光にうっすらと囲まれて輝いていた。

浅黒い面長の顔、がっしりした身体つきの、この陰鬱《いんうつ》な景色の中にあって何より目を引くのは身体中に散らばっている鮮やかな色彩だった。まっすぐな眉の下の厚い目蓋《まぶた》の奥の、夜のように青い瞳、黒ブナの幹と同じ色の髪は、青と金に縁取られた幅広の革紐でまとめてある。同じ意匠の額飾り、幾重にも重なっている膝まである色づいた雑木林さながらの胴着も革で、胸と裾と袖につけた銀の縁飾りが滝のようだった。肩から背にかけてカエデ赤の地にトルコ石青の長い肩章を流している。たっぷりしたズボンに、カラマツの黄金と灯台樺の銀の留め金のついた長靴をはいている。腰帯は手のひら二つ分もの幅があり、ナラ林の金茶と針葉樹の深緑、葉を落とした白樺の白銀模様がからまっている。

近づくにつれて、右の目尻から顎にかけて、深い傷跡の走っているのが見えるようになった。デイサンダーは胸を一撃されたような衝撃を覚えた。ナハティとリンターの最後の戦いでついた傷だ。傷つけられたにもかかわらず、彼はなんとゆるやかで穏やかな気配を放射していることか。黒い霧でさえ、この色彩、この傷跡、この気配の前では霞《かすみ》と化す。

男は黙ったままビュリアンの手の中の〈太陽の石《オルヴァン》〉に視線をむけ、その輝きに誘われて姿をあらわしたことをみなに示した。それから、片方の腕をゆっくりとあげて湖のほうをさししめした。

それからその男がどこへ行ったのか、記憶にない。四人ともいつのまにか眠りについていた。冬眠中の親子熊や、落ち葉に埋もれたドングリ、夜空にひそやかに輝く冬の星座になった夢を見た。

目覚めると、朝陽に照らされた湖畔にいた。小舟がもやってあり、食料と水がつみこまれていた。古いが、今着ているのよりはるかにましなセオルも用意されていた。

黒い湖はぴんと張った天幕のごとく、闇の月夜のごとく、一点の反射も波頭も許さず、しぶしぶ小舟を通した。舳先《へさき》の小さな三角帆が、どこからともなく吹いてくる微風に広がり、まっすぐ南へと進んでいく。水の上にもかかわらず、火の臭いが漂っていた。

西の山から流れこんでくる川を、夕刻から翌日にかけてさかのぼった。昼少し前に軽い音をたてて岸辺に到着した。

目の前には、今まで見たこともないような壁がそそりたっていた。人の手のなすものではなかった。黒紫色で、板帷子《いたかたびら》のように折り重なっている。あるいは三重四重になったサメの歯、またはとぐろを巻いた大蛇の逆だつ鱗《うろこ》。〈不動山〉の麓《ふもと》をうねうねととり囲み、来るものを拒む様子はまさしくナハティの仕業。

「〈蛇が背〉だ」

とザナザが腰をのばしながら言った。

「ナハティの防衛線。ここから先は鳥も飛ばず虫けら一匹這わず、草の種も決して芽吹かない。さすがに雲はより、雨雪はふるが、流れる川もない。さて。どうする？」

「あの、わけのわかんない男に、道、聞くの忘れたな」

とビュリアン。

ザナザが小石を拾って投げた。近くの鱗岩に当たると、岩と岩がきしみをあげてせばまり、小石を粉微塵《みじん》にしてしまった。うげえ、とビュリアンがうめき、イリアは腕組みをしてつぶやいた。

「空を飛ぶか、地にもぐるかしないと越えられないな、これは」

沈黙が数呼吸、そのあとに物音がしたので一同ふりかえると、舟から櫂《かい》が転げ落ちていた。その先端が斜めに西南を指しているのを見てとったデイサンダーは、こっちだよと告げ、先に立って歩きだした。目を白黒させながらビュリアンがあとを追い、イリアと櫂を拾ったザナザがつづく。

〈蛇が背〉に沿って礫土《れきど》と草のあいだを半日も進んだだろうか、やっと立ちどまったその場所はほかの場所となんの変哲もなかった。小さな穴のあいた溶岩の、冷えてかたまったのがごろごろしている。しかし注意して見れば、地面がわずかにもりあがっているか。

デイサンダーは片足で強く蹴りつけた。すると突然、漏斗《ろうと》状に地面が陥没した。大きな蟻地獄にはまって一瞬びっくりしたものの、すぐに、がらがらと崩れる礫土の流れに乗った。彼の名を叫ぶビュリアンの声を背中に、すべりおりる。本来ならば笑い声の一つもはじけるはずだが、黒い霧に冒されているデイサンダーの口からは竜の吐息しか出てこない。

二本の足で底を踏みしめるとまもなく、三人があとにつづいておりてきた。わずかな上からの光で、どうやら〈逃亡者の町〉で会った、こそ泥呪われ男の入りこんだ溶岩洞をさがしあてたらしいとわかった。頭上でのこぎりを引くような音がするのは、〈蛇が背〉が氷河のようにゆっくりと移動しているせいらしい。足の下には、沸騰する泡がはじけるような震動がある。硫黄《いおう》の臭い、岩の焦げつく臭い、金属の溶ける臭いが充満している。鼻と喉の奥が痛い。

ザナザが櫂の先に火を灯した。すべてを見渡すほどにはいかないが、蠟燭《ろうそく》一本よりはましだ。四人は上下からのきしみに絶え間なく圧迫されながら先に進んだ。

大して歩かないうちに空気が変わった。臭いが退き、呼吸しやすくなる。銀青色の光が行く手に射しはじめる。ザナザは火を消し、イリアは髪をかきあげ、ビュリアンは生唾をのみこんだ。彼の半面が白く浮かびあがっている。セオルのポケットで〈太陽の石《オルヴァン》〉をにぎりしめているのがわかる。

ビュリアンに劣らず、鼓動が全身に鳴り響くのを感じた。それはイリアも同じだと知っている。強い吐き気がある。吐けばその汚物も黒い霧だろう。

ナハティの宮殿は蜂蜜色の光に満ちていた。溶岩洞の口にたたずんで見まわしていると、ナハティは大きな食卓の前で両手を広げて迎え入れた。長身の、リンターよりもさらに背の高い、痩せた身体つき。青白い肌、長い髪と目は銀色、細面。小さい唇をかすかにもちあげたのは、歓迎の笑みのつもりか、しかし長いこと笑ったことがないのでひきつって見える。髪を逆だてた姿を想像していたイリアとデイサンダーはあっけにとられて戸惑った。

「イリア。デイサンダー。わが弟たち。よくぞここまで来やったな」

ヤエリにそっくりな声と口調。偽の笑顔からのぞく、歯並びの悪い口。白目のほとんど残っていない銀の目には光が宿っておらず、海底を周遊するサメのよう。さしまねく大きな食卓には、豪勢な食べ物が皿に山盛りになっている。カラン麦のパン、湯気をあげているシチューの鍋、真っ赤なリンゴ、そのまま水滴になるかとも思われる葡萄《ぶどう》、テクド産のワインの匂い、猪のあぶり肉、香草をつめこんだ魚、琥珀《こはく》色の麦酒の入った水滴のついた瓶《アンフォラ》、満月のチーズ、鵞鳥の姿焼き、イチゴやラズベリーや桃で彩《いろど》られた香ばしい焼き菓子。小さな湖のように清冽な水のたたえられた玻璃《はり》の杯。

干からびた干し肉と泥水の旅に疲れはてたさすらい人が、どんな黄金や宝石にもまして欲する宴の卓だった。しかもナハティは笑みを深くしてやさしいかすれ声で誘う。

「久しく会わなんだ。懐かしいこと。さあ、ここへ来て顔をよくお見せ。ともに食し、昔語りなどしようではないか」

幻惑された目には豪華な調度も映る。山の根の洞窟を感じさせるものは何一つない。床はすべらかな大理石にフォト産の毛足の長い絨毯《じゅうたん》、天井もなめらかな一枚板、壁にはイスリルの織り手たちの傑作のタペストリー。黒檀《こくたん》のチェスト、紫檀の書き物机、青ブナの箪笥《たんす》、長櫃《ながびつ》、玻璃のはまった棚。蜜色の光は幾百もの蠟燭の光だった。

「さあ、はよう、ここへ来たれや」

ささやく声でさえ、地底を流れる水脈のように心地よく聞こえはじめる。

そのとき本棚が目に入った。その蔵書の量に、ネアリイが見たら垂涎《すいぜん》ものだろうと考えたとたん、もうネアリイはいないのだとはっとわれにかえった。せりあがってきた霧を無理矢理嚥《えん》下《か》して、

「ナハティ、ここを出て都へ帰ろう」

と自分でも思わぬ言葉を発したのは、これほど憎い相手に対しても、ネアリイのくれた蜜蠟《みつろう》の灯りがいまだ心の奥で小さく燃えているせいだろうか。

「今、なんとお言いだえ？」

「ここを出てほしい。都に戻って、姉さまのためこんだ財宝を返そう。公式に謝罪して。なすべきことをなそう」

「デイサンダー。いつからわたくしにそんな口をきくようになった。偉そうな。もてなしの心でそなたらを迎え入れようとしている主人にむかってきく口かえ？」

ああ、違う、憎しみのあいだから滲みだしてくるのは、切なさだ。やるせなさ、これは肉親ゆえの。

「わたくしに逆らっていいものかどうか、よく考えるのだね、末っ子よ」

「頼むから姉さま……」

「無駄だよ、デイス」

とイリアが一歩前に出た。その後ろ姿は少し肩幅が広くなり背ものびて、リンターかと見まご

う。

「あともどりする気はないんだ、ナハティは。すべてを切りすてて邁進《まいしん》する、それだけなんだろう。過去もぼくらもいらないものなんだよ」

片足で踏みぬかんばかりに床を蹴る。すると壁のタペストリーもご馳走の大卓も数百本の蠟燭も一瞬にして消えうせた。荒涼とした無骨な岩壁があらわれ、あっちの隅っこっちの隅っこに陽光を閉じこめた石英の塊が転がり、埃が毛布のようにつもっている。黒檀のチェスト、青ブナの箪笥、長櫃からはナハティの唯一愛する財宝が顔をのぞかせている。

「目くらましの魔法はぼくよりはるかに劣るよ」

イリアがせせら笑った。

「ビュリアン、現実なんてこんなものさ。ザナザ、財宝はあそこだよ。デイス、きれいごとにしがみつくのはおしまいだ。おまえだって知ってるだろ？　ナハティは謝ったりしない。絶対に」

ナハティの形相が変わった。眉間に縦皺《たてじわ》ができた。鼻孔が膨らんだ。唇が真一文字になった。彼女が身動きする間もあらばこそ、イリアの風がナハティを岩壁に吹きとばした。既視感がデイサンダーにおりてきた。そう、いつぞやもこうしてイリアがナハティを壁にたたきつけた。あれは、最後の戦いのとき、戦闘開始の合図だった。

デイサンダーはナハティのぶつかった岩壁を、彼女を巻きこむようにして崩した。リンターも同じことをしたと、かつての戦いを思いだしながら。そう、彼らは三百年前の決戦を再びなぞっていた。リンターの遺産につきうごかされて、ひきずられるように。デイサンダーは黒い霧が快哉《かいさい》を叫び、雄叫《おたけ》びをあげるのを感じた。

崩れた岩の下敷きになったナハティが、傷一つ負わないことは承知していた。護符をばらまき、護身の魔法をかけているに決まっている。だが、つづけざまに足元が裂けて、溶岩の赤い舌がのびてきたらどうだろう。怒り狂ってすぐに反撃してくるにちがいない。髪の毛の四、五本も焦がしつつ。

案の定、頬の片側を煤《すす》で真っ黒にしたナハティが、炎の中に落ちていく岩くずのあいだから姿をあらわした。イリアの風で、青筋のたった額があらわになっている。

この前——三百年前——の戦いでは、ここからリンターとナハティの力比べがはじまったのだった。イリアの幻惑で場所を巧みに移動しながら、リンターはナハティに炎を浴びせ、岩を転がし、大地をえぐった。ナハティもまた火と土と逆風で応戦した。

貴族たちの引きつれてきた軍勢など、もはやなんの助けにもならなかった。彼らは逃げまどい、吹きとばされ、衝突し、裂け目に落ち、散り散りになった。二人とも、彼らを木っ葉としか認識していなかったのだ。

数刻に及ぶ応酬の果てに、ナハティは力任せに山一つを一枚岩ごとひきはがし、リンターに投げつけた。〈黒蝶湖〉がその跡だ。リンターは呪文を唱えてその一枚岩を粉々に砕いた。その隙に、ナハティが雷を落とそうと両手をふりあげた。リンターは粉砕した岩々を足がかりにし、リスのように岩から岩へと飛び移り、意表をついてナハティに体当たりした。ちょうどその瞬間に、稲妻がひらめいた。

ふってきた稲妻の中心を、強力な呪いがつらぬいていた。リンターではない、デイサンダーを標的にしている、彼を屠《ほふ》る目的で練りあげられた稲妻だった。

ナハティがもくろんでいたのは、カサンドラの死の再現か。末弟を亡き者にすれば、リンターは再び深い喪失の思いをいだくだろう。誰にも解くことのできない死の呪いでも、〈命の魔道師〉の命を奪うことはできない。しかし、もとあった場所に戻すことはできる。そう、生まれる前に。幼くなり、赤子になり、胎児になり、一個の受精卵になり、最後に二つの血筋に分かれてしまえば、彼の存在はかき消える。そうなればさらなる黒い憎しみがリンターを席巻する。抵抗かなわなくなったリンターは闇に喰われ、第二のナハティになる。そうして彼女の前に闇の従者としてひざまずく……。

二人は瞬時に悟った。

デイサンダーとリンターの視線が、銀紫の光の中でからみあった。リンターは弟をかばおうと腕を広げ、デイサンダーは兄の運命を変えようと、避雷の蔓《つる》を四方八方にありったけのばした。そのうちの数本が鋭い音とともに、ナハティの手首に巻きついた。紫電は蔓を伝って世界の半分に網の目を散らし、天と地がひび割れていった。

ぼくは生きなきゃならない、デイサンダーは瞬時に悟った。リンターのために、細い一本の希望となるために、生きのびなければ。そう思ったとたん、突然胸元の〈太陽の石《オルヴァン》〉が流れ星の最後はかくあらんとも思うような叫びをあげた。それは天を裂き、大地をゆるがし、生きとし生けるものの中にひそむ生きのびようとする意思、希望をつかみとろうとする本能、螺旋《らせん》の血筋をつないでいこうとする思いをまきちらしながら、鮮緑の閃光を放った。光の直後に天と地が反転し、結びつきあい、再び反転し、その衝撃で生まれた轟音《ごうおん》が、大気を大きくゆり動かしてイザーカトきょうだいをはじき飛ばした。デイサンダーはリンターもろとも北西の果てへ、イリアは北東へ、ナハティを南へと。

あとは国中で語られているとおりだ。

再びあのときの戦いがくりかえされるのか、どうしたら勝てるのかとひるんだとき、ナハティが膨張し、変身した。

デイサンダーとイリアは思わず失笑した。三百年前なら笑いころげていたところだ。そろってひっくりかえり、わめき散らしていただろう。

――ナハティが竜になったあ！　外側が中身とおんなじになったあ！

と。

あのころを、はじめていとおしく懐かしいものとして感じた。なんと単純で無垢であったのだろう。癒えない傷を背負い、汚濁《おだく》の水を飲み、漆黒の霧にゆずりわたしたわが身であれば、二度と手にすることのできない輝かしい陽の光。

デイサンダーはぎりりと奥歯を噛んだ。ナハティは一体いつからこのような闇の力を身のうちに蓄えていたのだろう。竜、と表現したが、竜ではない。大地の底の闇の力をすべての血管に流しこんだ、これは形を放棄した漆黒の霧。目くらましではない、まさに変身した、とうてい人間業ではない何かの力によって。蹴散らし、踏みしだき、支配し、かかえこみ、とてつもない悪意と憎しみを放射するために。

漆黒の霧の顎が大きく裂け、黒い舌と三重の赤い牙が目の前に迫ってきて、喰ろうてやる、と吼《ほ》えた。足らしき部分が緩慢に大地を踏みしめ、震動が〈不動山〉を崩していく。イリアの風も炎もデイサンダーの岩崩れも、かかる巨大さの前では哀れな野良猫の鳴き声ほどにしかならない。すべてを吸いとってしまう無形の塊には、どんな攻撃も無駄だった。土や岩盤が頭上からふってきて、ナハティの動きを少しばかり妨げなかったら、とうに喰われていたにちがいない。

焼けた砂にまみれつつ、太い尻尾の一撃から身をかわし、ちょうどイリアと顔をつき合わせる恰好になったデイサンダーは、兄の、色を変える瞳の中に、自分と同じ決意を読みとった。リンターが一瞬でソルプスジンターを葬った、あの力を使う。どうすればいいか、わかっている。ただ、二人に二分された力だから、息を合わせなければ。そして今、出しうるすべての力を注ぎこまなければ。

失敗したらあとはない。それに成功しても、リンターのように平然と立つことはかなわないかもしれない。灰となって崩れるか、塵《ちり》となって消滅するか。しかし、ナハティを滅ぼすにはこれしかないと、瞬時に決断した。この禍々《まがまが》しい毒の生き物を消し去ってしまうことができるのであれば、本望だ。カサンドラ、ネアリイ、幾多の殺された人々のためにも。同じ血筋としての責めを負おう。

二人は地面に手を当てた。早口で呪文を唱え、大地の皮の下、岩盤と岩盤のあいだの空洞で、さざ波一つたてずにまどろんでいる二万年前の雨水だまりをゆり動かす。同時に、そのはるか下で行き場を求めて膨れあがろうとしている溶岩の層に、雨水だまりまでの道筋を示唆する。迷子の手を引くがごとく、触手のようにのびた岩の裂け目を示してやる。灼熱の赤い蛇は、裂け目に流れこみながら岩盤をとかしていき、通りやすい通路をつくっていく。

そしてとうとう、目覚めかけた帯水層にその鼻面が接触する。蛇は分裂し、あまたの卵となる。水の中に流れこみ、拡散する。水は女神の祝福とともに、その一つ一つをやさしくつつみこむ。一時、凪《なぎ》の海となる。

二人は命じる、目覚めよ、水よ。

すると火の蛇の卵をつつみこんでいた水は、実は自分が乙女であったことを思いだし、すっかり狂乱してしまう。なぜにこのようなおぞましい蛇の卵を、わたくしは抱いていたのか。保護を失った卵はさらに細かく分裂し、拡散し、水は恐慌をおこしてぶつかりあい、卵を破壊しようともがく。壊された卵は小さくなるが、ますます増えていく。この連鎖が次々とつづき、とうとう理性を保ちきれなくなった水は、金切り声をあげ、身悶え、爆発する。

ナハティの足元から噴きあがったそれは、地面を嵐の海さながらにわきたたせた。大音響とともに洞窟を一瞬でもちあげ、〈不動山〉のすべてを噴きとばし、中空に巨大な笠雲となって立ちあがった。ナハティは上昇する紫と橙と赤と緑の煙に巻きこまれ、瞬時に姿を消した。

二人のイザーカトきょうだいは、地面にしがみつき、歯を鳴らして震えつつ、山の土台をすべっていく幾多の岩くずのたてる轟音と、したくないことを無理にさせられた大地の慟哭《どうこく》を聞いていた。

　してしまってから、誤った道を選んだのだと悟った。

　水の乙女の悲鳴と、蒸気と化した赤い蛇の卵の、身をよじるような無念が、デイサンダーの身体に何百ものナイフのように突き刺さってきた。つっぷしつつ、こんな痛みに耐えて立っていたリンターの後ろ姿を思いだしていた。二人は大地と一緒に慟哭した。絶叫をあげ、胸をかきむしり、額を岩に打ちつけ、涙を流し、えずいた。太陽が欠けては満ち、月が裏返しになったかと思うや再びひっくりかえった。星々は暗黒の漏斗に流れこみ、はるかかなたで白い靄《もや》のあいだから飛びだしてくる。息をも奪う突風が荒れくるい、波うつ大地は近隣の丘や山を崩し、川をせきとめ、湖を川となし、地溝をつくっていく……。

　いまだ轟音をあげて笠を平べったくのばしている雲を見あげつつよろよろと立ちあがったのは、大地の嘆きが小さくなって、はるかかなたまでとどろいた地響きが遠雷ほどにおさまってからだった。二人の荒い息もようやく静まったあとのことだ。デイサンダーは流れ落ちる涙を腕でぬぐい、イリアは額に片腕を当てて震えていた。高揚感などなかった。復讐を遂げた喜びも。ナハティは消え去ったというのに。

　こんなことをして、と笠雲は嘲《あざけ》っていた。無理矢理、火の蛇と水の乙女を娶《めあ》わせたりして。山一つを噴きとばす力を解放したりして。大地の理《ことわり》、本来そなたらが大切に守らなければならない掟を破ってしまって。慈しまねばならないものをねじまげてしまって。

二人の震えは止まらない。犯してしまったあやまちの大きさに、身を縮めるばかり。転がる岩石をよけながら、ビュリアンとザナザがまろびよってきた。大丈夫か、やったな、とひび割れた声で笑う、だが、それにまじって何か別の叫びが聞こえなかったか？デイサンダーは首を戻した。上昇雲の紗幕《しゃまく》のむこうで黒い影がうごめいていないか？

じっと待つこと数呼吸、それは雲の嵐の中から浮かびあがってきた。漆黒の翼、漆黒の嘴《くちばし》、漆黒の巨大な霧の鳳凰《ほうおう》。九つに分かれた長い尾羽で雲をかきまわし、長い喉で雄叫びをあげ、急降下してきた。とっさにビュリアンをつき飛ばすことだけはできた。だが、直後には左右の足の爪がデイサンダーとイリアの腹を同時につらぬき、地面に縫いとめていた。

一瞬、視界が真っ赤に染まった。次いで漆黒となり、最後に光のない銀色に変わった。そこでようやく何がおきたか悟る。鈍痛が全身に広がっていく。ああ、腹をやられたな、意外と鈍い痛み、身体の奥で内臓がつぶされていく痛みだ、と平然と考えていた。それからナハティの目をのぞきこんでいる――否、ナハティが二人をねめつけているのか。ソルプスジンターのたくさんの瞳をもつ目にも怖気をふるったが、ナハティの目には戦慄した。すべての感情を置き去りにし、残った一つだけが沸騰している。

悪意だけ。

それはすべてのものの不幸を望み、破滅を望んでいた。全世界を押しつぶしたいと望んでいた。楽しむこと、笑うこと、穏やかでいること、感謝することを拒否し、ともに歩むこと、助けあうこと、譲りあうこと、幸せを願うことを踏みつぶし、絶望せよ、闇に身を投げよ、滅んでしまえ、と叫んでいた。悲鳴や破滅や死そのものをただ喜ぶのだ。そうして狂ってしまった運命に胸をかきむしる人々を足元に踏みつける。あるべきものをあるべきでないところに置き換え、白を黒と黒を白とひっくりかえし、動かぬはずのものを動かし、動くべきものをとどめおき、光を闇に闇を光に反転させ、聖なるものを穢《けが》し、真《まこと》を嘘に嘘を真に変え、混沌をもたらし、良きものや美なるものをおとしめて喜ぶ。

ただ、喜ぶ。すさまじい悪意を放射しながら。

こんなものがどこから来た？　そう問うデイサンダーの胸に、答えが自然に浮かんだ。決まっている。太古の闇からだ。地上も天も定かならぬころ、宇宙に塵が集まりだしたころから存在し、大地をやがては形づくる火の塊の中にまんまとまぎれこんだもの。灼熱の核にあっても自らを失うことなく、機会を常にうかがって、おりあらばその昏《くら》い意思を表土にしみこませようとしてきたもの。生命の誕生の際には、ひそかに生命の螺旋の中に入りこみ、ぼくらの血の中にもひそんでいるものだ。光一つ許さない漆黒の闇の中に。ひっそりと息をひそめて自分をいざなう者を待つ。あるいは颪を。おどろおどろしく、ただただ悪意を放射してうごめきながら。

デイサンダーは自分の浅はかさに思わず笑った。笑いは咳に変わり、じんじんと激痛が四肢に伝わっていく。

「……こんなものが、姉さまの中で大きくなっていたのか？」

イリアも頬に涙の筋をつけつつ、つぶやいた。

「……目覚めさせてしまったのは、……ぼくらか？」

するとそれに応えるようにナハティが嘴をひらいたが、もはや人の発する言葉などではなく、なんと言ったかなど、二人にわかろうはずもなかった。

脈うって血が流れ出ていく。それでも、デイサンダーにはしなければならないことが残っているとわかっていた。時間がない。

「この存在、こいつ、もうナハティでもない、これを解き放っちゃだめだ」

イリアの片手がのろのろとあがり、自分を縫いとめている大きな爪にさわった。蒼白な顔にびっしょり冷や汗をかいている。

「といって、できることが、あるかな？」

喉までせりあがってきた血を飲みくだし、目をしばたたいた。頭がぼうっとしてきた。まずいかもしれない。考えろ、必死に。残った手だてはなんだ？　ぼくらに残っているのは？

山の根のどこか遠くの端っこ、〈蛇が背〉が途切れるあたりで、一粒の種が大地のきしみに悲鳴をあげていた。なんの種だろう。青ブナか。いや、草の種、ヌスビトハギかキツネノテブクロだ。緑の小さな小さな光がまたたき、ミルディの宣言がよみがえった。

——イリアが風をおこし、雨をふらせ、デイサンダーは緑を育《はぐく》む。

大地の理に沿って。

「ああ、イリア、ぼくら、これを消すことはできないと思う。でも食いとめることならなんとか。……ぼくらが借りていた力を大地に返すことで……」

イリアは瞬時に理解した。弱々しくではあるが、にやりと笑った。

「それでも足止めにしかならないかも……」

この邪悪な意思に太刀打ちできようはずもない。しかし小さな防波堤をつくることはできる。そこからよみがえったものが、大きな抵抗を試みるかもしれないではないか。そう、絶望せよ、とこの存在が言うのであれば、

「絶対、絶望なんか、してやんない」

「死んでも、するか」

そう宣言して、二人は流れ出して大地にしみこんでいく自身の血に、リンターから受け継いだ熱い炎と豊かな大地の力、イリアの自由闊達な風と恵みの雨の力、デイサンダーの種と緑の息吹を伝え育む力を注ぎこんだ。うごめく悪意のみの存在に対して、盾となるように。滅ぼせ、苦しめ、絶望しろと脅し、嘲笑《あざわら》い、不幸と悲劇を何よりの喜悦とするこの禍々しい始原の存在がいかに表土を吹き荒らそうとも、瓦礫《がれき》の陰、氷雪の下、朽ちた木のうろの中から芽吹き、生まれ、育つ幾多の生命がつきることがないと信じて。個々では狩られ、枯らされ、うちひしがれ、死に追いやられても、次の世代、また次の世代と、こぼれた種から新しい緑が生長し、枝を広げ、十万の中のたった一本でも花を咲かせ、再び種をこぼすことを信じて。決してあきらめず、決して屈せず、決して悪意をもたない、そうした存在になるように。さあ、広がっていけ、ぼくたちの力。大地よ、受けとめろ、二人の血、二人の遺産を。

白い光が視野をおおってくる。ビュリアンとザナザの怒鳴り声が聞こえる。だがもう、遠す

ぎて、なんと言っているのかわからない。ぼくは大地そのものになるんだ。それでいい、とゆだねようとしたとき。

ナハティの息がかかった。悪意の黒さに意識がひきもどされる。ナハティは人間らしき姿に戻っていた。二人の腹に穴をあけた爪は腕となっていまだ地面にめりこみ、尾羽はうごめく髪になっている。身体はまだ半分鳥のままだし、闇の半面にひらいた口と目は、地底の裂け目のようだ。その口が、あれは、笑ったのか？

腕の先から肩の付け根へと、緑の光が昇っていくのが見えて、彼女が何をしているのかを悟った。

ぼくらの遺産を横取りしている。

緑の光は肩の付け根で明滅し、あえなく闇にのみこまれていく。別の力に変えられて。

愕然としたデイサンダーは頭をもちあげた。視界の隅にビュリアンが映った。

「ビュリアン――、ビュリアン！」

声は出ない。だがビュリアンは気がついた。いざりよってくる。ナハティの髪のあいだをかいくぐり、息の届くところまで来て身をかがめた。デイサンダーはこわばった唇を無理矢理動かして、震える指先で胸を指さした。約束を思いだして。ぼくを殺して。ここに、この胸の隙間に、それを押しこんで。力がすべてナハティに渡る前に。もう声は、ごろごろと鳴るだけだった。かろうじて目だけは見ひらいて訴える。早く、ビュリアン、〈太陽の石《オルヴァン》〉を使え！

不思議に、はっきりとビュリアンの顔が見えた。蒼白にひきしまり、大きな決断を下す、一人前の男の顔だ。〈太陽の石《オルヴァン》〉はナハティの炎にあまたの星の輝きをちらつかせて、その手の先にあった。それは必ずや、闇に染まりきってしまったデイサンダーとイリアの命を瞬時に断ち切るだろう。

デイサンダーは衝撃を感じた。

胸に、ではない。自分をつらぬいているナハティの肩に。

ビュリアンがしがみつきながらフィブラのピンをナハティにねじこんでいた。ちょうど緑の光が明滅して苦しげに消えていくあたりに。ビュリアン、それはだめだ、そんなことをしてどうなる、ナハティは滅ぼせない。始原の闇にフィブラ一つがたちむかうことはできない。最後のうめきが漏れた。

彼のうめきにナハティの嘲笑《ちょうしょう》が重なった。深い悪意にすさまじくゆがんだ顔。これまでだ、と観念した、ちょうどその瞬間、ナハティの腕がひきぬかれた。力の流れがふっつりと切れた。

ビュリアンが払いおとされ、地面に背中をしたたかに打ちつけるのが見えた。

ナハティは大きくのけぞった。渾身の力をこめてフィブラをぬこうとしていた。だが、フィブラはびくともしない。獲物をようやくしとめた母獅子か、狼の群れの長《おさ》さながらに、くらいついて離れようとしない。ネアリイだ。ネアリイの血が彼らを護ろうとしている。さらには転げまわるナハティを揶揄《やゆ》するかのように、〈太陽の石《オルヴァン》〉が燦然《さんぜん》と輝いている。鮮緑の光をまきちらしながら、太古の闇をナハティの最も深い部分に追いこもうとしている。

ナハティは嘲笑をあげつつおのが身を地面に打ちつけた。だがフィブラは頑として離れず、石の光は血管を逆流してナハティの心臓に闇を追いつめていく。

崩れた山の上で、〈蛇が背〉がホウセンカの種よろしく音をたてて次々にはじけていった。縛《いまし》めから自由になった大地に、イリアとデイサンダーの魔力が広がっていった。そうしてナハティの呪いの破片を緑に染めていく。

焼かれたクルミの実、押しつぶされたドングリ、断ち切られたタンポポの根、スイバや薄荷《はつか》やセージの茎、蔦《つた》の蔓、そうしたものが再び命を得、石の下瓦礫の下、炎の中からよみがえっていく。密林で繁茂する羊歯《しだ》類顔負けの勢いで芽を出し、茎や葉をのばし、根をはりめぐらせ、あの灼熱の雲を噴きだしている裂け目にさえはびこり、溶けては茂り、消滅してはのび、焼けても芽吹き、決して途切れることがない。

風が噴煙を吹きはらっていく。新たに生まれようとうごめく地下の力が雄叫びをあげる。陽の光を誘い、緑の輝きを呼びこもうとする。一本の銀松《チヤーキー》が裂け目の端で風にそよぐ。たちまち銀の葉を広げ、節々に小さな白い花を咲かせる。花は実となり、ぽろぽろと地面にこぼれ、再びそこから芽吹いていく。青ブナが大きな枝を張り出していく。蕨《わらび》が丸まった頭をもたげて吐息をつく。地面のすぐ下を虫たちが走りまわり、風に大きく左右している欅《けやき》の股に、吹きとばされてきたキビタキが小さな両足をふんばり、ナンデコンナコト、と文句を言う。その喉元の和毛《にこげ》が金色に輝く。キスゲが咲いたかと思うや、花びらが戦いの終わりの報せとなって空に高く舞いあがる。せせらぎが小さな裂け目から生まれ、軽やかな産声をあげる。その銀のきらめきは柳の新芽となってそこここで勝利の歌をうたいはじめる。

このようにして緑と風の魔法は雲をかき消し、蒸気をさえぎり、わだつみのよせては返す波さながらに、大地をおおい、傷跡をふさいでいく。

一方、ナハティはといえば、転げまわりながらだんだん小さい黒い塊になっていった。縮こまっていくにつれて霧状からどろりとした液状のものに変わり、縦に横に斜めにうごめきつつ、なおも嘲笑の叫びをあげつづける。その声で、せっかく芽吹いた草木が一体どれほどしおれ、枯れはてたことか。

そのようにしてずいぶん長いあいだ、漆黒と緑の攻防がつづいた。空から昼の光が消え、夜の青いびろうどに星々がまたたいた。暁がハミングしながら露払いをつとめて太陽を招き、陽射しは秋のやさしいぬくもりを地表に落とす。再び太陽が沈むと、ほっそりとした三日月の乙女が宵の明星との逢引に姿をあらわした。

その次の明け方に、さらに縮んだナハティだったものから、〈太陽の石《オルヴァン》〉がぽろりとはずれ、岩と岩の狭間にはさまった。すると、大地は規則的な鼓動をうちはじめる。それが力強さを増していくにつれて、緑の勢いも増していき、ナハティの嘲笑はかすれて小さくなっていった。

とうとうナハティは、ふさがる寸前の裂け目からかろうじてすりぬけていき、下へ下へ、溶岩にも溶けず、大地の核、虚空にうかんでいたときからあったものの陰、太古からひそんでいたあたりへと逃げこんでいった。もはやナハティという名をもたず、形もなさず。

長い月日の果て、やがてそれはまた地上に浮きあがり、風や波や鳥や魚や小さな生き物に運ばれていくだろう。再び人にまみえるために。そうして人々の血脈にひそみ、悪意と憎悪を育み、少しずつ力をつけて、いつの日かまた表舞台に姿をあらわすだろう。かかる闇と無縁の人間はいない。原始の海から生まれたぼくらに、その絆から逃れるすべはない。

ああ、だが。だが、今はとりあえず、免れた。デイサンダーは目蓋を閉じた。

死にいく身体の中で、大地から逆流してきた緑の力が、残っていた黒い霧を心の片隅に押しやっていく。

ビュリアンがかかえてくれるのがわかった。その腕の温かさを感じながら、混濁する意識の中で、ゆっくりと思考が流れていくのを感じた。

いつか誰かがぼくらのことを呪われたイザーカトの血筋、と言ったっけ。たぶん、祖先の誰かがナハティのようにあの悪意に支配されかけたのかもしれない。

ぼくらの血筋がここで絶える。脅威が一つ減ることは喜ばしいことだ。

リンター、ネアリイ、ぼくもそっちに行くよ。

デイサンダーは心から安堵して身体の力をぬいた。

14

木漏れ陽が斑《まだら》模様を落としている。草は金色に輝き、影に沈んでいる部分はとろけるような深緑だ。

デイサンダーは初夏の清冽な空気を胸いっぱいに吸った。緑の天蓋の下では子どもたちが走りまわっている。ザナザが火をおこしながら、騒ぐな、と叱りつけているが、聞くものではない。イリアが身長の半分もある魚を捕まえて、身体からなるべく離すようにして持ってくるところだ。薪《まき》割りをしているビュリアンがからかう。魚の臭いを気にしてどうすんだよ。子どもたちと一緒にネアリイが林の中から飛びだしてくる。前掛けには山盛りの野イチゴ。上気した頬をあげてデイサンダーを目にとめると、デイス、と屈託のない笑顔を浮かべる。

彼はネアリイを捕まえようと両腕を広げ、一歩踏みだし、不意に思いだす。ネアリイは死んだのではなかったか。ヤエリに殺された。心臓を絞られるような哀しみに思わずあえぎ、彼女の名を叫ぶ自分の声で目がさめた。

騒いでいた子どもたちの声は、小鳥の声に変わる。清冽な初夏の空気と緑の天蓋は本物だった。炊《かし》きの煙も魚が焼ける匂いも。

デイサンダーは百年ぶりに目覚めた御伽噺《おとぎばなし》の王女のように、緑の蔓《つる》のからまった寝台の上にいた。

「よお、やっとお目覚めか」

煙のそばから立ちあがったザナザは顔中髭だらけ、すりきれてよれよれの長衣は紫だったのに、色あせて茶色になっている。そうすると、ぼくは死ななかったのか？

彼の思いを察してザナザはうなずいた。

「深い傷だったからな、完治するにはずいぶんかかった」

「……誰が、手当を？」

自分の声ではないのにびっくりした。喉仏が動くのがわかる。リンターみたいだ。さわった手が顎に鬚を感じる。見おろせば、ザナザと同じような長衣を着て立つ身長は、覚えているより高くなっている。腹の穴はすっかりふさがったのだろう、痛みもひきつりもない。

「きさまらを救ったのは、ほうれ、その葉っぱやら枝やらだ。腹に穴のあいた魔道師二人を囲んでしばらくのあいだ、誰もよせつけようとしなかった。まあ、だいぶたってからやっとあけてくれたが、それからが面倒がかかったぞ。ひどく臭いわ、汚いわ、髪も女みたいにのびているし、髭もそらねばならぬし、下の世話までもだ」

デイサンダーは狼狽《ろうばい》した。そんなことまで。顔が熱くなる。

「ほうっておいてもよかったんだがな。……おい、三百年分の介抱代は高いからな」

「三百年――？」

「まあ、きさまらに閉じこめられていた牢獄よりはましだったが、ナハティの財宝を分けてもらうために辛抱はしたってことだ」

ザナザがにやりと笑うのと、イリアとビュリアンが口喧嘩しながら薪を運んでくるのがほとんど同時だった。デイサンダーはあんぐりと口をあけた。

「ビュリアン？」

「ああ、あれはやつの子孫で――」

とザナザが言いかける。ビュリアンが薪をほうりだしてデイス、と叫びながら駆けだしてきた。彼に抱きしめられながらザナザをにらみつけると、

「はっは！　どうだ、少しはびっくりしたか。いつまでも寝ているからだ！」

とふんぞりかえる。

ビュリアンはかわいがっている犬に抱きつくようにデイサンダーをはなさず、デイサンダーは戸惑いながらイリアに目で尋ねた。イリアの色を変える目の中には、彼と同じ哀しみと喪失感が沈んでいた。

肩の横でまくしたてるビュリアンの話では、意識のなかった月日は二年半くらいか、三年に少し足りないくらい、その間に〈不動山〉の跡地にはあっというまに草木が繁茂し、豊かな森になったと。二日前にイリアが目覚め、彼を待っていたと。

やっとビュリアンが身をほどいた。デイサンダーは導かれるままに寝場所を離れ、竈《かまど》のむこうに広がる景色をながめわたした。

青ブナ、カシの木、カラマツ、ミズナラなどの雑木林がどこまでもつづいていた。彼が立ち

つくしているのはナハティの洞窟あとだったが、それをほのめかすものは草に埋もれた火山岩の先っぽくらいなものだった。

ああ、そうか。ぼくらはぼくらが犯したたくさんのあやまちを、自分の血であがなったわけか。ほんの少しだけど。大地の負った傷は深く、ぼくらがネアリイを喪《うしな》ったのと同様、癒されることは決してないだろうけれど。その、足りない分は生きてあがなえということか。

丸太造りの小屋が草地のはずれに建っていた。ビュリアンが一年かけて造ったそれは、なかなかしっかりしていて、見た目も簡素なうつくしさをたたえていた。中に入るといまだ木の香りが満ちている。部屋が三つ、屋根裏もある。奥庭には厩《うまや》もあり、二頭の若駒が草を食《は》んでいた。

デイサンダーが目覚めたことで、野外の炊飯は小屋の中にもちこまれた。一枚板の大卓について、焼き魚と蕪《かぶ》のスープを味わいながら、森のはずれに開墾地をつくって野生の玉葱《たまねぎ》や蕪をもとに、ちょっとした農地もあるのだと聞いた。

「浮浪者が盗もうとしてさ、蕪をくわえたところにザナザが火の玉落っことしたのさ」

とビュリアンは笑う。

「改心したそいつにも手伝わせて、また少し広がったんだ。それからちょっとずつ人がやってくるようになってな、十軒くらい家を建てて住んでる。おれたち、ここを〈夏の村〉って呼んでるんだ」

「その家は全部ビュリアンが建てたんだ」

ザナザが自分がしたかのようにふんぞりかえった。

「ビュリアンには大工の才がある」

「うん、おれ、当分大工でいけそうだぜ？　なんせみんな家なしだもんな」

「〈冬の砦《とりで》〉……覚えているか？　〈砂金の町〉の南にある、ほら、きさまが蔦《つた》で隠したあの砦だ、ビュリアンがあそこに去年行ってきて、馬と野菜の種を交換してきた」

「おまえが食べているそのパン、おととしは野生のカラン麦だったんだぜ」

「〈冬の砦〉の周辺でも、今年はカラン麦が実るだろうよ」

あれこれ教えたくてたまらない二人の明るい声は、まるでつきることのない清冽な水脈のように感じられた。そう思ったとたん、不意に胸にわきあがってくるものがあり、デイサンダーはパンを取り落とした。

両手で顔をおおった。それからわきあがってくるものに身をゆだね、思春期の少女のように静かに嗚咽《おえつ》した。

陽の光を浴びて、まだ青みの残る麦の穂が風に揺れる、一面の畑が思い浮かぶ。中空には雲雀《ひばり》があがっている。緑色したバッタが葉を無心に噛んでいる。丘の果ての〈黒蝶湖〉の水はもはや黒くない。山々からの新しい水で養われた水草がゆらめき、岩魚や鱒《ます》がゆったりと泳ぐ。カモやガン、チョウゲンボウやハヤブサも集まってくる。トンボが卵を産みつけ、蛙は水際に眠たい目をしている。白い雲が漂っていく。大きな森と化した山あとには、鹿や猪がまいこみ、熊や狼や狐もどこからか忍んでくる。落ち葉の下ではオケラやダンゴムシがうごめき、蛇はリスを狙い、ヤマネやムササビがクマゲラの穴にちゃっかり居をさだめる。ヒワがさえずり、シジュウカラがつぶやき、オオルリが賛歌を高らかに歌いあげる。霧が川や湖や森の上をゆったりと流れていく。白銀に輝くそのうねりの中に、頬に傷跡のある物静かな男の面影が浮かんでは消える。すべてを時の流れに任せ、大いなる回転にゆだねているその面影は、決してゆがむことはないだろう。

　ここからすべてがまたはじまる。ネアリイがいなくても。リンターが逝《い》ってしまっても。そうして、ぼくらのあがないはこれからもつづいていくのだ、生きることと一緒に。

　その夏は体力を回復させようと、カラン麦の刈り入れを手伝い、野生のリンゴとナシの苗を新しい開墾地に植えつけた。麦の香りが人を呼ぶのか、また数組、放浪する家族がやってきて家を建てた。小さないざこざももちあがったが、ザナザが伊達に年をとっていないところを見せた。そのつど不文律ができあがっていく。しかし、長いあいだすさんだ暮らしをしてきた者には、掟を守ること自体が理解できないらしかった。

「教育だ！」

とある日突然彼は叫んだ。

「こやつらは自国の歴史さえ知らない！」

　この無知、この本能に任せた行動、ただ食うだけではこの共同体を維持することは不可能だ、なんとなれば規則を守る必要性さえ感じない者も中にいる、文化の裏うちがなければ、うつくしいものや聖なるものを感じる基盤がなければ、畑とてまたすぐ荒野に逆戻りだ。

ザナザは夕刻に人々を集めて、神々の話からコンスル帝国の興亡、隣国の情勢、それぞれの職業の意義や男女の関係のあり方まで説話しはじめた。イスリルの魔道師がコンスルの人々にコンスルの来し方を話す、イリアがおもしろがってたきつけた。晴れた夜にはデイサンダーもかりだされて、天に浮かぶ星々の動きや伝説、月の満ち欠けと潮の仕組みを話した。

その日々のあいまに、デイサンダーの心にひっかかっていた一枚の薄い羊皮紙、何も書かれていない白紙の隅に、小さく「なぜ？」と疑問が記されていった。答えのないたくさんの「なぜ？」。一つだけ、答えられているものは、究極のナハティの魔法――デイサンダーを生まれる前に還してしまう――が破綻した理由だけだ。そしてそれはナハティのしたことの中で、一番善きことだったかもしれない。赤子として霧岬に落ちなければ、ネアリイに出会うことはありえなかったのだから。それだけは、ときとして襲いかかってくる運命の津波の中で、唯一、喜んで受けいれることのできることかもしれない。

カラン麦を植え終えた秋の中頃、デイサンダーはわずかな荷物を持って馬上の人となった。天の星を指さした日から二月《ふたつき》がたっていた。そろそろ、霧岬の父母にネアリイのことを話しにいかなければならない。辛いことだが、なすべきことだった。

ビュリアンとザナザは森に残った。ビュリアンは大工仕事に生きがいを見つけ、ザナザもナハティの財宝のことなど忘れ去っているようだった。まあ、世の中こんなでは、宝石一粒の値打ちなどカラン麦一粒にも及ばないだろうが。

途中まではイリアと一緒だった。イリアは〈冬の砦〉に行くと言う。二人は轡《くつわ》を並べて草の生い茂る大街道を北上していった。晩秋が波のように彼らを洗っていった。ほとんど会話を交わさなかった。リンターの絆《きずな》が二人をしっかりと結びつけており、同じことを思い、感じていることがわかっていた。

九人だったきょうだいたちは、いまやたった二人になってしまった。一人ひとりの面影が来ては去っていく。ゲイル、テシア。カサンドラ。ミルディ、ヤエリ。リンター。ああ、そして、ナハティさえ、微笑んで。

〈栄えの町〉のはるか手前でイリアと別れた。デイサンダーはこれから山を一つ越して、〈五つの丘の都〉、コンスル帝国の首都を目ざす。それから大きな山脈を越えて故郷に帰る。辛い報せを伝えなければならない。

そのあとどうするかは、そのあとで決めよう。

天文学を父からちゃんと教わってもいいし、海に出て北の大陸を経巡《へめぐ》るのもいい。あるいはザナザの故郷イスリルにさまようか。はたまたソルプスジンターの卵のあった場所を訪れるのも一興か。しばしは心安らかに行こう。

デイサンダーは〈夏の村〉の女たちが繕《つくろ》い、あらためて刺繍《ししゅう》をしてくれた父の長外套《セオル》、天文学者のセオルを羽織っていた。その喉元には、金の透かし模様の葉の台座はひしゃげてつぶれてしまってはいるが、石自体には傷一つ刻まれなかった〈太陽の石《オルヴァン》〉が朗らかな緑の光に輝いている。彼とイリアの寝床を護っていた青ブナの若枝に、当然のようにひっかかっていたのだ。デイサンダーはそっとそれにふれ、ネアリイの名をつぶやき、頭を毅然とあげた。両親のもとに帰ろう。星座の並び、月の満ち欠け、遊星の歩み、そうした決して乱れようのないと思われるものでさえ、ときおりゆらめき、ゆがむことを知った今こそ、父と母のところに帰ろう。地の底、始原の火の中にとけこんでいるあの漆黒《しっこく》の禍々《まがまが》しい悪意、あれが再び何もない暗黒の海から生まれ、どこぞの誰かの血にまぎれこもうとするかもしれないが、詮索するのはやめておこう。

今はひとまず。いずれまた。来たるべき日まで。

解説

金原瑞人

一九八八年、荻原規子が『空色勾玉』でデビュー。その後、『白鳥異伝』『薄紅天女』と続き、ジャパニーズ・テイストの傑作〈勾玉三部作〉として完結。

一九九一年、小野不由美が〈十二国記〉のシリーズ序章にあたる『魔性の子』を、次の年に『月の影　影の海』を発表する。いつ完結するのか見当もつかない、チャイニーズ・テイストの壮大なファンタジーの幕開けだ。

一九九六年、上橋菜穂子が『精霊の守り人』を発表。これがアジアン・テイストの〈守り人〉シリーズの第一巻となり、次々に続刊が出る。

ほぼ同時期に登場した荻原規子、小野不由美、上橋菜穂子、この三人によって、日本のファンタジーはそれまでの創作民話風のお話から、長編小説としての骨格をしっかり持ち、オリジナルな世界観をダイナミックに表現した本格ファンタジーに変貌する。これはイギリスで戦後、C・S・ルイスが〈ナルニア国物語〉を、J・R・R・トールキンが『指輪物語』を書いて、ファンタジー新時代の幕を切って落とした偉業にちょっと似ている。

かつて「日本に本格ファンタジーは育たない」とかいわれていたのが嘘のようだ。

そしてその後、日本でも注目すべきファンタジー作家が次々に登場してきた。

なかでも乾石智子の活躍は特筆に値する。

早川書房から『ディアスと月の誓約』、朝日新聞出版から『闇の虹水晶』、角川書店から『竜鏡の占人』、また講談社から『双頭の蜥蜴』を刊行。そして東京創元社からも『オーリエラントの魔道師たち』『沈黙の書』を、そしてさらに『滅びの鐘』を二〇一六年早々に、刊行とのこと。

さきにあげた三人がそろって遅筆なのにくらべ、この多作ぶりはじつに頼もしい。そしてなにより、一作一作が粒立って輝いているのが素晴らしい。

さて〈オーリエラントの魔道師〉シリーズ第三作にあたる本書、『太陽の石』の話に移ろう。

人びとに破滅と絶望をもたらす、太古の闇を秘めた〈暗樹〉と魔道師たちの戦いを描いた第二作『魔道師の月』は「コンスル帝国暦八五七年」から始まった。

本書はその八百四十二年後、「コンスル帝国暦一六九九年」から始まる。場所は帝国の最北西の地にある寒村。その村に、死んだはずの魔道師リンターが忽然と姿を現す。三百年の眠りから覚めたリンターは村人たちに向かい、帝国領土を横断して、〈不動山〉へ行き、「中断していた戦《いくさ》のけりを」つけるという。

リンターは「イザーカト九きょうだい」の五番目で次男。このきょうだいは九人とも魔道師で、三百年前、骨肉相喰《は》む争いを繰り広げ、そのあげくある者は死に、ある者は行方不明となり、残った者が帝国の闇の世界を牛耳ってきていた。

リンターは、この凄絶な戦いの敗者で、帝国の外れまで飛ばされ、地中に眠っていたのだが、あることをきっかけによみがえり、復讐を心に誓う。

そして村に住む少年、デイスとビュリアン、それからデイスの姉ネアリイを連れて旅に出ようとする。そこへ、魔道師を捕らえるという使命を負った銀戦士四人が現れ、破魔の武器を用いてリンターに襲いかかる……！

はたして、リンターはこの窮地を脱して復讐を果たすことができるのか。また、九きょうだいの争いの記憶をどこかで共有するデイスの隠された過去とはなにか。そんな問いと謎を投げかけて、この壮大な復讐譚の幕が上がる。

まさに「わたしはファンタジーです！」と全身で主張しているかのような第1章と第2章を受け、第3章はいきなり三百年をさかのぼって、イザーカトきょうだいの間に亀裂が生じた当時の情景へと読者を誘う。

このあと、物語は現在と過去を行き来しつつ、さらにそのなかに、竪琴《たてごと》をかかえた歌い手の歌や、イスリル帝国の魔道師の語るイスリルの神話や歴史を織りこみ、すこしずつピッチを上げていく。第4章までたどり着いた読者は、あとはひたすら、ぞくぞくするほど魅力的で、ときどきじれったく、たまにそっけない振りをしてみせる物語に身を委ねるしかなくなってしまう。

つまり、「わたしはあなたの虜《とりこ》です！」という、じつに理想的なファンタジーの読者になってしまうほかないのだ。

そして最後、あっさり読者の予想を裏切るが、決して読者の期待を裏切らないエンディング！

じつに、うまい。

作者はいったいどこから、こんな創作術をかっぱらってきたんだろう。今度会ったら、ぜひきいてみたい。

それはさておき、ここでは第一作の『夜の写本師』からいきなり読書界の注目を集めたこの〈オーリエラントの魔道師〉シリーズで大きな役割を果たす「魔道師」と「魔法」について書いてみたい。

いうまでもなく、この世界を成り立たせている要素のひとつが魔道師と魔道師の使う魔法で、その設定そのものが、この世界そのものの成り立ちに関わっている。

しかし第一作から第三作まで、主要人物として登場するのはほとんどが魔道師なのにもかかわらず、それぞれの巻によってその描かれ方がずいぶん違うというのが面白いし、不思議だ。

たとえば、本書『太陽の石』では、魔道師は基本的に闇の存在として描かれている。リンターの姉、ナハティは長兄ゲイルに対しこういう。

兄上、われらきょうだい、頂点にのぼりつめて平和ぼけなされたのではあるまいな。われらは魔道師、魔道師は闇を生くるもの、表街道の掟に従う義理はございませぬよ。人々の背負いきれぬものを背負う宿命、そを忘れて近衛の長とはおこがましい。

彼らイザーカトきょうだいは、九人ともそれぞれ、大地、火、水、土、風、雷、嵐などを操る力を備えているが、この暗い宿命は避けられない。

ところが第一作の『夜の写本師』では、巻末の解説でも書かれているように、動物を操る魔法、人形を使う呪法、闇を用いる呪法、本を利用する魔法が中心となっていて、それに「写本師」が関わるのだが、闇に縛られてはいない。それどころか、魔法や呪法の本質そのものもかなり異なっている。

また、第二作の『魔道師の月』では、動物や人形や闇を道具として使う魔術はほとんど出てこない。そのかわり、中心人物の魔道師キアルス（第一作にも登場）は「本を使った魔法、言葉を紙にしたためて使う魔法」を体得していく。これは「言葉や、言葉を象徴する図形と、魔道師の力を合わせることで魔法となる」と説明されている。その他、「星読み」という予言の術も出てくる。つまり作品によって出てくる魔道師の得意とする魔術がずいぶん異なっているのだ。

さらに東京創元社の雑誌『ミステリーズ！』の54号に「紐結びの魔道師」という短編が収録されている。これも「コンスル帝国の残照輝かしいサンサンディアのにぎやかな町」と、ローランディア地方を舞台にした作品で、いってみればシリーズの番外編。時代はちょうど『太陽の石』のイザーカトきょうだいの激烈な戦いとリンターの復活の間ということになっている。

じつによくできた短編で、最後のトリッキーな展開には、思わずはっとさせられるに違いない。すこし似たトリックがこの『太陽の石』でも使われているので、興味のあるかたはぜひこの短編も読んでみてほしい。

それはともかく、この短編にもまた新たな魔術、占術が登場する。ひとつは貴石占術師(『魔道師の月』の冒頭にもちらっと登場)。これは「占いから派生した魔法」で、「やがて病を治したり強力なお守りにしたり、未来を予見するのに使ったり、財をよびこむのに使ったりした」ということになっている。そしてもうひとつ、「テイクオクの魔法」も登場する。(ちなみに「紐結びの魔道師」に出てくる貴石占術師カッシは、『夜の写本師』に出てくる「指なしカッシ」)

『オーリエラントの魔道師たち』が出版されたときの販促用チラシに十四大魔法(〈オーリエラントの魔道師シリーズ〉で使われる主な魔法)がリストアップされていて、これがとても便利なのだ。このシリーズを読むときの参考のために引用しておこう。

＊貴石占術　石を使う。石に込められた力を解き放つ、またはその力で防護する。
＊排月教の魔法　海・月の力を使う。わだつみと闇を支配する強力な力。女性のみが使える。
＊ガンディール呪法　人形と人体の一部を使い操る魔法。
＊ブアダン　動物や死骸の一部分を使い呪い殺す邪法。

＊ウィダチス 動物を術者の意思に従わせる。自身や物を獣に変身させる。
＊オイル教 生贄、血液を使う。
＊ファサイオン 気の流れを物の位置で制御する。いわゆる風水。
＊ギデスディン 書物を使い魔法を発動させる。本の中に隠れ潜むこともできる。
＊テイクオク 紐をさまざま方法で結ぶことで、ときに人を惑わせ、ときに祝福する。
＊カルアンテス 色を使う。
＊アルアンテス 日用品と人体の一部を使う。魔女専用。
＊エクサリアナ 相手を殺して力を手に入れる。邪法。
＊大地の魔法 大地にかかわるものを使う。主に土、水、火、植物、風をあやつる。

このなかには数千年も昔からの魔法もあれば、『魔道師の月』の主人公のひとりキアルスが創始する魔法もある。それにしても、この多様さ、奇抜さ、奔放さには驚くほかない。作者は、次々に頭のなかにわきあがってくる様々な魔法や呪法に翻弄されながらも、必死にそれらを選別し、たぐって引きあげ、物語の原動力として、世界を作り上げる材料として使っているかのようだ。ファンタジーファンにおなじみのものから、突飛で不可解でユニークなものまでふくめ、種々の魔法や呪法が物語そのもの、この世界そのものに大きく関わっている様は、見事としかいいようがない。

ふたたび『太陽の石』にもどるが、コンスル帝国と、この帝国への侵略をたくらむ隣国イスリルとでは、そもそも魔道師の扱いが違う。もしかしたら魔道師の存り方そのものが違うのかもしれない。

さらにさらに、「コンスルの魔道師は生まれつきなんだよな。（中略）魔道師の資質を多くもって生まれたものが、魔道師から手ほどきを受ける。ぼくらきょうだいはみな大地の魔道師で、天性の力をもっている」のだが、一方、イスリルの魔道師は皇帝から魔力を与えられるという。第一作から第三作まで読んだ読者のなかには、魔道師、魔術、呪術などの、あまりの多様性と恣意性に、途中で首をかしげる人もいると思う。ところが、そういう人も最後まで読むと、いやおうなくこの物語に納得させられ、感動させられてしまう。

そこがこのシリーズのもうひとつの魅力なのだと思う。それは、魔道師や魔術の自由奔放な広がりと、それを読者が許さざるをえない、いや、喜んで許してしまうような、卓越した物語の構成と、エンディングの迫力だ。

おそらく、この連作は、これからも作品を追うごとに、多種多様な魔術、呪術、術が登場してくる。それも、かなり自分勝手でわがままな広がりが予想される。が、どの作品でも、読者にうむをいわせぬエンディングが待っているはずだ。

それを支えているのが、文章力だろう。じつは、もう三十年以上も書評を書いているのだが、「文章力」などという恥ずかしい言葉を使ったのはこれが初めてだ。しかし、今回、この言葉以外に適当な言葉がみつからない。

底知れない喪失感と激痛。彼は闇にほうりだされた。身も心も凍りついた。小さな氷の欠片がぶつかり、鎚でたたかれたかのように粉々になった。サメに襲われたイワシの群れさながらに破砕されてなお、彼の核は激痛にのたうちまわり、寒さに泣き叫び、わが胸をかきむしって苦しみから逃れようとした。そうして、藁《わら》にもすがる思いでのばした手に与えられたのは、この痛み、苦しみ、哀しみ、この孤独感をもたらした霧そのものだった。霧ですべてをくるんでしまえば楽になれる。そうすれば痛みは加虐の喜びに、苦しみは嘲りに満ちた増上慢に、哀しみは鈍感に、孤独感は孤高の自尊心に変化し、しがらみから自由になれる。

いったいどんな状況なのか、具体的には何もわからないにもかかわらず、この圧倒的な文章の力を前にしたら、無条件に「はい」と答えるしかないではないか。

一九九〇年前後から信じられないほどの勢いで広がってきた日本の本格ファンタジーの可能性が、さらに、ここまで広がるとは、いったいだれが予想しただろう。

（この解説は単行本時のものに一部追加・修正を加えたものです）

本書は二〇一二年、小社より刊行されたものの文庫化である。

著者紹介　山形県生まれ，山形大学卒業，山形県在住。1999年教育総研ファンタジー大賞受賞。著書に『夜の写本師』『魔道師の月』『太陽の石』『オーリエラントの魔道師たち』『沈黙の書』『闇の虹水晶』『ディアスと月の誓約』などがある。

検印
廃止

太陽の石

2015年8月12日　初版
2015年9月18日　再版

著者　乾《いぬ》　石《いし》　智《とも》　子《こ》

発行所　(株)東京創元社
代表者　長谷川晋一

162-0814/東京都新宿区新小川町1-5
電話　03・3268・8231-営業部
　　　03・3268・8204-編集部
URL　http://www.tsogen.co.jp
振替　00160—9—1565
モリモト印刷・本間製本

ISBN978-4-488-52504-0　C0193